OS SEGREDOS DE WINTERCRAFT

LIVRO PERDIDO

Jenna Burtenshaw

tradução de
DILMA MACHADO

ROCCO
JOVENS LEITORES

Título original
WINTERCRAFT

Copyright © 2010 *by* Jenna Burtenshaw

O direito de Jenna Burtenshaw de ser identificada
como autora desta obra foi assegurado por ela em
conformidade com o *Copyright, Designs and Patents Act* 1988.

Primeira publicação na Grã-Bretanha em 2010 pela
Headline Publishing Group.

Todos os direitos reservados. Nenhuma parte desta obra
pode ser reproduzida ou transmitida por qualquer forma ou
meio eletrônico ou mecânico, inclusive fotocópia, gravação ou sistema
de armazenagem e recuperação de informação, sem a permissão escrita do editor.

Todos os personagens deste livro são fictícios e qualquer
semelhança com pessoas reais, vivas ou não, é mera coincidência.

Direitos para a língua portuguesa reservados
com exclusividade para o Brasil à
EDITORA ROCCO LTDA.
Av. Presidente Wilson, 231 – 8º andar
20030-021 – Rio de Janeiro – RJ
Tel.: (21) 3525-2000 – Fax: (21) 3525-2001
rocco@rocco.com.br | www.rocco.com.br

Printed in Brazil/Impresso no Brasil

preparação de originais
CLÁUDIA MELLO

CIP-Brasil. Catalogação na fonte.
Sindicato Nacional dos Editores de Livros, RJ

Burtenshaw, Jenna
B98s   Os segredos de Wintercraft: livro perdido / Jenna Burtenshaw;
tradução de Dilma Machado. – Rio de Janeiro: Rocco Jovens Leitores, 2013.

Tradução de: Wintercraft
ISBN 978-85-7980-144-0

1. Literatura infantojuvenil. I. Machado, Dilma. II. Título.

12-8279   CDD – 028.5
                                                         CDU – 087.5

O texto deste livro obedece às normas do
Acordo Ortográfico da Língua Portuguesa.

Para minha mãe, Janette.
Por toda a sua ajuda e inspiração.
Você é uma mãe maravilhosa e sempre será
minha amiga mais preciosa.

Sumário

Prólogo 9
1. Dia de Mercado 13
2. O Cobrador 25
3. O Labirinto 36
4. Assassinato 49
5. Wintercraft 65
6. O Trem Noturno 82
7. Fume 96
8. Penas e Ossos 112
9. A Sala do Cobrador 123

10. Lembranças 134
11. O Conselho Superior 146
12. Sem Saída 159
13. A Cidade Inferior 171
14. A Roda dos Espíritos 183
15. A Antiga Biblioteca 199
16. O Caminho dos Ladrões 211
17. O Círculo Secreto 224
18. A Meia-Vida 239
19. A Noite das Almas 252
20. Sangue 266
21. Morte 282

Prólogo

No extremo sul da cidade iluminada pela luz do luar, uma mulher permanecia parada ao lado de uma cova. O contorno azul da longa sombra de uma torre cortava o chão ao lado de seus pés e a cova parecia uma boca bocejando, sua lápide partida em duas, deixando apenas um pedaço quebrado de pedra para marcar o lugar onde os mortos ainda descansam.

O lampião em sua mão estava protegido do vento, e as contas de rubi costuradas nas mangas de seu vestido reluziam em sua luz. Pás cheias de terra arqueavam pelo ar, e ela se inclinava mais para a frente, observando seu companheiro cavar o chão, abrindo caminho até o caixão que ela sabia estar esperando lá no fundo, no meio da escuridão.

– Mais rápido – ordenou a mulher.

O homem obedeceu, sujando sua túnica preta de lama enquanto trabalhava.

As últimas carruagens chocalhavam pela rua ao longe, mas estavam muito distantes para verem qualquer coisa além da luz mínima do lampião, e, quando o som agudo do metal batendo na madeira ressoou no meio da noite, somente a mulher pôde sentir os espíritos dos mortos que se reuniram ao redor do local escavado.

– Abra-o – ordenou mais uma vez.

O homem se ajoelhou para limpar a última porção de terra que cobria o caixão, depois tirou as mãos e ficou olhando horrorizado.

– Não acho que queira fazer isso – comentou. – Dá só uma olhada.

Afastou-se, deixando a luz do lampião se espalhar até chegar no fundo, onde um grande símbolo tinha sido queimado profundamente na madeira. Era um círculo perfeito, quase da largura do caixão, e no meio dele havia o desenho abrasado, com a profundidade de um dedo, de um grande floco de neve.

– Esta é a marca da família Winters – disse a mulher. – Estamos perto. Agora, abra!

Ela encarou Kalen com fúria quando ele hesitou. Os mortos estavam próximos – aquela marca significava que o caixão era protegido por algo mais do que os olhos podiam ver –, mas ela havia esperado demais por esse momento para desistir agora.

– Não tenho tempo para superstições, Kalen – disse ela. – Saia da minha frente.

– Senhora?

– Saia!

O homem saiu com dificuldade da cova enquanto a mulher entrava, manchando o vestido com traços de grama e musgo. Ela não se importou. Ergueu a pá e enfiou-a bem no centro do símbolo, liberando uma energia invisível que se espalhou pelo chão, fazendo os cabelos na nuca de Kalen se eriçarem e obrigando os espíritos que tinham se reunido ao redor deles a recuarem de uma vez.

Kalen parou com cautela sobre o buraco enquanto a tampa do caixão era esmagada e rachada sob as mãos da patroa. Só as contas de rubi de suas mangas poderiam comprar-lhe dez grupos de cavalos de carruagens, mas ela se ajoelhou, enfiando a mão no escuro vazio que revelara, raspando sem o menor cuidado as contas na madeira quebrada e arrebentando-as dos fios como se fossem feitas de vidro. O túmulo era antigo, o caixão estava cheio de ossos amarelados, e bem no meio – onde havia permanecido por mais de cem anos – estava o objeto que ela fora buscar.

A mulher ergueu o objeto no ar: uma pequena caixa preta com apenas 25 centímetros de largura, feita de madeira retorcida e com um fecho prateado.

– Dê-me seu punhal – pediu ela.

O fecho quebrou facilmente com uma virada da lâmina e, debaixo da tampa, que rangeu e partiu quando foi levantada, havia um pequeno livro com capa de couro.

A mulher o apanhou, desesperada para enfim possuí-lo, e inspecionou as bordas de suas páginas descoloridas como se fossem as últimas deixadas no mundo. O livro era pequeno, mas as páginas estavam comprimidas – compactas como um punho cerrado – e, dobrado dentro da capa, havia um documento antigo contendo um aviso que fora ignorado muitas vezes. Ali, nas mãos de quem o descobrira, ele estava prestes a ser ignorado outra vez.

Kalen estendeu a mão para ajudá-la a sair da cova, e ali mesmo ela leu as palavras com impetuosidade:

As formas do *Wintercraft* não são para os descuidados, os arrogantes, nem os ignorantes.

Você agora possui um livro de instruções que, se seguidas, permitirão que a mente destemida vá além dos limites deste mundo e entre sem restrições nos mistérios de outro. Mantenha-o bem guardado. Mantenha-o em segredo. E siga suas palavras com cuidado. Esse caminho é mais perigoso do que você pode imaginar.

A mulher sorriu. Após anos de busca, ela o encontrara. Abriu o livro na primeira página, onde outro aviso estava escrito com tinta bem preta.

Aqueles Que Desejam Ver A Escuridão,
Estejam Prontos Para Pagar Seu Preço.

Ela concordou vagarosamente com a cabeça, como se o livro tivesse dito aquelas doze palavras em voz alta. Seja lá qual fosse o preço exigido, ela pagaria com prazer.

Kalen olhou ao redor com cautela enquanto a mulher corria os dedos pelo título na capa do livro, com letras folheadas a prata brilhando na luz do luar.

Wintercraft

– Este é apenas o começo – disse ela.

1
Dia de Mercado

Durante dez anos a cidade de Morvane foi deixada em paz. Seu povo vivia em segurança atrás dos muros altos e observava as cidades ao redor morrerem uma a uma. O país chamado Albion estava em guerra, mas a maioria das pessoas nunca tinha visto um inimigo se aproximar de seus portões. A única ameaça que conheciam vinha de dentro de suas próprias terras, do Conselho Superior localizado na distante capital, Fume, e dos guardas enviados para convocar nas cidades qualquer um forte o bastante para lutar.

Nunca houve aviso antes de os guardas aparecerem. Quando os soldados estavam escassos, pessoas comuns eram obrigadas a substituí-los em batalha, e quem recusasse o chamado para lutar morria. Em cinco décadas de guerra, Morvane foi convocada duas vezes. As crianças cresceram ouvindo histórias de pais desaparecidos que jamais conheceriam, as pessoas construíram esconderijos e cavaram passagens subterrâneas secretas para escaparem dos guardas, e vários prédios ficaram vazios quando elas, aos poucos, foram saindo da cidade para viver nos vilarejos mais ermos, onde a convocação raramente acontecia.

Kate Winters tinha 5 anos na última vez em que os guardas vieram. Foi nesse dia que tudo mudou. O dia em que seus pais foram levados e ela aprendeu o que significava ter um inimigo.

Desde então, fora criada com o tio, Artemis Winters, morando e trabalhando na livraria dele perto da praça do mercado de Morvane, que era uma das últimas grandes cidades da região norte, com quase cinco quilômetros de extensão, de muro a muro, e dividida em quatro partes iguais por quatro arcos de pedras que restaram de uma época muito antes dos guardas e da guerra. A praça do mercado ficava bem no centro da cidade, mas, em vez de negociarem os itens supérfluos e curiosidades pelo preço de mercado costumeiro, os comerciantes vendiam somente o que podiam cultivar, costurar ou construir com as próprias mãos, concentrando-se nos itens básicos que os habitantes de Morvane necessitavam para sobreviver.

Os livros não eram mais uma das principais prioridades de Morvane, mas, sendo a única que restara na cidade, ainda havia comércio suficiente para manter a livraria de Artemis e Kate aberta. Cada livro que tinham para vender era, no mínimo, de segunda mão, e cada lombada estava rachada e velha. Eles os reformavam sempre que podiam, pegando livros velhos e esfarrapados e vendendo-os com um pequeno lucro, e a loja ganhava apenas o suficiente para poder sustentá-los com conforto e pagar o salário de um terceiro membro da equipe que conseguia consertar dois livros no mesmo tempo que Kate levava para consertar um. A livraria havia passado por várias gerações da família Winters, e Kate esperava que, um dia, ela fosse sua.

Artemis ensinara a sobrinha a ser cautelosa e alerta caso os guardas decidissem voltar a Morvane, e a loja deles era a única na praça do mercado a manter um punhal escondido debaixo do balcão e ter as janelas trancadas com ferrolho, até mesmo durante o dia. Precaução, dissera Artemis, que um dia poderia salvar suas vidas.

Os outros habitantes haviam se tornado complacentes, preferindo viver sob o pretexto da liberdade do que viver com medo. Eles não verificavam mais suas rotas de fuga com a frequência que deveriam, ou mantinham os cavalos com as rédeas em suas portas durante a noite. Logo, somente os dois discretos donos da livraria velha e empoeirada permaneceram com suas suspeitas. Morvane tinha começado a relaxar. Os habitantes continuavam com suas vidas. Sendo assim, no dia em que os guardas finalmente voltaram, só os Winters estavam preparados.

Kate acordou ao nascer do sol com uma leve batida na porta de seu quarto. Resmungou com o barulho indesejado e cobriu a cabeça com o cobertor.
– Kate, está acordada?
– Não.
– O café da manhã está pronto.
– Já vou em um minuto.
Artemis Winter era um grande adepto de acordar cedo. Kate com certeza não era. Geralmente, teria tentado dormir alguns minutos a mais antes que ele fosse acordá-la outra vez, mas então lembrou-se que dia era e se obrigou a ficar sentada. Ruídos vinham da cozinha e o cheiro de mingau quente passou por debaixo da porta do quarto. Enfiou os pés nos chinelos e saiu arrastando-os até o espelho.

Era dia de mercado, o último dia antes da Noite das Almas, e a livraria esperava ver mais clientes do que os poucos que geralmente passavam pela porta todos os dias. A Noite das Almas era a maior comemoração de Albion, quando todos se vestiam com elegância e davam festas nas ruas para homenagear seus ancestrais e se lembrar dos mortos. Caixas de fogos de artifício estavam chegando à praça do mercado havia semanas, prontas para marcar a batida da meia-noite durante quatro dias, nos quais dizia-se que os espíritos dos mortos caminhavam pelas ruas e falavam com os vivos. Não que Kate acreditasse em nada disso.

Para a maioria, a Noite das Almas se tratava de vestir-se bem, planejar festas e trocar presentes. Era um momento para beber, comer e comemorar. Homenagear os mortos era apenas uma antiga tradição escondida entre as novas. Muito mais importante era a entrega dos presentes. As lojas mais tranquilas tinham seu período mais tumultuado do ano, e a livraria teria de abrir cedo para tirar o máximo de proveito.

Kate trançou os cabelos negros e encarou seu reflexo. Seus olhos eram grandes e felinos, o nariz pequeno e a pele pálida graças às horas que passava na loja todos os dias. Artemis insistia que ela se parecia com a mãe. Kate achava que se parecia mais com uma gata magra. Tocou o pescoço, onde um pequeno pingente pendia de uma corrente de prata: um delicado círculo de metal precioso cravado com uma pedra oval que combinava perfeitamente com o brilho vívido de seus olhos azuis. Sua mãe costumava usar o mesmo colar todos os dias, e, com exceção da livraria, era tudo que Kate herdada dela.

Kate fechou os olhos, cansada, contendo as lágrimas que já começavam a se juntar. Havia dez anos, mas a Noite das Almas aos poucos sempre trazia as lembranças ruins de volta. Ficou se lembrando durante algum tempo e poliu a superfície da pedra com o polegar, fazendo-a brilhar um pouco mais do que antes.

– Kate? – A voz de Artemis invadiu o corredor novamente.
– Já vou.
– Vista-se o mais rápido que puder.

Ela afastou-se do espelho, deixando a pedra pendurada no pescoço. Depois se enfiou na roupa, tirou com dificuldade as botas do meio da bagunça acumulada debaixo da cama e foi se arrastando sonolenta pelo corredor até a cozinha, deixando ser guiada pelo nariz.

– Tenho uma novidade – disse Artemis, servindo-lhe uma xícara de leite quente que fumegava na panela. Sua testa estava tensa; havia uma carta aberta sobre a mesa, marcada com um lacre de cera preta que Kate já vira muitas vezes antes.

Ela sentou-se na cadeira e tentou acordar.

– Como você sabe, os guardas não têm levado ninguém da região norte há muito tempo – disse Artemis. – Entrei em contato com alguns amigos no sul e acontece que as coisas estão tranquilas em toda Albion.

– Isso é bom, não é? – perguntou Kate, se submetendo a mais uma conversa matinal sobre os guardas.

– Não tenho certeza. A última notícia que tive é de que os soldados do exército continental tentaram aportar os navios no litoral sul e os soldados de Albion incendiaram todos eles com flechas de fogo antes mesmo de alcançarem a praia. A guerra pode estar indo bem dessa vez. Ou os guardas podem ter recebido novas ordens.

– Não creio que deixarão as pessoas em paz por muito tempo – disse Kate, comendo enquanto falava. – O que mais seus amigos disseram?

– Disseram para termos cuidado – respondeu Artemis.
– Sem um padrão a seguir, ninguém sabe aonde os guardas provavelmente irão. Morvane está indo bem. Temos mais pessoas aqui do que em qualquer uma das cidades menores por perto. Aos olhos do Conselho Superior, poderíamos arcar com a perda de algumas centenas para o esforço de guerra. Uma convocação aqui poderia estar atrasada.
– Você acha que eles estão voltando – disse Kate com o rosto sério.
– Acho que precisamos estar preparados. – Artemis empurrou a xícara para o lado e levantou-se. – Não abriremos a loja hoje – disse ele. – Mandei um recado para Edgar avisando que não se preocupasse em vir trabalhar. Pegue uma mala e coloque tudo que for precisar nos próximos dias.
– Vamos embora de Morvane?
– Só por um tempo.
– Mas, se os guardas estão vindo, temos que avisar as pessoas. Precisamos avisá-las! Não podemos ir embora assim!
– Podemos, sim – disse Artemis. – Nós dois passaríamos despercebidos pelos portões de entrada da cidade. Se fôssemos em um número maior, certamente seríamos vistos e detidos.
– E o Edgar? Ele pode ir conosco. Um a mais não...
– Não – interrompeu Artemis. – Nem mesmo ele. Não podemos arriscar. Terá de confiar em mim, Kate. Vamos embora hoje.
Kate nunca vira Artemis preocupado como estava naquela manhã. Arrumou uma pequena mala o mais rápido que conseguiu e a levou para o andar de baixo para esperá-lo na loja. Pela janela da frente podia ver a praça do mercado. O sol tinha começado a surgir sobre as ruas congeladas de

Morvane, e os comerciantes já haviam colocado suas barracas nas calçadas, dando as boas-vindas aos primeiros clientes de bochechas vermelhas, cruzando os braços de frio. Dois supostos compradores de livros testaram a porta da livraria, e Kate se escondeu atrás da cortina, não querendo explicar por que não podia deixá-los entrar.

– Boa ideia – disse Artemis, descendo a escada com sua mala de viagem. – A última coisa de que precisamos são os clientes tentando entrar. Vamos sair da cidade a pé e seguir por uma das estradas antigas a oeste. Ninguém vai nos conhecer. Caminharemos até a próxima cidade, encontraremos um bom lugar para ficar e, depois de alguns dias... Bem... Estaremos de volta quando você menos pensar.

– Hoje é o melhor dia de vendas do ano – retrucou Kate, que nunca tinha visto o tio tirar um dia de folga, ainda mais fechar a loja. – Por que temos de ir hoje?

Artemis colocou o casaco e as luvas e pegou o punhal de seu esconderijo embaixo da escrivaninha.

– Há coisas muito mais importantes neste mundo do que o dinheiro – respondeu ele.

Ploft!

Kate virou-se.

Algo havia batido na janela.

– O que foi isso? – perguntou Kate.

– Seja lá o que for, não é importante – respondeu Artemis. – Precisamos ir.

Kate pegou a mala enquanto o tio destrancava a porta e, quando pisaram na praça congelada, ela quase passou por cima de algo pequeno e preto caído na calçada.

– É um pássaro – disse ela, pegando o corpo débil e o segurando entre as mãos. – Deve ter voado contra a janela.

Artemis imediatamente olhou para o céu.

– Achei que os melros não fizessem mais ninho aqui em Albion – disse Kate. – Nunca tinha visto um na cidade.

– Kate. Entre.

– O quê? Por quê?

Antes que Artemis pudesse responder, um segundo pássaro passou rapidamente perto de sua cabeça e bateu na porta da loja, fazendo um barulho violento. E não estava sozinho.

Kate olhou para cima e viu um bando enorme de melros atacando a praça. Centenas deles, guinchando uns com os outros e batendo nos prédios, dois ou três de cada vez. As pessoas corriam para se proteger, se amontoando nas entradas enquanto o bando mergulhava, atacando. Artemis agarrou o braço de Kate e puxou-a de volta para dentro da loja.

– É tarde demais – disse ele.

Ploft-ploft!

– O que está acontecendo?

– É um bando! Entre! Não deixe que entrem na loja!

– O quê...? *Ahh!* – Kate se abaixou quando um melro atravessou rapidamente a porta seguindo uma rota de colisão, seus olhos brilhantes e enfurecidos de forma estranha. Artemis fechou a porta, ignorando o grito de horror de Kate quando um alvoroço de penas pretas bateu contra o vidro e caiu sem vida no chão. Ele passou o ferrolho e a puxou para longe da janela.

– Desça para o porão – ordenou, jogando as malas na escuridão dos fundos da loja. – Fique lá e se esconda. Vai ficar tudo bem.

Ploft-ploft!

– O que o senhor vai fazer?

– Eu... Eu não sei. Apenas fique lá embaixo.

Pá-pá-pá.

Alguém bateu na porta da frente, e Artemis deu um pulo.

– Estão todos bem aí dentro? – Um jovem estava do lado de fora, espantando os pássaros enfurecidos com o nariz contra o vidro.

– Edgar! – gritou Kate. – Edgar está lá fora!

Edgar acenou para ela do outro lado da porta.

– Malditos pássaros! – gritou ele com a voz abafada pelo vidro.

– Temos de deixá-lo entrar!

– Não. Vá para o porão. Por favor, Kate!

– Não podemos deixá-lo lá fora!

Edgar gritou quando um dos pássaros bateu em sua cabeça, enfiando as garras em seus cabelos negros. Agarrou o pássaro, puxando-o para que se soltasse e segurando suas asas para que não fugisse.

– Fique quieto! – disse, tentando acalmá-lo.

O pássaro bicou seu reflexo no vidro e libertou uma das asas, agitando-a com força. As botas de Edgar escorregaram na calçada congelada e ele caiu de costas, segurando firme o pássaro, até que ele conseguiu soltar a outra asa, bicando-o direto no rosto.

Kate não ia ficar parada vendo seu melhor amigo lutando no chão. Ela colocou o melro morto no bolso do casaco e passou pelo tio, ignorando seus gritos ao puxar o ferrolho e abrir a porta.

– Edgar, entre!

– Cuidado! – gritou Artemis.

O pássaro bateu as asas com força e Edgar o soltou; ele passou raspando pelo rosto de Kate e foi se juntar aos outros no ar. Kate ajudou Edgar a se levantar e o carregou para dentro da loja.

– Isso é algo que não se vê todos os dias – disse ele, abrindo os braços como se as mangas do casaco pudessem morder. Um resíduo verde e pegajoso havia grudado em um dos punhos. – Tirei isso do bico dele – comentou. – *Bloodbane*. Muito venenoso. Se eu fosse um pássaro, não ia querer comer nada disso. – Cheirou para testar. – E está fresco.

– Os guardas são responsáveis por isso – disse Artemis. – Vocês dois desçam para o porão.

– Ficou maluco? – retrucou Edgar, tirando o casaco e jogando-o no chão. – Se tem guardas nos arredores, temos que fugir. Se esconder não vai adiantar nada.

– Você viu algum lá fora? – perguntou Kate.

– Não, mas eles não vão exatamente aparecer e iniciar uma conversa, vão? Ei! O que está fazendo?

Artemis tinha agarrado o braço de Edgar e estava levando-o junto de Kate em direção à porta do porão. Os três foram se espremendo para descer a escada, e Artemis os trancou lá dentro. Uma chama brilhou no escuro quando ele riscou um fósforo de uma caixa que estava guardada em seu bolso e acendeu um lampião, revelando uma sala subterrânea cheia de prateleiras, livros e dezenas de caixas de armazenamento.

– Lá para baixo! – ordenou ele.

Kate e Edgar o seguiram até o meio do porão e ficaram ali ouvindo as pancadas dos pássaros batendo contra as janelas.

– Aqueles pássaros estão aqui como um teste – explicou, sussurrando o mais baixo que podia. – Não podemos deixá-los entrar. Nem mesmo podemos olhar para eles. Entenderam?

– Um teste para quê? – perguntou Kate.

– Você queria saber o que mais meus amigos me disseram? Eles me disseram isso. Exatamente esse mesmo fato aconteceu várias vezes no sul, nos últimos anos. Os bandos foram vistos em suas cidades exatamente seis dias antes de os guardas aparecerem na surdina. Parece que o Conselho Superior não está mais satisfeito em convocar qualquer um. Eles querem um tipo específico de pessoa. Acho que estão procurando os Dotados. – Artemis estava fazendo o possível para demonstrar coragem, mas suas mãos tremiam, e seu medo era contagioso.

Kate gentilmente tirou o melro do bolso. Ela só sabia um pouco sobre os Dotados, a maior parte eram rumores. Eram pessoas com habilidades que a maioria das pessoas comuns não tinha. Ninguém sabia ao certo o que podiam fazer, mas na maioria eram curandeiros, ou videntes que acreditavam poder ver o futuro ou se comunicar com os mortos. Muitos deles viviam escondidos e, até que alguém notasse que tinha encontrado um dos Dotados, ele já estaria longe, e nunca mais se ouviria falar dele outra vez.

– Aqueles pássaros teriam sido criados para isso – disse Artemis. – Os guardas têm usado a mesma técnica há anos. Sempre que querem encontrar um Dotado, envenenam centenas de melros e os soltam. Os pássaros morrem, os guardas agem, e, quando um Dotado por acaso entra em contato com um pássaro, ele é curado. Ninguém sabe como. Tudo que os guardas precisam fazer é encontrar um dos pássaros vivos e caçar a pessoa que o curou. A maioria dos Dotados já sabe da armadilha, mas sempre tem um que ainda não sabe que tem o dom. Esses são os que correm perigo de verdade.

Kate sentiu um pequeno movimento em sua mão. Foi sua imaginação? O pássaro se mexeu?

– Se os guardas estiverem aqui, restará pouco desta cidade quando anoitecer – disse Artemis. – O bando é só o começo. Sinto muito, Kate. Eu devia ter levado você daqui antes.

Kate olhou para as mãos. A perna do pássaro com certeza havia mexido.

– Acho que temos um problema maior que esse – disse ela, olhando incrédula quando o melro morto de repente piscou, bateu uma das asas e, zonzo, se esforçou para ficar de pé. Mais uma vez, titubeou um pouco e depois saiu voando para pousar com habilidade em uma das prateleiras.

– Aquele pássaro... – disse Edgar. – Ele estava só atordoado, não é?

– Não, não estava – respondeu Artemis. – Seu pescoço estava quebrado.

– Não podia estar. Como ele voaria lá para cima com o pescoço quebrado?

O lampião de Artemis agora sacudia.

– Kate – disse ele. – Você tem a idade certa. E dizem que, quando isso acontece, é de repente. Geralmente sob estresse.

– Não – retrucou Kate, olhando para as mãos como se não fizessem mais parte dela. – Não... não pode ter sido eu.

– Kate fez alguma coisa com aquele pássaro? – Edgar olhou ao redor estupidamente, como se todos tivessem enlouquecido, menos ele. – Ele me parece bem vivo.

Artemis baixou o lampião, fazendo seus olhos parecerem mais profundos e escuros na penumbra.

– Isso muda tudo – comentou. – Eu acho... Acho que ela acabou de ressuscitá-lo.

2
O Cobrador

Do lado de fora, a praça do mercado estava um caos. Bem acima dela, um indivíduo alto e sombrio estava parado, sozinho, sobre um telhado, a silhueta dos ombros largos contrastando com o céu.

Silas Dane era o último homem que qualquer cidade gostaria de ver. Ele ficou ali em silêncio, observando tudo acontecendo exatamente como havia planejado. Suas roupas eram propositalmente pretas, mas era ali que qualquer normalidade terminava para ele. O poder e a ameaça exalavam dele tão claramente quanto o medo que escapava das pessoas logo abaixo, e seus olhos brilhavam com a luz fraca, as íris de um cinza desbotado: o cinza vazio e banhado pela morte.

Mesmo enlouquecidos, os pássaros ficavam longe dele, sentindo a estranha essência que o fazia ser o que era: nem morto por completo nem totalmente vivo, mas perigoso de maneira inimaginável. Somente um pássaro ficou por perto, um que estivera com Silas desde que sua segunda vida havia começado: seu próprio corvo negro, empoleirado em seu ombro, ignorando o aglomerado de penas e morte arremetendo ao redor deles.

Silas repousou a mão marcada por cicatrizes na beirada da chaminé, examinando toda a praça do mercado. Os guardas não estavam longe. De onde observava, dava para ver três de suas túnicas pretas espreitando ali perto, punhal na mão, lâminas cintilando com a luz do sol nascente. Aqueles três eram apenas o começo. Ele tinha mais de cem homens posicionados na cidade, todos esperando para agir.

O último dos pássaros a morrer caiu em uma das barracas do mercado, e Silas observou os comerciantes saírem de seus esconderijos, cada um verificando o céu com nervosismo, à procura de mais pássaros. Ele suspirou, desejando, para variar, enfrentar algum tipo de desafio... alguma forma de resistência. Então as ruas caíram no silêncio, como se toda a cidade estivesse prendendo o fôlego, e um som inesperado chegou até ele com o vento. O som de asas, como duas tiras de couro batendo juntas. Ergueu o olhar, e seus olhos se moveram depressa em direção ao telhado da pequena livraria que haviam lhe dito para observar com mais atenção do que o resto, e então viu.

Seus músculos tencionaram. Ali, saindo da chaminé da livraria, estava a figura preta batendo as asas, deixando um rastro de fuligem enquanto voava com dificuldade.

Pássaro ou morcego? Ele precisava ter certeza.

Pássaro ou morcego?

A criatura voadora revolveu-se no ar, foi para cima e para baixo e planou sobre a praça do mercado, acima da cabeça dos comerciantes, passando tão perto de Silas que ele poderia tê-la agarrado no ar, se quisesse.

– Pássaro – disse ele com um sorriso cruel.

Os guardas estavam olhando para Silas, esperando as instruções. Ele levantou uma das mãos e deu a ordem que todos esperavam. A ordem para agir.

– A chaminé! – gritou Artemis. – Pegue o pássaro. Rápido!

Edgar arremeteu para a frente, mas Artemis já estava diante dele, escalando as prateleiras como se fossem uma escada. O melro os observava com cautela. Artemis tentou pegá-lo de surpresa, mas foi muito lento. O pássaro voou, indo direto para a lareira do antigo porão, e subiu pela chaminé, procurando o céu. Edgar entrou na lareira, sacudindo os braços cegamente no escuro. Quando reapareceu, o rosto e os cabelos estavam cheios de fuligem, mas as mãos estavam vazias.

Artemis olhou para ele.

– Se um guarda vir aquele pássaro, vão nos encontrar daqui a pouco – comentou.

Edgar espirrou e limpou o nariz com a manga suja da camisa.

– Então é melhor começarmos a correr – disse ele. – Melhor isso do que ficar preso aqui. Certo, Kate?

Kate não sabia o que pensar.

– Não vou dar escolha para nenhum dos dois – disse Artemis, balançando o lampião enquanto caminhava em direção aos fundos do porão. – Precisamos nos esconder. Os guardas não podem levar o que não veem.

Artemis afastou para o lado duas caixas de livros velhos que estavam amontoadas no canto mais longe da porta e ergueu o lampião para iluminar a parede, revelando uma portinha no meio das pedras com largura suficiente para uma pessoa agachada passar. Limpou com os dedos as arestas empoeiradas e procurou a chave no bolso. Kate conhecia aquele lugar. Ela já havia se escondido atrás daquela porta, e depois disso nunca mais quisera chegar perto dela outra vez.

– Eu... eu não posso – disse ela.

Alguma coisa clicou e rangeu acima deles.

Passadas lentas atravessaram a loja.

– Vamos, Kate. – Edgar estendeu a mão, e Artemis apagou o lampião, abrindo a velha porta o mais rápido que podia.

Kate sabia que não tinha escolha. Seguiu em frente no meio de uma nuvem de poeira que caía das tábuas do assoalho acima, entrando no esconderijo secreto. Um cobertor velho estava dobrado no chão, oferecendo-lhe um lugar macio para apoiar os joelhos, mas o pequeno buraco atrás da parede era muito menor do que se lembrava. Ela se arrastou ajoelhada para mais adiante com dificuldade, deixando espaço para Edgar se espremer atrás dela.

– Chegue para a frente – sussurrou ele.

– Não tem mais espaço.

– E Artemis?

Mas Artemis já tinha enfiado o lampião apagado dentro da porta.

– Haja o que houver, vocês dois fiquem aqui até eles partirem – ordenou. – Depois disso, quero que saiam de Morvane e não olhem para trás. Entenderam?

– Mas...!

– Vai ficar tudo bem, Kate. Você lembra como sair daqui?

Kate assentiu, nervosa.

– Ótimo. Quando for seguro, vão. Não se preocupem comigo. Nada vai acontecer a você. Eu prometo.

Kate não podia ver o rosto de Artemis quando ele fechou a porta, mas ouviu o som da chave trancando-a e de repente sentiu medo. O cômodo minúsculo parecia menor ainda, com as paredes pressionando seu corpo à medida que se ajoelhava no escuro. Ela estava tocando a parede diante de si, assegurando-se de que ainda havia bastante ar para respirar, quando um som de lamúria começou atrás dela.

— Edgar? O que foi?

— Estamos trancados aqui dentro — disse Edgar, parecendo mais apavorado do que Kate. — Não gosto disso. Precisamos sair daqui. Precisamos. Artemis!

Edgar esmurrou a porta, e Kate segurou suas mãos, esforçando-se para afastar o próprio medo ao tentar acalmá-lo.

— Está tudo bem — sussurrou. — Preste atenção. Você precisa ficar quieto. Se nos ouvirem...

— Não consigo respirar. Kate... não consigo...

— Shh. Você consegue, sim. — Segurou a mão dele e a apertou contra o peito. — Está sentindo? Eu estou respirando. Você está respirando. Nós vamos ficar bem.

Edgar ficou quieto e podia ouvir o som de pequenas batidas na porta, causado pelas caixas que Artemis estava amontoando depressa para cobri-la. Depois Kate ouviu o som de metal chacoalhando contra as pedras e uma chave fria caiu em suas mãos. Os orifícios de observação! Ela podia sentir com os dedos os pequenos furos na parede. Como podia ter se esquecido dos orifícios?

— Fiquem quietos e não saiam — ordenou Artemis. — Amo você, Kate. Lembre-se disso.

Kate passou os dedos pelas pedras e encontrou uma tira de couro presa um pouco abaixo do teto. Estava seca e enrugada pelo tempo, mas, quando a puxou para o lado, pôde ver por uma pequena abertura entre o cimento da parede e uma das pedras antigas. Ela moveu a mão de Edgar para outra tira de couro e juntos observaram o lado de fora.

No início, não conseguiam ver nada além de escuridão. Depois ouviram vozes, passos rápidos e uma batida forte quando alguém forçou a porta do porão para abri-la. Dois homens de túnica preta surgiram no topo da escada, iluminando toda a sala com a luz de um lampião que refletiu na parede.

Um deles carregava um arco e flecha ao descer cuidadosamente a escada e outro mantinha o lampião ao alto, fazendo força para segurar a longa guia de couro que prendia um cachorro feroz. Kate ficou imaginando a grande fera farejando-os, enfiando o focinho no esconderijo e arrastando-os para fora com os dentes afiados e amarelos, mas aquele terror foi substituído por algo muito mais importante.

Onde estava Artemis?

– Procure – comandou o arqueiro, e o guarda com o cachorro desceu rapidamente a escada, deixando que o faro do animal investigasse, caçando sua presa.

O homem com o cachorro afastou as caixas cheias como se estivessem vazias, procurando algum sinal de vida. Retirava a mão cheia de papéis das caixas do depósito, esmurrava as paredes e enfiava os dedos longos em todas as rachaduras, verificando tudo. Pouco a pouco foi se aproximando da pequena porta, até que um som de arranhado na parede fez o cachorro baixar a cabeça e rosnar.

– Ali – disse o arqueiro. – O que é aquilo ali?

Kate congelou, mas os guardas não estavam olhando em sua direção. Estavam olhando para a lareira, por onde escorria fuligem para dentro do cômodo. Artemis estava escondido na chaminé. Ele fora encontrado.

– Saia daí! – ordenou o homem com o cachorro, esmurrando a chaminé. – Agora!

O cachorro baixou as orelhas quando Artemis colocou os pés no piso da lareira.

— Espere! — disse ele, mostrando as mãos. Entrou no cômodo, jogando o punhal inútil no chão. — Por favor!

O arqueiro apontou a arma para o peito de Artemis. Kate queria gritar para distraí-los, detê-los, mas o medo tomou conta de sua garganta com tanta força que era difícil até mesmo respirar.

— Nome.

— Winters. Artemis Winters. Eu... sou dono da loja lá em cima.

— Quem mais está aqui?

— Ninguém.

A ponta brilhante da flecha moveu-se para a garganta de Artemis.

— Quem *mais*?

— Eu já respondi... *uf*!

Os lábios de Artemis pingavam sangue. O homem com o cachorro lhe dera um soco, derrubando-o no chão.

— Não tem ninguém aqui! — disse Artemis, tentando se levantar outra vez. — Eu já disse... *ah*!

O homem com o cachorro chutou forte, com sua bota, o tornozelo de Artemis e levantou-o pelos ombros.

As lágrimas escorriam nos olhos de Kate. Ela não suportava olhar.

Edgar apertou levemente sua mão quando uma sombra se espalhou na porta do porão. O cachorro encolheu-se e baixou a cabeça, desviando o olhar do homem que estava parado no topo da escada. Tudo que Kate viu foi sua sombra e ouviu o barulho das asas de um pássaro grande batendo sobre o ombro dele.

— O que encontraram aí?

O cachorro choramingou ao ouvir a voz e encostou-se às pernas de seu mestre.

– Um livreiro – respondeu o homem com o cachorro, dando uma risadinha. – Só tem um aqui. Deve ter sido ele.

– Você tem certeza? – O homem desceu a escada, surgindo na luz do lampião, e Kate o viu claramente pela primeira vez. Não estava vestido como um guarda, nem mesmo falava como tal. Em vez de túnica, vestia um casaco comprido que se arrastava no chão à medida que caminhava, e sua voz era sombria e articulada. Seus cabelos negros eram longos o suficiente para tocar os ombros. Era mais jovem que Artemis, e suas passadas eram as de um homem acostumado a estar no controle. O mais estranho nele, porém, eram os olhos. Olhos mortos, pensou Kate. Olhos sem alma. Observou atentamente, esperando que olhasse em sua direção, e, quando ele o fez, fazendo uma pequena pausa antes de continuar, seu corpo congelou de medo.

– O nome dele?

– Winters – respondeu o arqueiro.

O homem se elevou sobre Artemis; era no mínimo uma cabeça mais alto que ele.

– Não é ele que estamos procurando – disse, olhando ao redor mais uma vez. – Tem mais alguém aqui.

– Não – insistiu Artemis, com uma voz surpreendentemente segura. – Não tem ninguém. Só eu.

– A garota. Onde ela está?

– Q-que garota?

Kate se encolheu na escuridão. Ele sabia sobre o melro. Sabia que tinha sido ela.

– Mentiras não vão me manter longe dela por muito tempo. – O homem voltou-se para os guardas. – Você, leve-o para fora e coloque-o com os outros. E você verifique o andar de cima. Se não encontrarem a garota, vou queimar este lugar.

– Sim, senhor.
– Não! – gritou Artemis, olhando para o esconderijo com o rosto pálido de desespero. – Minha loja! M-meu trabalho!
– Nada disso importa para você agora – respondeu o homem. – Se você for um dos Dotados, como eles pensam que é, a vida que leva agora terminou. Caso contrário... o mesmo se aplica, só que de forma mais conclusiva. Levem-no.

Relutante, Artemis subiu as escadas do porão, mancando sempre que pisava com o tornozelo machucado. Mal conseguiu chegar à metade do caminho antes que sua perna cedesse por completo, e o homem com o cachorro teve que largar o lampião no chão e puxá-lo para a loja, seguido por seu animal e pelo arqueiro.

Logo, somente o homem de olhos cinzentos ficou no porão, parado, sem se mexer, olhando para a parede como se pudesse ver Kate e Edgar agachados atrás dela. O pássaro em seu ombro inclinou a cabeça para o lado, e Kate pressionou o nariz na pedra logo abaixo do orifício, observando. Ela queria se afastar, mas qualquer movimento poderia entregá-la. O peito de Edgar chiava de nervosismo a cada respiração, e ela apertou a mão dele, desesperada para que ficasse quieto.

– Estamos prontos, senhor – falou o arqueiro lá de cima. – Tem um quarto de garota no último andar, mas a casa toda está vazia.
– Muito bem – disse o homem. – Voltem para a praça.

Com a saída dos guardas, o homem de olhos cinzentos abriu o lampião e retirou um pequeno livro de uma prateleira ao lado. Abriu o livro com uma das mãos, tocando suas páginas com a chama do lampião. O livro foi queimando com o fogo que aumentava, e o homem subiu as escadas com ele para iniciar seu trabalho.

– Ele vai incendiar a loja – sussurrou Kate, enquanto passadas pesadas atravessavam o piso acima de sua cabeça.

– Talvez esteja apenas tentando assustar Artemis – comentou Edgar. – Para obrigá-lo a dizer onde você está.

O cheiro de papel queimado foi se alastrando ao redor deles e Kate deu a chave para Edgar.

– Ele está queimando tudo! – sussurrou ela. – Abra a porta. Temos de sair daqui.

Edgar se atrapalhou com a chave, deixando-a cair com sua crise de pânico.

– Kate, aquele homem...

– Eu sei – disse Kate. – Apenas nos tire daqui.

– Não, você não entende...

Alguma coisa emitiu um som surdo ali perto. Uma porta se abriu.

– O que foi isso? – Kate voltou a espiar pelo orifício. O homem voltara, seu rosto brilhando à luz de uma tocha flamejante a sua frente enquanto descia os degraus até o porão. Ele parou por um momento ao chegar embaixo, olhou as prateleiras uma última vez e depois encostou a ponta da tocha acesa na caixa mais próxima, espalhando o fogo.

– Essa não! – disse Edgar, procurando desesperadamente a chave que havia caído.

O homem passou para a próxima prateleira, e depois para outra e mais outra, até que um lado do porão era praticamente um paredão de chamas. Edgar achou a chave e foi apalpando até localizar a fechadura, mas Kate o deteve, puxando seu braço com toda a força. O homem não ouviu a briga no meio do ruído crepitante das chamas. Jogou a tocha no meio do cômodo, observando-a estalar na pedra, e depois subiu até a loja condenada, deixando seu fogo mortal se espalhar e tomar conta de tudo.

Edgar enfiou com dificuldade a chave no lugar certo, forçando a porta a se abrir.

– Pare! É tarde demais – disse Kate. – Preste atenção!

A luz do fogo invadiu os orifícios abertos, refletindo nos olhos assustados de Edgar quando ele virou para olhá-la.

– A loja está pegando fogo! – exclamou ele. – Temos que sair!

– Não, não temos. Me dê a chave.

– O quê? Não! Você disse...

– Edgar, por favor.

– Vamos morrer aqui dentro, Kate!

– Não, não vamos. – Kate levantou uma ponta do cobertor que estava no chão e bateu em algo que parecia madeira oca onde deveria ser pedra. Edgar olhou para ela, confuso.

– Acho que Artemis sabia o que estava fazendo ao nos colocar aqui – disse ela. – Há outra saída. Por favor, Edgar. Confie em mim.

3
O Labirinto

A fumaça densa tomou conta do porão, rastejando pelas escadas, pela chaminé e por baixo da porta do pequeno esconderijo. Penetrou no nariz de Kate e no de Edgar, fazendo-os tossir e engasgar à medida que o ar ao redor deles borbulhava como uma sopa mortal.

– Aqui. – Edgar entregou a chave para Kate, e ela retirou o cobertor debaixo de seus joelhos, jogando-o para trás e revelando um alçapão circular com uma alça embutida. A menina tateou o buraco da fechadura com os dedos, enfiou a chave e virou-a, gerando um som metálico abafado que ecoou debaixo do chão.

– Abra! Abra!

As dobradiças enferrujadas estalaram e gemeram quando Kate ergueu o alçapão, lançando um jato de ar morto serpenteante que preencheu o espaço esfumaçado. O fósforo reluziu quando Edgar reacendeu o lampião de Artemis e o segurou sobre o poço estreito e profundo. Havia luz apenas o suficiente para distinguir uma passagem no fundo e uma escada comprida de madeira presa do lado.

Kate desceu primeiro, deixando Edgar esforçando-se para manter os olhos abertos, pois estavam doloridos com a fumaça.

– Não é longe – disse ela, pisando no chão de terra firme. – Vamos.

Edgar entrou no buraco e desceu a escada o mais rápido que podia, fechando a porta do alçapão logo depois. Pulou os dois últimos degraus e olhou de volta para o poço, meio que esperando um guarda aparecer atrás deles.

– Onde estamos? – perguntou ele.

Kate podia sentir a preocupação na voz de Edgar, que agarrou seu pulso, não querendo que ela se distanciasse muito naquele lugar desconhecido.

Estavam parados no final de um túnel baixo feito de tijolos cinza, não muito longe de um cruzamento indeterminado levando a dois outros maiores que se dividiam em ângulos exatos.

– Vou dar uma olhada mais à frente – sussurrou ela. – Fique aqui. Vigie a porta.

– Eu? Por quê? Ei, espere!

Kate ignorou-o e seguiu pelo túnel, levando a única luz que tinham.

Mesmo com o lampião, o túnel parecia apertado e claustrofóbico. As paredes eram inacabadas e irregulares, e tão estreitas em algumas partes que Kate precisava passar de lado para não arranhar os ombros. A pequena chama tremeluzia, queimando baixo, de maneira perigosa, enquanto ela se aproximava da junção logo à frente. Ela passava os dedos pela parede e tentava não pensar em sua casa incendiando acima, quando algo triturou ruidosamente sob seus pés.

Kate parou e recuou, preocupada que o chão antigo fosse desabar em outro túnel abaixo. Iluminou o chão, que parecia bem firme, mas algumas coisinhas pequenas e marrons espalhavam-se por ele: coisas que, trituradas, produziam um som seco sob suas botas. E estavam se movendo.

Os pequenos vultos subiam uns nos outros, agitando-se pelo chão, fazendo com que ele se retorcesse e brilhasse como se todo o local tivesse vida própria. Artemis vinha reclamando havia meses sobre escaravelhos escondidos, atacando os livros de capas de couro no porão; agora Kate sabia de onde vinham. Passou direto por eles, chegou à bifurcação e encostou-se à parede, reunindo coragem para olhar.

O túnel da esquerda fazia uma curva descendente. Ao final dele, uma tocha estava acesa, presa a um gancho na parede. Talvez alguém mais tivesse achado o caminho dentro dos túneis: quem sabe um vizinho, alguém que pudesse ajudá-la a salvar Artemis dos guardas. Então olhou para a direita, onde o segundo túnel tinha uma tocha bem mais adiante, que levava a mais uma bifurcação.

As passadas ecoavam vagarosamente ao longe, e uma terceira tocha surgiu, carregada por uma figura encurvada caminhando devagar e com passos arrastados. Era um homem, seu rosto estava sendo iluminado pelas chamas e seus olhos fitavam o chão.

Kate ficou imóvel.

O homem parou, endireitou as costas com grande esforço e ergueu o nariz no ar. Depois virou-se, e os olhos irritados de repente olharam direto para Kate, que se abaixou para sumir de vista, cobrindo o lampião com o casaco, o coração batendo forte no peito.

– Olá? – gritou o homem dentro do túnel, tornando aquela única palavra perigosa e ameaçadora. Com certeza não era um vizinho.

– Quem está aí? – gritou novamente.

– Kate? – Edgar chamou seu nome na escada e ela virou para trás, gesticulando para que ficasse calado.

– O que foi? – sussurrou ele.

– Olá?

Kate voltou pelo túnel o mais rápido que pôde e agarrou Edgar, apertando sua boca com a mão.

– Calado! – sibilou a garota, puxando-o para que se agachasse e apagando o lampião. – Tem mais alguém aqui.

– É melhor aparecer – ouviram a voz horripilante do homem. – Apareça agora. – Um ruído aterrorizante ecoou nas paredes: o som de uma lâmina sendo arrastada devagar sobre os tijolos irregulares. – Você está invadindo! Não tem nada que fazer na minha propriedade. Saia agora. Apresente-se, minha jovem. Deixe o velho Kalen ver você direito.

Kate e Edgar esperaram as passadas se aproximarem, tentando ficar encolhidos ao máximo no espaço ao lado da escada. Não havia para onde ir, e a fumaça penetrava o alçapão enquanto o fogo tomava conta do prédio.

– Onde você está, hein? Não pense que não vi você aqui, garotinha.

A tocha do homem foi surgindo na bifurcação do túnel e iluminando tudo. Ele surgiu logo depois. Estava vestido com a túnica comprida e preta de um guarda, mas parecia bem mais velho do que qualquer guarda que Kate já vira. Sua túnica estava amarrotada e velha, tinha retalhos enrolados nos pés, em vez de botas, e cada parte descoberta de sua pele estava suja de lama, tornando-o repugnante e esquelético à meia-luz.

Ele ergueu a tocha, girou um punhal encardido na mão e olhou na direção do túnel da livraria. Kate e Edgar olhavam estupefatos, sem saber o que fazer. A luz do homem não iluminava até o final do túnel. Talvez a sombra os protegesse. Kate olhou para cima no poço, e viu a porta do alçapão começar a crepitar. O fogo invadira o esconderijo e ele estava queimando, jogando faíscas que chiavam pelas fendas da madeira.

Algo estalou acima deles e uma chuva de fagulhas quentes caiu do alçapão sobre os cabelos de Edgar. Kate retirou tudo antes que ele pudesse notar, mas as beiradas da porta estavam incandescentes e encolhiam com o calor. Mais alguns minutos e eles teriam mais do que fagulhas caindo em suas cabeças.

O velho não apresentava sinais de movimento.

Mais fagulhas caíram. A porta do alçapão começou a encolher.

Era hora de ir.

Kate agarrou o braço de Edgar, puxando-o sem jeito para trás dela, e juntos correram. O homem olhou para cima e viu o rosto assustado de Kate vindo em sua direção. Sorriu.

– Ah! – O velho ergueu o punhal, mas Kate continuou correndo. Ela só tinha uma chance. Dezenas de escaravelhos brilhavam no chão e alguns fugiam, subindo pelas paredes do túnel. Assim que chegou perto o suficiente, a garota encheu uma das mãos com os escaravelhos que estavam nas pedras e jogou-os no rosto do adversário. Ele gritou de susto, tentando arrancá-los com os dedos, e Kate bateu nele, lutando para manter o equilíbrio enquanto ele caía no chão.

– Continue! – gritou Edgar, segurando-a firme ao ficarem fora do alcance da lâmina afiada do homem. Um pedaço de madeira em chamas, do tamanho de um punho fechado, caiu da escada da livraria, lançando estilhaços ardentes na direção deles no meio da escuridão, e o homem gritou, protegendo-se das chamas repentinas. Kate e Edgar não esperaram para ver o que ia acontecer. Já haviam passado por ele, movendo-se o mais rápido que podiam pelo túnel da direita, na esperança de encontrarem uma saída, mas o túnel mergulhava de forma íngreme. Edgar pegou a tocha acesa da parede e tentou prosseguir.

As paredes do túnel passavam rapidamente por eles com uma luz intermitente de tijolos e limo úmido, ampliando-se pouco a pouco à medida que iam mais fundo. Era como descer correndo por um beco sujo sem vista para o céu. Havia comida estragada esparramada dos sacos de papel amontoados perto das paredes, cobertores velhos empilhados, cobrindo peças de metal enferrujadas encostadas umas nas outras, e também ratos: dezenas de corpos peludos e castanhos correndo no meio de tudo, carregando o que pudessem salvar naquela bagunça.

Finalmente, o túnel começou a se inclinar para cima, e Kate verificou o teto à medida que corriam, procurando outro alçapão, uma escada, qualquer coisa que os levasse de volta ao mundo lá fora, antes que o velho os alcançasse. Podia ouvi-lo no túnel atrás deles, arrastando-se feito um caranguejo perigoso, aproximando-se cada vez mais.

– O que é isso? – perguntou Edgar, parando de repente.
– Olhe! Uma porta!

Kate voltou-se e o viu puxar freneticamente uma alça retorcida que se destacava da parede.

– Não quer abrir! – gritou, tentando agora empurrá-la.
– Ela não quer... Consegui! – Após um bom empurrão, a porta se abriu arrastando uma confusão de comida espalhada sobre o piso duro de pedras. Espremeram-se para entrar

assim que surgiu espaço, aferrolharam a porta e se afastaram dela, prestando atenção a algum sinal do perseguidor que estava do outro lado. Com certeza ele era mais rápido do que aparentava, pois alcançou a porta menos de um minuto depois deles. Os dois podiam ouvi-lo se mover no túnel, falando sozinho.

Um arranhado agudo percorreu a soleira, a alça de repente chocalhou, e Kate deu alguns passos para trás. O ferrolho era muito pequeno. Um bom chute e ele se soltaria dos parafusos em um segundo.

– Temos que sair – sussurrou ela. – Onde você acha que estamos?

A tocha iluminava ao redor uma grande sala subterrânea cheia de prateleiras, cada uma com fileiras de garrafas coloridas e sacos de linho, mas, para cada garrafa e saco alinhado nas paredes, pelo menos duas estavam quebradas ou dois estavam rasgados no chão. Um líquido marrom-escuro pingava sobre ilhas de pãezinhos, carne fresca e vegetais esmagados, e o cheiro forte de álcool deixava o ar denso.

– Tem cheiro de cerveja – disse Edgar, pisando sobre os cacos de vidro. – Acho que estamos debaixo de uma pousada.

– Parece que os guardas já estiveram aqui – observou Kate. – Ficaremos bem, contanto que já tenham partido.

Ela foi em direção a uma escada de madeira ao fundo do porão, procurando ouvir qualquer som que viesse de cima.

– Ouve alguma coisa? – perguntou Edgar.

– Não. Acho que podemos nos arriscar.

A porta do túnel estremeceu com a batida forte, fazendo com que um dos parafusos do ferrolho ricocheteasse pelo chão.

– Você primeiro – disse Edgar. – É melhor ele pegar a mim do que você.

Kate não tinha tempo para discutir. Agarrou o corrimão e subiu depressa a escada, em direção à luz do sol que passava por debaixo da porta. Abriu-a e atravessou a toda velocidade, surgindo na sala principal da pousada, atrás de um balcão de bar estreito e comprido. A luz do sol penetrava por uma série de janelas pequenas, decoradas com vitrais de estrelas cadentes.

– Estamos na pousada Estrela Cadente – disse Edgar, ofegante atrás de Kate. – Do outro lado da praça do mercado.

– Então, onde está todo mundo?

A pousada estava deserta. A maioria das mesas fora destruída ou virada, e algumas barras do corrimão estavam quebradas sobre a escada que levava aos quartos no andar de cima. Ainda podiam ouvir o velho batendo alguma coisa contra a porta do porão, mas, tirando isso, todo o lugar estava em um silêncio terrível.

– Tudo bem – disse Edgar. – Temos os guardas à solta e um velho esquisito no porão. Está pronta para fugir?

– Não vou a lugar algum sem Artemis.

– Eles acham que ele é um dos Dotados, Kate! Acham que foi seu tio que ressuscitou o pássaro. Não vão simplesmente libertá-lo. Sabe o que isso significa, não sabe?

Kate não queria pensar no que aquilo significava. Tudo que sabia era que o tio estava em apuros por sua causa e não podia deixá-lo para trás.

– O homem que vimos na loja é pura encrenca – comentou Edgar. – Já ouviu falar em Silas Dane?

Kate fez que não com a cabeça.

– Ele é um Cobrador. Um dos melhores. Tudo que o Conselho Superior quer, ele consegue. E, se pegou seu tio...

Um grito vindo de fora o interrompeu, e Kate correu para a janela, esfregando a sujeira da vidraça azul para enxergar a praça.

A praça não era mais um mercado. Agrupadas entre as pequenas barracas de madeira havia dezenas de jaulas de metal, todas equipadas com rodas e atreladas a dois cavalos grandes o suficiente para agrupar quatro ou cinco pessoas dentro. Os guardas estavam lá fora. Kate contou pelo menos trinta, e outros chegavam sem parar, todos caminhando ao redor da praça com túnicas pretas, cercando grupos de pessoas como abutres ao redor da carniça.

Os guardas gritavam, dando ordens à medida que caminhavam, arrastando as pessoas do meio da multidão, obrigando-as a entrar nas jaulas, prontas para serem enviadas à guerra. Todos estavam armados, mas a cidade fora tomada de surpresa e ainda não havia resistência forte o suficiente para gerar derramamento de sangue. A cidade seria ceifada, e os guardas partiriam tão subitamente quanto chegaram. Todos sabiam pelo que esperar. Morvane fora derrotada, e não havia nada que pudessem fazer.

O sol brilhava e o ar estava frio, afetado pelo cheiro de fumaça. Kate olhou para a livraria do outro lado da praça. O pequeno prédio estava totalmente incendiado. As janelas haviam sido estraçalhadas, o andar de baixo fora engolido pelas chamas e a fumaça saía dos cômodos de cima, contorcendo-se em direção ao céu, levando consigo tudo que um dia ela conhecera.

– Olhe – falou Edgar. – Bem ali!

Algo acontecia na esquina a nordeste da praça, onde um homem alto estava parado perto do monumento comemorativo da cidade. Kate logo o reconheceu. O homem de olhos cinzentos. Silas Dane.

Ela encostou a bochecha na janela para enxergar melhor e viu um grupo de prisioneiros com as mãos amarradas, parados ao lado dele. Um deles recebia ajuda de outro companheiro, pois não conseguia apoiar o peso do corpo sobre a perna ferida.

– Artemis – disse Kate, se afastando da janela e correndo de repente para a porta, esquecendo totalmente seu medo dos guardas.

– Kate! Cuidado!

Um objeto afiado e prateado cortou o ar, quase atingindo o braço de Kate, e Edgar correu em sua direção, escapando de um rosto que aparecera do outro lado do balcão.

O velho dos túneis parecia muito mais assustador à luz do sol. Tudo em relação a ele era proposital e maligno. Seu nariz era curto e fino, as maçãs do rosto proeminentes e a boca semelhante a um bico, com o lábio superior pontudo descendo sobre uma fina cicatriz onde costumava ser o lábio inferior. Ele se arrastou adiante, sacando um segundo punhal de seu cinto roído por ratos, com um sorriso retorcido nos lábios.

– Agora peguei você, menina. – Ergueu a mão para lançar o punhal, e o reflexo luminoso do metal reluziu outra vez.

Kate abaixou-se. O punhal passou sobre sua cabeça e bateu na porta. Logo Kalen estava diante dela. Ele esticou o braço e agarrou o pescoço da garota com a mão gelada, fazendo com que suas costas batessem com força na maçaneta da porta.

– Que garota bonita – disse sorrindo, exalando seu hálito fedorento. – Vou ensinar você a não meter o nariz na vida dos outros.

Kate deu um chute, pisando firme no pé áspero do homem.

– Ahh! – rosnou ele, apertando ainda mais a garganta da garota.

Ela pisou nele de novo e arranhou o braço de Kalen com as unhas, lutando para respirar.

– Largue-a! – A voz de Edgar preencheu a pousada. Ouviu-se um grande estrondo. Os olhos de Kalen se arregalaram, seus joelhos dobraram, e Edgar ficou parado atrás dele com um dos banquinhos do bar erguidos, pronto para atingi-lo outra vez.

Kate segurou o pescoço, tossindo para recuperar o fôlego enquanto o velho dobrava o braço sobre o rosto para protegê-lo. Só que ele não parecia ter medo. Estava *sorrindo*.

– A-apenas nos deixe em paz! – exclamou Edgar, alternando o olhar nervoso entre Kate e o velho, e, naquele exato momento, ela viu algo estranho nos olhos do amigo. Havia medo ali, mas ódio também. Um ódio profundo que nunca vira em Edgar. Era como se ele quisesse machucar aquele homem. Machucá-lo *de verdade*. E ele estava mais do que preparado para fazer isso.

– Edgar – disse ela com cuidado. – Não.

A atmosfera na pousada ficou tensa. Os dedos de Edgar agarraram com força a perna do banco e suas mãos tremeram um pouco, denunciando a incerteza por trás de seu ódio. Ele mordeu o lábio e obrigou seus músculos a relaxarem.

– Deixe-nos... em... paz – ordenou ele, abaixando o banco. – Não fizemos nada a você.

Kalen olhou para ele e sacudiu a cabeça.

– O que está fazendo? – gritou, borrifando gotas de saliva marrom no ar. – Você não é burro. Não é mesmo, garoto? *Nunca* se renda ao inimigo. *Nunca* lhe dê uma chance. Faça isso, por que não o faz? Acabe comigo!

Edgar titubeou sob o olhar de Kalen, e o velho gargalhou.

– Não durará cinco batidas de coração lá fora – disse o velho. – O mundo está mudando. Você sabe o que está acontecendo. Sabe o que aquela garotinha é. Já viu outros da espécie dela. Não passa de encrenca. Apenas entregue-a e talvez esquecerei que o vi aqui, uh? Sabe o que Silas fará se pegar você.

– Calado! – exclamou Edgar.

– Há quem pagaria ouro puro para ter esse passarinho muito bem trancado. O que ela vale para um belo jovem como você? Aposto que faria muito com algumas moedas no bolso. E quem sabe? Entregue-a logo, e o Conselho poderá até estar disposto a esquecer algumas coisas. Tornaria sua vida mais fácil, não é mesmo? – Kalen deu um sorriso malicioso. – Todo homem tem um plano – continuou. – Qual é o seu, uh? Como está indo até agora? O que essa vozinha aí dentro lhe diz para fazer a seguir?

– Edgar? O que está acontecendo? – indagou Kate.

– Nada. O velho estúpido é louco, só isso.

– Não tão louco para esquecer um rosto, garoto. E eu já vi o seu antes. Se tivesse algum juízo, me deixaria fazer isso. Me deixaria quebrar o doce pescoço da garota bem aqui e pouparia Silas do trabalho. Ou quem sabe você queira fazer isso? Por favor, fique à vontade. Não vou atrapalhar.

Edgar chutou com força no peito de Kalen, jogando-o de costas no chão.

– Mandei ficar *calado*!

– Assim é melhor! Ah! Muito melhor – tossiu Kalen, gemendo e rindo no chão. – Fazendo parecer real. Não ia querer que ela soubesse quem você realmente é, não é mesmo? Cuidado, garoto. Pense! A vida de um traidor já é muito difícil, mas, quando o pegarem, sua morte será lenta e cruel. Quer saber como é o inferno? Silas lhe mostrará coisas que tornarão minha vida aqui parecer a bênção de um rico. Escreva o que eu digo.

– Edgar, deixe ele – pediu Kate. – Temos que sair daqui.

Kalen virou-se para ela.

– É tarde demais para isso – comentou. – Silas não vai deixá-la. Você tem algo de que ele precisa. Essa fagulha dentro de você. Acha que ele não verá? Acha que ele não saberá quem você é? Silas é o tipo de homem que você nunca vai querer conhecer. Caminhará em volta dessa sua linda cabecinha deixando pegadas que nunca sumirão. Ele é um demônio, sabe. Assim... como... eu.

A mão de Kalen alcançou rapidamente o cinto onde o punho de um terceiro punhal sobressaiu debaixo da roupa. Edgar estava preparado. Balançou o banco com toda a força, esmagando-o contra o crânio do homem.

– Rápido! – gritou ele. – Fuja!

– Você não o deterá! – rugiu Kalen, agarrando o nariz que sangrava, enquanto Kate se atirava para fora da porta de entrada da pousada. – Só vai deixá-lo furioso!

4
Assassinato

Kate saiu correndo para a praça do mercado e viu Artemis sendo empurrado agressivamente para dentro de uma jaula. Esforçou-se para virar e ficar perto da parede da pousada, esperando que ninguém a visse. Havia muitos guardas para que ela se arriscasse a ajudá-lo. Precisava achar outra maneira.

O sol brilhava diretamente em seus olhos, não deixando nenhuma sombra onde pudesse se esconder, então continuou correndo, saltando sobre corpos de pássaros, pilhas de madeira e ferramentas, espremendo-se para passar pela fileira de cavalos dos comerciantes presos a uma cerca, comendo feno de uma manjedoura. Ainda pensou em roubar um, mas não sabia cavalgar, e, mesmo que soubesse, uma garota a cavalo chamaria muita atenção na cidade.

Em vez disso, abaixou-se entre os corpos quentes dos cavalos, indo em direção a uma das lacunas entre os prédios, onde os portões abertos a levaram a um beco para carroças com largura suficiente para duas carroças com dois cavalos passarem apertadas nas idas e vindas ao mercado. Havia uma parede alta de um lado e algumas lojinhas do outro, mas tudo parecia abandonado agora. Kate olhou para trás. Edgar abria caminho entre os cavalos, fazendo com que um deles batesse a pata e relinchasse, mas não via sinal de Kalen. Ela bateu com força na primeira porta que encontrou, fazendo-a abrir sem resistência com o peso de sua mão. A fechadura fora arrebentada, e ninguém respondeu lá de dentro.

– Vamos – disse ela baixinho, entrando enquanto a porta rangia ao abrir, e Edgar a seguiu para o interior escuro.

O ar cheirava a sálvia e alecrim, e o piso estalava com as folhas secas ali espalhadas. Edgar acendeu um fósforo da caixa em seu bolso. Garrafas altas cintilavam nas prateleiras alinhadas nas paredes, e duas balanças tinham sido arremessadas do balcão curvo de madeira, deixando marcado e quebrado o local onde caíram.

Kate passou por cima delas, alcançando a janela. As cortinas estavam fechadas, mas dava para ver que a vidraça fora quebrada, cobrindo o chão aos seus pés com fragmentos de vidro verde. Abriu a cortina de tecido com cuidado e espiou o beco.

– Não acha que ainda estão aqui, acha? – sussurrou Edgar, tremendo quando o fósforo apagou e ele começou a acender outro.

– Quem?

– As pessoas que moram aqui.

– Os guardas já estiveram aqui. O que você acha?

– Acho tudo uma loucura – respondeu Edgar, seus passos fazendo barulho ao se aproximar dela. – Primeiro aqueles pássaros, depois Artemis é levado. Há pessoas loucas no subterrâneo e guardas por todo lado. – Olhou para Kate e baixou os olhos. – Aquele velho. Kalen? O que ele disse antes. Foi coisa de louco. Você sabe disso, não é? Numa escala de sanidade, ele está totalmente fora do eixo.

– Sei disso – afirmou Kate, tentando parecer confiante, mas a verdade é que não sabia o que pensar. Mesmo que Kalen estivesse mentindo sobre conhecer Edgar, seu comportamento em relação ao velho fez com que percebesse o quanto sabia pouco sobre o amigo. – Ele *conhece você?* – perguntou ela, hesitante.

Edgar desviou o olhar, recusando-se a encará-la.

– Deve ter me visto em algum lugar por aí – respondeu com um sorriso estranho. – Como eu disse, é um louco.

Kate queria acreditar nele.

– Foi o que pensei – respondeu.

Conhecia Edgar havia três anos, desde o dia em que chegara a Morvane. Ele viera de algum lugar do sul e passava o tempo enfurnado na livraria, conversando com os clientes, até Artemis finalmente concordar em lhe dar um emprego. Na verdade, nunca havia falado sobre a vida que levara antes de ir para a cidade. Tudo o que Kate sabia era que ele morava sozinho num quarto de porão a duas ruas da praça e que não tinha família, como ela. Nunca lhe passara pela cabeça que ele poderia ter alguma coisa a esconder. Afinal, era apenas Edgar. Fora isso... não tinha certeza se queria saber mais.

Os gritos das pessoas reunidas na praça do mercado percorriam o beco enquanto Kate olhava ao redor do novo esconderijo. Conhecia os donos daquela loja. Eram clientes assíduos da livraria e duas das poucas pessoas que o tio considerava amigas. Agora estavam lá fora com os guardas – com ele – e tudo estava desmoronando.

– Devíamos nos esconder aqui – sugeriu, tentando parecer confiante. – Se ficarmos fora de vista, ninguém nos encontrará.

Edgar empurrou a porta de volta para a soleira, forçando-a com as mãos para que fechasse, pois a fechadura partida não a mantinha presa.

– Esta porta é inútil – comentou. – Precisamos de alguma coisa para segurá-la.

– Não – retrucou Kate. – Deixe como está. Os guardas não esperam que alguém se esconda em uma casa aberta. Vão pensar que está vazia e não procurarão outra vez.

– E quanto a Kalen?

– Acho que não nos seguirá. Não com tudo que está acontecendo. Devemos ficar seguros aqui até decidirmos o que fazer.

A hora seguinte naquela loja foi a mais lenta da vida de Kate. Os dois se esconderam atrás do balcão, lado a lado, e Kate ficou sentada em silêncio enquanto Edgar maquinava planos para a fuga. Estava sussurrando algo sobre voltar para o labirinto, esquivar-se de Kalen e encontrar o caminho para outro quarteirão, mas Kate não prestava muita atenção. Sua cabeça estava cheia de pensamentos, confusão e planos inacabados para libertar Artemis dos guardas, mas todos pareciam acabar com eles sendo capturados. Edgar devia saber que ela não estava ouvindo, mas continuava falando assim mesmo, espiando por cima do balcão de vez em quando para ver se havia movimento lá fora.

– É possível que você tenha razão – disse ele, agachando no momento em que o relógio da loja bateu uma hora da tarde, fazendo os dois pularem. – Talvez não nos encontrem aqui.

– Talvez – disse Kate. – Apenas aguarde.

Então surgiram os barulhos.

Primeiro, um som arrastado e uma batida aguçada vindos de algum lugar ali perto, apesar de nenhum dos dois terem se movido um milímetro. E o som voltou. *Shhlep-shhlep-pá. Shhlep-shhlep-pá.* Kate ficou tensa. Alguém estava lá fora, no beco. Alguém caminhava pela calçada.

– Você ouviu isso? – sussurrou ela.

– O que foi?

– Espere aqui. – Kate rastejou até o outro lado do balcão e agachou bem, indo até a janela com cortinas. Edgar não ia ficar parado sem fazer nada outra vez, então a seguiu, espiando em silêncio o beco ao lado dela. Nenhum deles falou nada quando o vulto de alguém mancando tornou-se visível, mas ambos prenderam o fôlego.

Kalen voltara.

Os ombros do velho eram curvados, e seu rosto enlameado estava manchado de sangue. Kate agachou rapidamente e ficou espiando sobre a moldura da janela. Os lábios finos de Kalen estavam repuxados de ódio, seu olhar penetrante procurava movimento em cada sombra, os ouvidos examinando com cautela cada som. Vendo-o ali, era difícil imaginar como tinham chegado tão perto dele nos túneis e sobrevivido. Lá fora, na rua, ele parecia mais perigoso do que nunca.

Edgar se levantou rapidamente, encostando-se à parede da loja e escondendo-se atrás de uma das cortinas, e Kalen ergueu a cabeça, farejando o ar como um cachorro. Era difícil dizer exatamente para onde olhava. Estava ali parado, esperando, os dedos brincando com o punhal na cintura.

– Ratos imundos – resmungou para si mesmo, passando a língua debaixo do nariz para sentir o gosto das gotas secas de seu próprio sangue. – Vou achar vocês. Não se preocupem. Kalen está chegando.

Algo se mexeu no fundo do beco e Kalen ergueu-se, alerta, com o punhal erguido, pronto para atacar.

– Não! – reclamou. – Você não. Volte!

– Abaixe o punhal, Kalen, antes que eu o enfie na sua garganta. – Kate ouviu a ordem antes que pudesse ver quem estava falando.

Silas surgiu com passadas largas, os olhos cinzentos fixados no velho. Edgar ficou estático atrás da cortina, e Kalen arrastava os pés trocando o peso do corpo, olhando para trás, por cima do ombro, planejando sua fuga.

– Não vai conseguir fugir de mim desta vez. – Silas foi em direção a Kalen até chegar tão perto que podia acertá-lo com o punhal, se tentasse. Kate ficou esperando o velho agir, mas ele ficou parado, com as mãos tremendo, olhando para o chão.

A sombra escura de Silas engoliu Kalen ao se erguer sobre ele como um predador. O velho golpeou com o punhal à sua frente, tentando obrigá-lo a se afastar, mas a arma podia até ser de madeira, pela atenção que Silas lhe deu. Ele continuou avançando, obrigando Kalen a recuar. Estendeu a mão, apertando a garganta do velho, erguendo-o do chão e jogando-o contra a parede do beco.

– Ssssilasss! – A voz de Kalen saiu sibilante.

– Onde ela está?

Kalen abriu um sorriso debaixo do bigode sujo de sangue coagulado.

– Por que eu contaria? É por sua causa que estou preso neste lugar podre. Ah!

– *Onde?*

– Ela é forte – respondeu Kalen. – Ah, sim. Talvez eu a reivindique para mim, uh?

Silas segurou Kalen firmemente com uma das mãos e com a outra sacou uma longa espada do cinto. A lâmina era tão azul que quase parecia preta, brilhando como um falso céu noturno. Kalen se contorceu, tentando atacá-lo outra vez com o punhal, mas não teve forças para dar um bom golpe.

– Qual é exatamente seu plano? – perguntou Silas. – Pretende me matar, Kalen? Muitos já tentaram, um deles até conseguiu. Mas, como pode ver, não foi uma situação desagradável e permanente como alguns gostariam. Você disse que a garota estaria na livraria. Diga onde ela realmente está.

Silas afrouxou o aperto o suficiente para Kalen soltar o fôlego e respirar com dificuldade.

– Você vai... me matar de qualquer jeito – disse, rindo de forma horrível ao pronunciar cada palavra.

Silas pousou a lâmina sobre o ombro do velho.

– E com bons motivos – retrucou. – Quem é que ficou sem fazer nada enquanto o Conselho Superior permitia que um dos Dotados ficasse entre deles? Quem é que sabia o que aquela mulher pretendia fazer e mesmo assim não disse nada – *nada* – para mim? Se tivesse me avisado sobre ela, nunca teria permitido que ela se aproximasse tanto. Então não se *atreva* a me culpar pelo que aconteceu na sua vida, já que ajudou a destruir a minha.

– O que posso dizer? O ouro era bom – respondeu Kalen sorrindo com ironia, mostrando os dentes moles e trincados. – Claro que já gastei tudo. Rê-rê. Mas valeu a pena. Ah, sim. A culpa não é minha se você caiu na armadilha dela.

Os olhos de Silas brilharam de ódio.

– Você continua sendo o traidor de sempre – afirmou. – O Conselho parou de procurá-lo há anos porque acharam que estava morto. Eu devia ter contado onde você estava, mas, em vez disso, você ficou livre. Me deve muito mais do que sua vida inútil. Então, pela última vez, o que fez com a garota?

Kalen fez a cara mais presunçosa que um homem poderia fazer com uma lâmina tão perto do pescoço.

– Está perdendo o jeito, amigo? – perguntou. – Houve um tempo em que já teria prendido aquela diabinha e estaria na metade do caminho até Fume, e eu já estaria morto e gelado. Seria comida de ratos, só por tê-lo atrasado. É melhor agir. O Conselho não vai agradecê-lo por fazê-los esperar.

– Isso não é para o Conselho – disse Silas, embainhando a espada, mas segurando firme a garganta de Kalen.

– Então eu acabaria com ela rapidinho. Ela é perigosa. Melhor morta que respirando. Calculo que não demoraria muito.

– Este sangue – disse Silas, notando as manchas na túnica de Kalen. – É dela?

– Talvez sim. Talvez não. Levei uma boa pancada no nariz pelo caminho. Ela não está sozinha, sabe. O garoto de Da'ru. Ele fez isso comigo.

– O garoto de Da'ru? – Silas pareceu surpreso. – Edgar Rill está aqui? Nesta cidade?

– Ah! Não sabia, não é?

Kate olhou para a cortina atrás de si, onde Edgar estava enrolado, mostrando apenas as botas surradas que apontavam para a sala. Se estava ouvindo a conversa dos dois homens, não dava nenhum indício. Talvez Kalen o *tivesse* mesmo visto em algum lugar na cidade, mas como um cobrador saberia seu nome?

– Não vou esquecer de agradecer a ele pelo que fez com você, quando encontrá-lo – disse Silas. – É uma pena ele não ter terminado o que começou.

Kalen ficou sério.

– Escute. Você e eu. Somos amigos, Silas. Soldados. Não se esqueça disso.

– Não lhe devo nada – retrucou Silas. – Você sabe o que está em jogo. Aquela garota pode ser a chave de tudo, e você a deixou escapar. Pelo menos tem o livro?

– Se tenho? Estive aqui todo esse tempo procurando essa coisa maldita. Fiquei nos porões escutando, infiltrando-me nas casas à noite. Se alguém o escondesse, eu saberia. Ele sumiu, Silas. Foi parar não se sabe onde.

Silas apertou mais o pescoço do velho, e ele gemeu.

– Se não o tivesse perdido, para começar, tudo isso já teria acabado – comentou. – Eu estaria livre dessa vida inútil e você talvez ainda pudesse usar essa sua cabecinha ridícula.

– Eu tentei! – exclamou Kalen. – Não está aqui, estou dizendo.

– Então não tentou o suficiente – contestou Silas. – Como vou saber que não ficou somente se escondendo aqui, sem fazer nada, fugindo de medo, como o porco sujo que você é?

– Não pode saber. – Kalen arreganhou os dentes de forma ameaçadora. – Mas, pelo menos, *eu não sou* um garoto de recados, aprisionado aos pés de uma mulher!

A risada de Kalen transformou-se em uma tosse seca, e Silas o olhou com fúria.

– Os Dotados são nossa única ligação com o *Wintercraft* – disse ele. – Aquela garota é a única que ainda não esconderam de nós, e você está desperdiçando meu tempo. Devia ter ficado em seus túneis, *amigo*, que é o lugar de ratos como você.

Kalen repentinamente olhou para a janela quebrada e viu o rosto de Kate antes que ela pudesse se esconder. Silas viu aquilo e virou-se para a loja, dando a Kalen a chance de que precisava. Ele foi com o punhal na direção da garganta de Silas, que moveu a mão rápido como um relâmpago, agarrando a lâmina com tanta força que sua palma sangrou.

– Lento demais – disse, virando a lâmina ao contrário, em direção ao peito do velho. – Não aprendeu nada, Kalen? Os mortos não podem morrer. Você, por outro lado...

– Espere! – gritou Kalen, mas era tarde demais. Com um golpe poderoso, Silas forçou a lâmina na túnica de Kalen, cravando-a fundo em seu coração.

Kate grunhiu com a cena e levou a mão à boca, desviando o olhar.

– Uma morte por outra – disse Silas, deixando Kalen sangrar até que o corpo sem vida tombou bruscamente sobre a calçada.

Kate olhou para fora e viu Silas se abaixando e pressionando a mão na testa de Kalen. O ar se agitou de forma estranha ao redor dele, como o calor que emana de um telhado em um dia úmido de verão, e tudo pareceu se acalmar. Ela não sabia o que estava vendo. Silas estava parado de forma impossível, com os olhos fechados, concentrando-se em algo que ela não podia ver. Kate se esquecera de respirar, e somente quando o ar voltou ao normal outra vez é que sentiu o horror de testemunhar a morte de um homem. Seus joelhos fraquejaram, e ela desequilibrou para trás.

– Kate! – murmurou Edgar, abandonando o esconderijo para ajudá-la.

Era tudo de que Silas precisava.

Ele viu Edgar se mover, tirou a espada e avançou com passos largos em direção à janela quebrada. Edgar não o viu se aproximar. As botas de Silas não fizeram nenhum som sobre a calçada, e nenhuma sombra rastejou pelo chão da loja. Somente Kate o viu ali parado a dois passos das costas de Edgar, com a espada erguida, pronta para golpeá-lo.

– Cuidado! – gritou, empurrando o garoto com força para a cortina quando a lâmina desceu. A espada errou o alvo, cravando a ponta no piso de madeira, e o metal zuniu.

Edgar ficou encostado à parede, congelado. Silas estava dentro da loja, parado diante de Kate. Ele segurava a espada com as duas mãos, mas não tentou arrancá-la do chão. Apenas ficou ali parado, olhando para ela.

– Você sabe quem eu sou? – perguntou.

Kate confirmou firmemente com a cabeça, tentando não transparecer seu medo.

– Então devia saber que ninguém escapa de mim depois que decido capturá-lo. Não concedo acordos, não ofereço liberdade ou piedade. Você tem algo que quero, e creio que pode me ajudar a encontrar algo de que preciso.

Kate não sabia do que ele estava falando e não se importava.

– Onde está meu tio? – perguntou ela, soando mais corajosa do que na verdade se sentia. – Ele não é um dos Dotados. Não é quem você está procurando.

– Eu sei disso. – Silas arrancou a espada do chão e a ergueu um pouco, o suficiente para fazer Kate hesitar. – Soube assim que vi o rosto dele. Os olhos não mentem, Kate.

– Como sabe meu nome?

– Recebi ordens para achá-la – respondeu Silas. E creio que você pode me ser útil. Mas primeiro... – Virou-se para Edgar, cujo semblante era a imagem do terror. – Primeiro tenho que matar o garoto.

– Não! – gritou Kate. A lâmina azul subiu direto até a garganta de Edgar e parou encostada em sua pele trêmula.
– Não? – perguntou Silas. – Por que não?
Kate olhou de relance para o cadáver no beco.
– Porque eu... eu vou com você – respondeu. – Não precisa feri-lo. Ele não está atrapalhando a sua vida. Não vai impedi-lo de me levar. Vai, Edgar?
O garoto encolheu os ombros o máximo que a lâmina permitiu.
– Na verdade, eu ia fazer uma boa tentativa.
– Não vou a lugar algum se o ferir – ameaçou Kate. – E certamente não vou ajudá-lo.
– Fará o que eu mandar ou morrerá bem aqui, ao lado de seu amigo inútil.
Kate pensou rapidamente, sem saber o que fazer, mas Edgar tinha um plano.
Aproveitando-se da distração momentânea de Silas, segurou a cortina verde com toda a força, arrancando o varal enferrujado da parede e deixando cair as argolas pela ponta. Esperava pegar Silas debaixo do tecido, mas este era pesado demais e, em vez disso, a cortina caiu sobre sua própria cabeça. Edgar cambaleou cegamente pelo piso, arrastando a cortina, com Silas logo atrás de si. Kate agarrou as balanças do chão e as jogou nos joelhos de Silas, acertando com força sua rótula. O Cobrador não parou. Nem mesmo mancou. Continuou a passos largos, perseguindo Edgar com toda a calma, até que o garoto por fim conseguiu se libertar da cortina e escapulir pela porta de entrada da loja.

Silas parou na soleira, e Kate observou Edgar derrapar na calçada coberta de sangue e passar pelo cadáver de Kalen, fugindo do ervanário sem sequer olhar para trás. Sentiu o coração apertar, e o medo se juntou como um nó em sua garganta ao perceber que ele não voltaria.

A porta dos fundos da loja estava bloqueada por uma pilha de prateleiras caídas, e agora um assassino estava entre ela e sua única chance de escapar. Ela estava só, indefesa, e não havia saída.

Silas guardou a espada e virou-se para ela.

– Os fracos sempre fogem – disse ele. – Não há honra em matar um covarde. Não me decepcione, tentando fazer o mesmo.

– Você não lhe deu escolha – retrucou Kate, tentando se convencer de que aquilo era verdade, que de alguma forma Edgar precisara deixá-la para trás. – O que você quer?

– É uma garota rara, senhorita Winters. Um diamante no meio do lixo podre que compõe o resto desta cidade imprestável. Tenho perguntas, e você deve respondê-las. Responda de forma que me satisfaça e sua vida será mais fácil. Me desafie e serei menos amigável do que tenho sido até agora.

– Você acabou de *matar* um homem – comentou Kate. – Incendiou minha casa, levou minha família e tentou matar meu amigo.

– No entanto, você está aí, intacta. Por que acha que é assim? – Silas caminhou em sua direção, e a cada passo o ar parecia mais frio. O medo se espalhou pela coluna de Kate, mas não havia para onde ir.

– Foi você que ressuscitou o pássaro – afirmou ele. – Você é a única que me interessa. Vai me ajudar a encontrar o que preciso.

– Eu não fiz nada – negou Kate. – Não sei quem pensa que sou, mas está enganado.

Silas estendeu a mão e agarrou o rosto de Kate, apertando suas bochechas enquanto fitava seus olhos. Sua mão era fria como a água de um rio e não a deixava se mover. O cinza morto de seus olhos se movia como um nevoeiro preso atrás de círculos de vidro, e Kate se deu conta de que estava olhando fixamente para ele, incapaz de desviar o olhar.

– Não estou enganado – disse ele. – Seu tio não tem mais Dom dentro dele do que um estilhaço de pedra. Porém, você... posso ver o poder dentro de você. O poder jovem de um sangue antigo, bruto e inexperiente. Sabe quantas pessoas levam o nome Winters aqui na ilha de Albion? Pessoas inúteis, sem nenhum laço consanguíneo verdadeiro com a família?

Kate negou com a cabeça.

– Centenas – completou Silas. – Uma ou duas delas mostraram alguma promessa, mas não eram nem um pouco parecidas com você. É você que eu procurava, e virá comigo ou começarei a cortar esses seus dedos delicados. Um. Por. Um.

Kate sentiu o frio do metal em sua mão e tentou tirá-la bruscamente. Ouviu-se o estalo de uma fechadura, e Silas prendeu o pulso dela à extremidade de uma corrente longa e fina, enrolando na própria mão a parte que sobrava.

– Uma precaução – disse ele. – Não pretendo perdê-la de novo. Agora ande.

Silas fez Kate levantar com um puxão e empurrou-a para fora da loja. Ela não queria sair, não depois do que aconteceu, e tentou não olhar para o corpo de Kalen caído no chão. Silas a guiou em direção ao corpo e a fez ficar parada ao seu lado, enquanto o tocava com a ponta da bota. Colocou um joelho no chão, arrancou o punhal do corpo de

Kalen e limpou-o com a túnica do homem morto. A letra "K" ali gravada cintilava na lâmina. Guardou-o no bolso.

– Uma pena – ressaltou. – Mas necessário.

Silas olhou para o telhado da loja, onde seu corvo estava empoleirado pacientemente sobre a calha, arrepiando as penas contra o vento.

– Siga o garoto – ordenou. – Não saia do lado dele.

– Edgar? – Kate tentou libertar o pulso da corrente, mas o metal estava apertado. – Para que você o quer? Deixe-o em paz!

O corvo estalou o bico e saiu voando.

– Enquanto meu corvo estiver com ele, poderei encontrá-lo – disse Silas. – Os Dotados podem ser capazes de fazer muitas coisas, mas eu também tenho meus truques. Ninguém pode escapar de mim, Kate. Nem ele. Nem você. – Silas imobilizou a garota, e ela viu o pássaro voar para longe, até que suas asas sumiram de vista nos telhados da cidade. – Kalen mereceu morrer diversas vezes – disse ele. – Seu amigo terá que enfrentar seu próprio julgamento. Por enquanto, você é minha maior preocupação.

Silas empurrou Kate adiante pelo beco, na direção oposta da praça do mercado, indo para o emaranhado que eram as ruas secundárias do Bairro do Sul. Ela olhou ao redor, procurando alguém que pudesse ajudá-la, mas as poucas pessoas que conseguia ver estavam fugindo do Cobrador, apavoradas demais para desafiá-lo por causa de uma garota. A cidade agora pertencia a ele.

Grupos de guardas com túnicas se moviam pelas ruas, conduzindo vagabundos assustados em direção à praça, e Silas obrigou Kate a parar quando um cavalo preto puxando uma carruagem pela rua surgiu, indo em direção a eles. As laterais e o teto já tinham sido vermelhos, mas a tinta havia muito tempo estava descascada, deixando marcas gastas em vermelho e preto. Kate não conseguia ver o rosto do condutor escondido debaixo do capuz da túnica.

A carruagem parou ao lado deles e Silas abriu a porta.

– Entre – exigiu.

5
Wintercraft

Edgar saiu correndo pelo Bairro do Sul, mantendo-se nas sombras, tentando não ser visto. As mãos estavam suadas, e o coração, acelerado. Não corria tão rápido desde... Não. Não ia pensar nisso. Sentiu-se um covarde. Um Cobrador pegara Kate, e ele estava correndo na direção contrária. Qualquer pessoa comum teria tentado enfrentar Silas, tentado lutar e obrigá-lo a devolvê-la. Mas essa não era a primeira vez que Edgar fugia de Silas Dane. Enfrentá-lo não o levaria a lugar nenhum. Ele sabia o que devia fazer.

Continuou correndo, ignorando os gritos de alguns cidadãos que estavam parados na porta de suas casas ou debruçados nas janelas apontando para a fumaça que subia dos incêndios ali perto. Ainda não deviam ter visto os guardas, mas estavam fazendo barulho suficiente para atrair qualquer um deles num raio de aproximadamente um quilômetro dali.

Nuvens negras traziam uma nevasca do norte, escurecendo o céu e enchendo o ar com flocos brancos que caíam.

Edgar se esquivava entre as casas, procurando um lugar para se esconder, um lugar para planejar, e acima dele, voando nas alturas, o corvo de Silas o seguia em silêncio.

Ninguém percebeu as asas largas do pássaro abertas acima do topo dos telhados à medida que mantinha o ritmo, seguindo Edgar, que em certo momento foi obrigado a se abrigar da neve pesada dentro de uma casa bem velha. O corvo o observou forçar a entrada por uma janela coberta por tábuas, depois foi pousar na quina de pedra do telhado de uma padaria como uma gárgula perfeita, esperando o próximo passo do rapaz. E, enquanto estava ali, a cidade de Morvane mudou.

A neve caía formando um cobertor nas ruas precárias do Bairro do Sul. Telhados destruídos tornaram-se lindos outra vez, ruas sujas receberam uma nova camada de branco, e tudo brilhou sob os poucos raios de sol matinais. O corvo continuou parado, olhando a porta da casa, até que uma pequena carruagem, puxada por dois cavalos cinzentos, apareceu, desviando sua atenção. De repente, ele ficou alerta, inclinou a cabeça e sacudiu as penas para se secar. Sabia quem estava dentro da carruagem. Podia sentir a presença indesejável de um inimigo. Alguém que aprendera a temer.

O instinto o mandava voar, mas o dever para com seu mestre o manteve preso a seu posto até que a carruagem passasse, ignorando tanto sua presença quanto a do garoto escondido na casa. Somente quando ela desapareceu e o corvo se sentiu outra vez seguro ele se acomodou de novo e voltou obedientemente para sua vigília silenciosa.

Do outro lado da cidade, a carruagem que transportava Kate seguia rapidamente. As janelas estavam cobertas com cortinas grossas, e por isso ela só conseguia ver pequenas partes das ruas por onde passava, mas era suficiente para saber que estavam indo em direção ao Bairro do Oeste – o distrito mais perigoso e antigo de Morvane. Kate puxava discretamente a algema no pulso, tentando fazê-la passar pela articulação do polegar, no entanto ela não saía do lugar.

O vento penetrante passava pela portinhola quebrada na frente da carruagem, jogando neve no rosto de Kate, obrigando-a a se aconchegar mais fundo no casaco, e podia-se ver as costas do condutor. Silas não se mexia. Não dissera uma palavra desde que entraram na carruagem. A neve batia violentamente ao seu redor, e os flocos batiam em seu rosto, derretendo instantaneamente no calor da pele de Kate, mas grudando no rosto de Silas e demorando muito mais para derreter em sua pele. Quando caíam sobre os olhos, juntavam-se em montes minúsculos ao longo dos cílios. Ele nem piscava.

Quando a arcada alta marcando a mudança de um bairro para o outro surgiu, as bochechas de Kate estavam tão frias que ela nem as sentia mais. As rodas da carruagem saltavam e sacudiam tão fortemente nas ruas irregulares que ela teve de se segurar no banco para não cair e, sem ao menos olhar pela janela, Silas deu uma ordem ao condutor:

– Aqui.

A carruagem parou devagar na frente de uma hospedaria inacabada. Silas abriu a porta e puxou Kate para fora, onde o frio da neve fez suas orelhas queimarem. A hospedaria era, sem sombra de dúvida, o prédio mais alto do bairro, com três andares de janelas quadradas levando a uma janela circular partida, encaixada embaixo das calhas no topo. Silas não se deu o trabalho de bater na porta. Virou a maçaneta e empurrou Kate para dentro.

– O que estamos fazendo aqui? – perguntou ela.

— Tenho um compromisso a cumprir e não posso arriscar deixá-la com mais ninguém — respondeu Silas. — Se tiver algum juízo, vai ficar atenta e de boca fechada.

A porta levava a um longo corredor escuro, iluminado apenas por uma vela acesa no final. Uma sombra moveu-se na frente da luz, e um homem baixo se apressou para encontrá-los. Era velho e usava trajes bem simples, mas Kate não teve como evitar o brilho do anel de ouro e rubi em sua mão direita. Um anel daqueles só poderia pertencer a um homem com amigos poderosos, por isso não ficou surpresa quando ele cumprimentou Silas pelo nome.

— Sr. Dane — disse, olhando rapidamente para a porta danificada atrás de si.

— Ela chegou? — perguntou Silas.

— Não, senhor.

— Então descerei quando ela chegar. No que lhe diz respeito, esta garota não está aqui. Ela não existe. Você entendeu?

— Sim, senhor.

O dono da hospedaria sorriu assustadoramente para Kate no momento em que Silas a puxou pelas escadas gastas que levavam aos andares superiores. Subiram dois lances de escadas em L e depois um terceiro que levava direto para o sótão. Uma porta, da qual Silas já tinha a chave, ficava numa plataforma bem no topo, dando acesso a um quarto pequeno e arrumado, com uma cama estreita, uma lareira, apagada, e uma escrivaninha de madeira. Silas trancou a porta depois de entrarem e seguiu direto para a janela circular, abrindo-a para poder se debruçar e ver a rua.

— O que está acontecendo? — perguntou Kate. — Com quem vai se encontrar aqui?

— Alguém que tem procurado sua família há muito tempo — respondeu Silas, atravessando o quarto e prendendo a ponta da corrente de Kate na escrivaninha. – Pelo que ela sabia, só existia um Winters morando nesta cidade. Vou dizer a ela que seu tio é inútil, igual aos outros. Se ficar calada, há uma chance de este dia não acabar mal para você.

– O que isso significa? – perguntou Kate.

– Seus pais nunca comentaram que tinham uma filha quando os guardas os levaram – respondeu Silas. – Foram sábios o suficiente para saber quando ficar calados e quando falar. Uma lição que seria bom você aprender.

– O que sabe deles? – interrogou Kate, mas um olhar de Silas foi o bastante para silenciá-la.

– O que sei é irrelevante – afirmou ele. – Só o que importa agora é o que você sabe e o que pode fazer.

Seguiu-se um longo silêncio.

Silas ficou parado ao lado da janela aberta, sem se importar que Kate estivesse tremendo no escuro. Ela sentou ao lado da escrivaninha, usando o canto da madeira para tentar abrir à força a algema no pulso, e estava prestes a perguntar a Silas o nome da mulher quando uma dor súbita irrompeu entre seus olhos, como agulhas penetrando na pele. Uma luz forte brilhou a sua frente: uma luz branca e pura, que surgiu e desapareceu em um instante. Ela piscou para esquecer daquilo e tinha voltado para a algema quando aconteceu outra vez. A luz brilhou com mais intensidade, durante alguns segundos sem diminuir, mesmo quando fechou os olhos.

Silas olhou desconfiado para ela.

– O que foi? – perguntou.

– Nada. Não é nada. Eu...

– Os Dotados possuem os sentidos mais aguçados do que as pessoas normais – comentou. – Esses sentidos podem criar visões de coisas que os olhos geralmente não veem. Diga-me o que viu.

A dor penetrou novamente, e a luz brilhou mais uma vez, intensificando a visão de algo que Kate sabia ser impossível.

Ela olhava pela janela de uma carruagem em direção ao arco que dividia o Bairro do Oeste do Bairro do Sul. Era o mesmo caminho que a carruagem de Silas fizera, mas ela não estava olhando para uma memória de seu próprio percurso. A janela era arqueada, e não quadrada, e as cortinas estavam abertas.

– O que você vê? – ordenou Silas.

Kate não sabia o que estava acontecendo. O frio glacial rodeou suas mãos até deixá-las tão frias que era como se os ossos fossem quebrar. Ela tentou se levantar, mas não conseguiu se mover. Tentou falar, mas o som não saía de sua garganta. Conseguia apenas ficar sentada olhando para o mesmo ponto na parede negra, os olhos fixos em um terror silencioso enquanto seu corpo se recusava a obedecer-lhe.

A primeira coisa que pensou foi que tinha sido envenenada, mas Silas não lhe dera nada para comer ou beber. Ela não sentira a picada de uma agulha ou o cheiro de gás no ar. O frio se espalhou por seus braços, adormecendo-os completamente à medida que uma fina camada de gelo percorria seus dedos. Depois, tudo que viu foi escuridão. Uma escuridão profunda, mais completa do que qualquer outra que jamais conhecera. Sentiu-se perdida ali dentro. Paralisada. Incapaz de mover-se, falar ou gritar. Tudo que tinha era o pulsar do sangue correndo em suas veias lhe dizendo que estava viva, mas até mesmo isso estava diminuindo. Tornando-se mais suave, mais fraco.

A voz de Silas soou ali perto:

– Todos os Dotados têm a habilidade de ver dentro do véu – explicou ele. O limite entre este mundo e o próximo está se abrindo ao seu redor. Deixe acontecer. Com o tempo, vai se tornar tão fácil quanto respirar.

Kate não conseguiria parar aquilo, mesmo se tentasse. O frio era tão intenso que ela se tornou insensível a ele. Então a visão voltou e, desta vez, ela ficou feliz. Qualquer coisa que obrigasse a terrível escuridão a sumir.

Estava de volta ao interior da carruagem, passando rapidamente debaixo do arco do bairro. Tentou olhar ao redor, mas os olhos permaneciam fixos na janela enquanto as pedras escuras da arcada turvavam o vidro, formando um reflexo dentro dele como se fosse um espelho. Kate focou-se nele e viu-se olhando para um rosto. Um rosto de mulher que não era o seu.

Então tudo parou.

A imagem congelou ao seu redor e tudo estava inerte, exceto aquele rosto: o rosto de uma mulher que sentira algo mais além dela própria naquela carruagem. Os olhos frios no interior do vidro começaram a sorrir, e a boca pintada de maneira primorosa sussurrou uma palavra: "Kate."

O choque ao ouvir seu próprio nome fez com que se levantasse com um suspiro repentino. A visão desapareceu, e ela voltou à hospedaria com Silas parado bem ao seu lado. O gelo derreteu ligeiramente em sua pele quente, e ela ficou parada, olhando para as mãos que recuperavam a cor devagar, ainda tremendo de frio.

– Ela está chegando – disse ela, assim que conseguiu dizer algumas palavras. – Acho que a vi. Ela disse meu nome. O que... O que aconteceu?

– Você usou o véu para ver através do espírito de outra pessoa – explicou Silas. Por um momento, ele pareceu surpreso, mas seus olhos frios não revelaram nada. – Ela é a caçadora, e você é sua presa. Com as condições certas, o véu pode conectar a mente de dois Dotados, se estiverem concentrados um no outro o suficiente, mas geralmente é preciso uma força de vontade imensa para tornar essa conexão possível. O que você fez?

– Nada! – exclamou Kate, puxando frustrada a algema no pulso. – Só estava sentada aqui tentando tirar esta coisa.

– Para ela saber seu nome, deve estar a par da conexão entre vocês – descreveu Silas. – Quando duas mentes se unem dentro do véu, é possível partilharem lembranças. Você não deixará isso acontecer outra vez. Fico surpreso de os Dotados não terem encontrado você antes de mim. Seu potencial é bem maior do que eu esperava. Há quanto tempo é um deles?

– Não sou um deles.

– Quem lhe ensinou os segredos do *Wintercraft*?

– *Winter* o quê?

– Onde o livro está guardado? Você o leu?

– Que livro? Não sei nada disso.

Kate estava cansada, confusa e nervosa. Sua cabeça ainda doía do que quer que acontecera, mas a lógica começava a assumir o controle. Não tinha visto de verdade aquela mulher na carruagem. Ela não podia ser real. Sua imaginação devia tê-la criado juntando o que havia acontecido naquele dia com o que Silas lhe contara. E, quanto ao gelo em suas mãos... não havia traços dele agora. Talvez nunca tivesse estado ali.

– Da'ru logo chegará – disse Silas. – Ela não pode descobrir que você está aqui em cima. Entendeu?

Da'ru? Kate se lembrou do nome. Kalen chamara Edgar de "o garoto de Da'ru", mas ela tinha certeza de tê-lo ouvido em outro lugar antes.

– Por que ela está me procurando? – perguntou.

– Os Dotados são uma raça em extinção – respondeu Silas. – Ela tem seus planos para você. E eu tenho os meus. Você me ajudará a encontrar o livro *Wintercraft* e também a fazer algo que a maioria das pessoas acredita ser impossível. Isso é tudo que precisa saber por enquanto.

– Isso está errado – retrucou Kate. – Eu não sei nada sobre os Dotados. Não sei por que isso está acontecendo!

– Poucas pessoas podem escolher o próprio destino – disse Silas friamente. – Menos ainda são as que aprendem a aceitar o caminho que lhes foi dado. – Ele voltou para a janela e olhou para a rua.

– Ela está aqui – afirmou, e o som das rodas da carruagem chacoalhando chegou até eles. – Fique quieta e não faça nada. Se a encontrarem aqui comigo, haverá consequências para nós dois. Não saia deste quarto.

Silas saiu para a plataforma no alto da escada e fechou a porta. Kate esperou até que seus passos estivessem longe o suficiente para poder se aproximar sorrateiramente da porta, deixando a corrente serpentear em silêncio no chão atrás dela. A maçaneta de metal produziu um som seco em sua mão. Trancada. Ela se abaixou para olhar através do buraco da fechadura e viu algo escuro ali dentro. A chave ainda estava lá.

Kate atravessou o quarto o mais silenciosamente possível e abriu algumas das gavetas da escrivaninha, procurando algo longo e fino para empurrar a chave. As poucas canetas que encontrou eram grossas demais para caber na fechadura. Tudo que restara eram algumas folhas de papel soltas. Elas teriam que servir.

Kate pegou duas folhas, rasgou uma ao meio e a enrolou bem firme, formando um canudo fino o suficiente para alcançar a chave, mas forte o bastante para não se dobrar ao tocá-la. Voltou para a porta, ajoelhou-se e colocou a outra folha por baixo da soleira para pegar a chave quando caísse. Depois enfiou o canudo com cuidado na fechadura, empurrando a chave devagar, torcendo para que não fizesse muito barulho ao cair no chão.

Aos poucos, a chave se soltou. Kate ficou tensa quando ela caiu e bateu forte nas tábuas de madeira. Ela gelou, esperando que alguém aparecesse para verificar o barulho. Ninguém apareceu. Ao ter certeza de que estava segura, puxou a folha de papel de volta para o quarto com as pontas dos dedos; a chave pesava em uma das pontas da folha, balançando perigosamente. Ela a agarrou assim que a viu e enfiou-a na fechadura. A maçaneta girou, e a porta se abriu.

O comprimento da corrente só permitia que ela chegasse até a plataforma, de onde podia ouvir as vozes distantes das pessoas conversando ao pé da escadaria. Era a voz de uma mulher e outra mais alta, do dono da hospedaria, mas só conseguia entender metade da conversa.

– Não se ouve falar dos Dotados nesta cidade há dez anos ou mais. – Kate ouviu o homem dizer ao inclinar-se mais perto da escada. – Se havia uma garota Dotada, ela não veio por aqui. O povo daqui é mais cuidadoso do que no Sul. Não. Não encontrei ninguém. Se um deles tivesse passado por esta cidade, garanto que eu saberia.

– Muito bem – veio a voz da mulher, mais clara agora que Kate se debruçara sobre a escada.

– Nós o chamaremos outra vez, se precisarmos – disse Silas. – Deixe-nos a sós.

Kate ouviu passos arrastados enquanto o dono da hospedaria ia embora e uma porta se fechava em algum lugar no andar inferior.

– Essa gente está escondendo alguma coisa – observou Da'ru. – Que notícias tem da garota? Já estamos com ela?

– Parece que a informação de Kalen estava incorreta – comentou Silas. – O único Winters que encontramos aqui foi um livreiro sem família. Ele já está preso e não mostra nenhuma tendência a ser um Dotado. Isso tudo pode ter sido apenas um esforço inútil na esperança de recuperar sua confiança. Kalen tem fama de ser um homem desesperado, mas a colheita está indo bem, de qualquer forma. Nossa presença aqui ainda pode valer a pena.

– Não. Há alguém nesta cidade – afirmou Da'ru. – Uma garota. Eu a senti.

– Se é assim, pode ter certeza de que ela será encontrada – disse Silas. – Meus homens estão revistando todas as ruas, e os portões da cidade estão trancados. Ninguém sairá.

A voz de Da'ru ficou mais baixa, e Kate teve que se esforçar para ouvir suas palavras:

– Nunca estivemos tão perto como agora, Silas – disse ela com palavras sérias e perigosas. – Tenho certeza de que o livro está escondido em algum lugar em Fume. Logo vamos encontrá-lo e, com um Winters para usá-lo... Não preciso lhe dizer o que isso significa. O livro é *meu*. A família daquela garota o roubou de mim e, nem que eu leve o resto da vida, descobrirei os segredos dele. Não saia desta cidade enquanto seus homens não tiverem certeza de que não restou nenhum Dotado. Verifique as casas vazias, porões, tudo. Quero aquela garota, Silas. Encontre-a para mim.

Kate recuou devagar dentro do sótão, erguendo a corrente prateada para que não arrastasse no piso. Mesmo que conseguisse removê-la de alguma forma, Silas tinha razão, não havia para onde ir – e, por mais que o temesse, o instinto lhe dizia que devia recear mais ainda aquela mulher.

Ela se trancou no sótão e empurrou a chave de volta por debaixo da porta, onde Silas a encontraria. Com tantas pessoas na casa, não havia nada que pudesse fazer para ajudar a si mesma. Ficou na penumbra, ao lado da janela do sótão, esforçando-se para pensar em qualquer outra coisa que não fosse a mulher no andar de baixo. De sua posição logo acima do telhado, Morvane parecia grande o suficiente para esconder qualquer um. Qualquer um, menos Kate. Ela fora descuidada. Depois de tudo que Artemis lhe ensinara, ela se deixara alcançar.

Colunas finas de fumaça subiam dos prédios distantes que haviam sido incendiados pelos guardas, e, em algum lugar ali perto, um corvo circulava no céu cinzento e cheio de neve.

– Edgar – sussurrou ela. – Onde está você?

A duas ruas ao sul da hospedaria, Edgar estava perdido. Ele havia visto a carruagem passar na frente de seu esconderijo e, como o corvo, reconhecera-a de imediato. Da'ru estava na cidade. E, se ela estava ali, então também havia outra pessoa que poderia ser de auxílio a ele e Kate.

Andou com dificuldade pela neve, verificando cada placa de rua e nome de casa, usando um par de luvas e um chapéu, ambos roubados, para se manter aquecido. Três anos morando em Morvane haviam-no ensinado o suficiente para ficar longe do Bairro do Oeste. Mas, com a notícia da chegada dos guardas espalhando-se rapidamente, as ruas ficaram vazias, e não havia ninguém a quem pedir informação.

A Hospedaria da Raposa Negra. Ele conhecia muito bem o nome. O dono era famoso por ser um negociante de informações disposto a compartilhar qualquer segredo por um preço. A maioria dos negociantes de informações era leal às suas cidades e se recusava a negociar com guardas e sua laia, mas esse era conhecido por ser confiável e não discriminar a escolha de seus contatos, alguns dos quais vinham de lugares distantes como Fume. Se algo importante estivesse acontecendo em Morvane, o dono da Raposa Negra saberia. Da'ru certamente iria até lá em busca de informações, se é que já não estivesse voltando. Mas onde ficava a hospedagem?

Por fim, viu algo familiar.

Uma lacuna entre as casas deu a Edgar a chance de ver um prédio alto com uma janela circular no último andar. Ele passou espremido pelo caminho estreito e correu direto para a frente de dois cavalos cinzentos atrelados a uma carruagem no meio da rua.

Ele tinha encontrado.

Abaixou-se, recuando para que o condutor não o visse, e localizou um rapaz alguns anos mais jovem que ele sentado sozinho no degrau da hospedaria, abraçando o próprio corpo com um cobertor furado enrolado nos ombros para se proteger do vento. Edgar arrastou-se para perto.

– Tom! – murmurou.

O rapaz ergueu os olhos, seu rosto se iluminando de repente.

– Ed?

Edgar se atreveu a dar mais alguns passos para perto dele.

– Ed! O que está fazendo aqui? – O rapaz se levantou, ainda enrolando as mãos congeladas no cobertor.

– Shh! – Edgar correu a pequena distância que ainda os separava e agarrou com força os ombros do rapaz. Examinou-o rapidamente, certificando-se de que estava saudável, depois brincou com o cabelo do irmão enquanto os dois abriam um sorriso largo.

– Onde está Da'ru? – perguntou Edgar.

Tom apontou para a hospedaria.

– Se ela o vir aqui, vai enfiar-lhe a faca – advertiu. – Ela não esqueceu o que você fez.

– Eu não ligo. É de você que preciso, Tom. Preciso de informações. – Edgar contou rapidamente o que acontecera com Kate, mas Tom continuava a tremer e a virar a cabeça para trás, olhando para a hospedaria, contraindo-se toda vez que a voz de Edgar deixava de ser um sussurro.

– Não devia ter vindo aqui, Ed – disse Tom, por fim. – Da'ru está lá dentro. Ela vai saber.

– Apenas me diga para que lado estão levando os prisioneiros desta vez.

– Ela vai saber que contei a você. Sempre sabe.

– Estarei longe antes disso.

– Mas eu não.

Edgar se entristeceu.

– Sabe que não posso levá-lo ainda – disse ele. – Há guardas espalhados pela cidade. Da'ru pegaria nós dois antes que estivéssemos a duas ruas daqui. Um dia... em breve, prometo, mas não agora. Não posso arriscar que você seja ferido. Entende isso, não é?

Alguém se moveu dentro do prédio. Tom jogou o cobertor de lado e ajeitou as roupas rasgadas para ficar mais apresentável.

– Vá embora! – sussurrou ele. – Ela vai matá-lo se o vir, Ed. Ela jurou que o mataria.

Edgar tirou o chapéu e o colocou na cabeça gelada de Tom.

– Isso *não vai* acontecer – afirmou. – Somos irmãos ou não? Para que lado estão levando os prisioneiros?

Tom parecia nervoso, tirou o chapéu e o enfiou no bolso.

– Eles vão parar o trem noturno – explicou rapidamente.
– Ele passará aqui ao pôr do sol no caminho de volta a Fume. Mas não vá lá, Ed. Não sabe o que está acontecendo. Silas está por aqui!

– Já nos encontramos – disse Edgar, tirando as luvas e colocando-as junto com alguns de seus fósforos nas mãos do irmão. – Cuide-se bem. Fique aquecido. Volto para buscá-lo. Sabe que voltarei.

Tom agarrou os presentes com as mãos trêmulas.

– Espere! Ed!

Edgar virou-se e olhou para o rapaz na neve, mas o clique de um trinco o obrigou a mergulhar na escuridão entre as duas casas.

A penumbra o envolveu completamente enquanto uma mulher bem-vestida saía para a rua; não poderia parecer mais inadequada naquele lugar, mesmo que tentasse. Lá estava Edgar, agachado em uma das ruas mais pobres de Morvane, em um de seus momentos de mais desespero, e lá estava ela, imaculada e perfeita, o vestido prateado arrastando pelo chão, as botas da cor do azeviche de saltos delicados, os ombros elegantes, eretos e relaxados cobertos por uma capa com capuz de pele cinza e marrom. Pele de lobo. Somente uma mulher em Albion escolheria usar pele de lobo, tal era sua pouca consideração por qualquer outra vida além da sua. Os cabelos negros e longos estavam presos para trás, os punhos tinham pequenos rubis e os lábios eram pintados de cinza. O dono da hospedaria estava atrás dela, parecendo uma moeda muito usada perto de outra que acabou de ser cunhada.

Da'ru o ignorou, levantou o capuz de pele e deixou o rosto perfeito desaparecer debaixo da sombra, enquanto Tom enfiava o cobertor na parte de trás da calça, tentando não olhar para o local onde Edgar estava escondido. Da'ru entrou na carruagem, e Tom se agarrou no bagageiro da traseira, metendo-se lá dentro como se fosse um saco de viagem volumoso e botando as luvas assim que a patroa ficou fora de vista.

Edgar não queria deixar o irmão ir com ela, mas não havia nada que pudesse fazer. E em silêncio ficou vendo os cavalos partirem.

Qualquer um que olhasse para aquela carruagem provavelmente não notaria nada de diferente nela. Os cavalos tinham a habitual cor cinza, as rodas eram simples e as portas sem identificação, não dando nenhuma pista da verdadeira identidade de sua passageira. Mas Edgar sabia muito bem quem ela era. Da'ru Marr: o único membro feminino do Conselho Superior de Albion, e a única que se considerava um dos Dotados. Aonde quer que fosse, sempre causava problemas.

Edgar enfiou as mãos nuas nos bolsos e tentou se orientar. Se os guardas iam colocar os prisioneiros no trem noturno, Silas estaria com eles e certamente manteria Kate por perto. A estação ferroviária era do outro lado da cidade, então ele tinha algum tempo. Os guardas demorariam um pouco para levar todos para lá, mesmo naquelas jaulas, e o trem só chegaria depois do anoitecer. Se ele continuasse, poderia chegar a tempo.

Era arriscado. A última coisa que Edgar queria era enfrentar uma cidade cheia de guardas. Teria sido muito mais fácil para ele fugir de Morvane e tentar desaparecer outra vez, ou pelo menos encontrar um lugar seguro para se esconder até tudo acabar. Mas Kate era importante demais para que ele fizesse isso. Não a deixaria para trás.

Já estava decidido.

Uma vez ele havia enganado os guardas. Pelo jeito, teria que enganar novamente.

Edgar estava tão concentrado no que deveria fazer que não notou que não fora o único a observar Da'ru partir. Silas ficou parado na janela redonda, vendo-o desaparecer no meio da neve que caía. Tinha que admirar o garoto. Ele era muito mais ousado do que imaginara. Passou o polegar sobre uma cicatriz profunda na palma da mão direita. Uma marca curva feita com ferro em brasa na carne, a mesma marca que uma vez o trouxera de volta à vida direto das profundezas da morte. Uma ferida que nunca cicatrizara. Após doze anos, ainda era tão viva quanto no dia em que fora feita e, às vezes, achava que ainda podia ver faíscas de fogo latejando dentro dela, escavando-a cada vez mais ano após ano.

Espreitava pela janela como um lobo nas sombras, esperando o dono da hospedaria subir as escadas, e, quando o velho finalmente chegou à plataforma, abriu a porta antes mesmo que o outro a tocasse para bater.

O homem sorriu nervoso do outro lado.

– Bom trabalho – comentou Silas, jogando um pequeno saco de moedas nas mãos dele.

– Obrigado, senhor. E... precisa de mais alguma coisa hoje?

– Não – respondeu Silas. Lá fora, a neve diminuía, e Kate o observava com cautela da cadeira da escrivaninha. – Está na hora de partirmos – disse ele. – A garota e eu temos um trem para pegar.

6
O Trem Noturno

De volta ao interior da carruagem sombria, Kate estava cruzando a cidade ao lado de Silas pelo mesmo caminho que haviam percorrido antes. Só que, dessa vez, Silas abrira uma das cortinas para garantir que não estava sendo seguido, e com isso Kate teve a chance de ver sua cidade pela última vez.

A neve deixava tudo com um aspecto sinistro e surreal. Crianças vagavam sem os pais, cachorros farejavam pelas ruas, e os guardas com suas túnicas pretas nunca estavam longe, arrombando portas ou levando pessoas à força para as jaulas. Ela pensou em Artemis e em todos os anos que haviam passado se preocupando com aquele dia. No final, não fizera diferença. Artemis se fora. Edgar se fora. Kate estava só.

Era quase de noite quando viu os trilhos largos do Trem Noturno cortando a cidade como uma cicatriz, uma curva de ferro esculpida no Bairro do Leste ao chegar das cidades mercantis do Norte em direção à capital, Fume, no longínquo Sul. Aqueles trilhos conectavam todas as cidades em Albion como uma veia sinistra de metal, e as pessoas que moravam perto o suficiente para ver o Trem Noturno passar sempre fechavam as cortinas para se protegerem de sua luz assustadora. Era mais fácil fingir que ele não existia, que não sufocava o ar com sua fumaça asquerosa e deixava o som pesado de metal sobre metal ecoando no chão muito depois de já ter passado.

A rua pela qual passavam seguia um muro de pedras que ladeava a rota dos trilhos, mas Kate não reconheceu essa parte da cidade. As casas eram maiores e mais majestosas do que as de qualquer outra parte de Morvane, mas poucas pessoas moravam ali. A estação lançava uma sombra muito escura sobre aquela parte do Bairro do Leste. Deixava as pessoas desconfortáveis. Kate tinha visto imagens da estação em livros na loja do tio, mas ele nunca a deixara vê-la ao vivo. Agora estava tão perto que se deu conta de que sua curiosidade acabara. Ela não queria mais ver. Só queria voltar para casa, se preparar para a Noite das Almas e viver a vida da mesma maneira que tinha vivido no dia anterior. Mas tudo isso era impossível agora. Silas garantira que fosse assim.

O condutor gritou algo para alguém logo à frente. Um portão abriu chiando, e as rodas da carruagem trituraram o chão de cascalho, passando por filas e mais filas de jaulas com rodas, com tochas em chamas cravadas no chão para iluminar o caminho entre elas. Havia mais ali do que Kate esperava. O que ela e Edgar tinham visto na praça do mercado devia ser somente uma pequena parte dos planos dos guardas para a cidade naquele dia. Havia, no mínimo, cinco vezes mais jaulas do lado de fora da estação do que na praça, todas cheias com tantas pessoas que era difícil acreditar que os guardas tinham esquecido alguém.

A maioria dos prisioneiros gritava com os guardas, sacudindo as barras, tentando achar uma saída. Outros tentavam negociar com eles, oferecendo seus negócios ou economias por uma segunda chance de liberdade, enquanto os restantes só ficavam sentados em silêncio, aceitando a cruel verdade de que não eram mais donos de suas vidas.

– Todas essas pessoas cumprirão seu dever com Albion – disse Silas. – Assim como milhares de outras o fizeram antes. Você tem sorte de não ser uma delas.

– Meu tio é uma delas – retrucou Kate baixinho.

– Essa parte de sua vida acabou. Não há nada que possa fazer por ele agora.

As tochas em chamas iluminavam a noite, e, quando a carruagem fez uma curva, Kate finalmente viu a estação com seus próprios olhos. Era um lugar antigo, de centenas de anos, construído apenas para uma linha férrea e um trem especial. Kate sabia, pelos livros, que, muito tempo antes, o cascalho sobre o qual as jaulas estavam havia sido um belo jardim onde os caixões com os mortos de Morvane ficavam antes de serem levados de trem para a cidade-cemitério da ilha de Albion. Amigos e familiares se reuniam ali para o funeral, antes de entregarem o caixão para os guardiões de ossos – que cuidavam dos mortos – e de o levarem para o trem, para que fizesse a última viagem para o sul.

Os guardiões de ossos eram um grupo selecionado de Dotados que dedicavam a vida a ajudar os espíritos dos mortos a passarem em segurança do mundo dos vivos para o próximo. Eles já foram os únicos guardiões da cidade-cemitério, executando rituais complexos, conservando os túmulos das muitas famílias em bom estado e assegurando que seus restos mortais fossem tratados com respeito muito depois do dia do funeral. Mas isso foi antes de os guardas reivindicarem o Trem Noturno para eles, antes de os guardiões de ossos serem levados a se esconder e de um dos antigos Conselhos Superiores cercar de muralha o cemitério do país, transformando-o na grande cidade-fortaleza de Fume.

Fume agora era um lugar para os ricos, não para os mortos, e, desde o início da guerra com o continente, era a única cidade poupada da ameaça das colheitas dos guardas. Viver à sombra do Conselho Superior tinha um preço elevado, mas, para aqueles dispostos a pagar, Fume era o único local de Albion realmente seguro. As torres altas do monumento, que se erguiam sobre as ruas de pedras, tinham sido construídas para abrigar os seguidores mais fiéis do Conselho Superior e suas famílias, enquanto o extenso labirinto subterrâneo de cavernas e túmulos abrigava os grupos ilegais de contrabandistas e mendigos que conseguiam sobreviver dentro da escuridão. As necessidades dos ricos eram satisfeitas por centenas de criados e escravos, e nenhum deles jamais pensara nos milhares de mortos enterrados sob seus pés.

Em seu apogeu, a estação de Morvane fora um simples prédio construído com pedras negras. A estrutura principal cercava os trilhos como um longo túnel e uma entrada larga e arqueada projetava para o jardim, com um portão grande de madeira sempre aberto, pronto para dar as boas-vindas aos mortos. Era assim que Kate a vira nos desenhos reproduzindo aquela época, mas agora estava bem diferente.

Sem o jardim para amenizar a fachada negra, a estação era um lugar sombrio e miserável. Parecia ameaçadora e falida. A chuva e o vento haviam desgastado a maior parte da entrada, deixando apenas a parede da direita e algumas partes desmoronadas do resto. O portão de madeira estava apodrecido no chão, as vigas de ferro que um dia sustentaram um telhado feito de telhas curvadas de ardósia estavam aos poucos sendo devoradas pela ferrugem e, ao lado do que restara do prédio principal, uma torre de relógio decrépita erguia-se como uma sentinela vigiando os trilhos. Normalmente aquela torre estaria na escuridão, mas, naquela noite, o telhado tinha sido iluminado com uma coroa de fogo dançante. Os guardas faziam sinal para o Trem Noturno, ordenando que ele parasse.

A carruagem de Silas seguiu direto para a estação, e, enquanto passava pela entrada, todos os guardas ficaram em posição de sentido, reconhecendo sua chegada. Logo depois, um som carregado retumbou como as entranhas da terra, e em algum lugar ao norte – ainda muito distante para se distinguir – as grandes rodas do trem que se aproximava começaram a diminuir de velocidade.

Dentro da estação, as primeiras jaulas já estavam sendo carregadas pela plataforma em preparação para a chegada do trem. Mas todo o trabalho parou e todos os prisioneiros ficaram em silêncio quando o chão começou a tremer e uma luz fria e azulada penetrou na escuridão, percorrendo a beira do muro ao lado da ferrovia e se concentrando em um único feixe ofuscante que cortava a noite feito uma faca. Ouviu-se novamente o som carregado, mais perto e inconfundível dessa vez. O condutor de Silas parou a carruagem bem na beira da plataforma, onde ele desceu, desatrelou os cavalos e os levou rapidamente dali.

Kate podia sentir o trem se aproximando, mas ainda não o via. O chão sacudia com força. Silas abriu a porta da carruagem e o apito soou de novo, tão perto que era ensurdecedor. Ele fez Kate sair para a plataforma escorregadia. A luz inundou as paredes, o estrondo das rodas ecoou nos ossos dela, e o Trem Noturno chegou como um trovão na estação, rugindo e rosnando como uma enorme besta fedorenta.

Era um fedor de óleo pingando que se espalhava, de metal quente sendo triturado e vapores de algo queimando; uma miscelânea de objetos pesados, metal recém-fundido e painéis velhos e forjados, tudo cravado junto, formando uma máquina cheia de marcas. As rodas pesadas rugiram com a pressão dos freios, e os assustadores vagões de metal sem janelas rolaram para trás, acompanhados do chiado de correntes penduradas.

O trem era um monstro. A locomotiva era mais alta do que uma casa, com uma chaminé retorcida no topo e uma grelha pontiaguda na frente, projetada para jogar longe tudo que encontrasse pelo caminho. Kate ficou zonza quando uma onda de fumaça fétida brotou das rodas e se espalhou pela plataforma, carregando consigo o cheiro quente de óleo queimado e de poeira. O vagão mais próximo gemeu ao parar, e o trem caiu no máximo de silêncio que uma máquina tão gigantesca conseguia.

O Trem Noturno, que se estendia infinitamente sobre os trilhos, já não era o grande trem funerário dos tempos antigos de Albion, criado para transportar os mortos ao lugar de descanso; era uma ruína distorcida do que um dia fora: um símbolo de terror, e não de esperança. As portas dos vagões se abriram uma a uma, enchendo o ar com o chiado do metal deslizando. As primeiras jaulas foram avançando sobre as rodas e o som vibrante do mecanismo ecoou lá dentro, espalhando o terror entre muitos dos prisioneiros.

A estação virou um alvoroço. Ninguém queria ser colocado no trem, e os gritos eram ensurdecedores. As pessoas forçavam as fechaduras, se espremiam para passar por entre as barras, e duas jaulas caíram de lado quando seus ocupantes tentaram fugir em desespero. Os guardas os ignoraram e permaneceram em silêncio ao longo da plataforma, os punhais cintilando à luz da lanterna. Não ligavam se as pessoas gritavam, lutavam, imploravam ou berravam. Para eles, Morvane era apenas outra cidade, e eles já tinham vencido.

– Não vai viajar com eles – disse Silas, afastando Kate do alvoroço e levando-a para a frente do trem. – Quero você onde eu possa vê-la.

Uma escada articulada de três degraus saía de uma porta dianteira do trem, e Silas fez sinal para que Kate subisse. Ela olhou para a estação atrás de si, perguntando-se onde estaria Artemis no meio de toda aquela gente. Se fizesse o que Silas queria por enquanto, talvez ele cometesse um erro, ou pelo menos a deixasse em paz por tempo suficiente para que pudesse fugir. Alguma coisa lhe dizia que Silas não era o tipo de homem que comete erros, mas aquela pequena esperança bastava para fazê-la subir os degraus com menos medo. Ela ia sair dessa e ajudar Artemis. Só que ainda não tinha ideia de como fazê-lo.

Kate subiu na carruagem monstruosa e foi recebida pela luz trêmula e fraca de um conjunto de lanternas minúsculas balançando em vigas de metal sobre sua cabeça, mas, com exceção das vigas, o teto era totalmente aberto para o céu. Nuvens negras se moviam vagarosamente na noite, e os resquícios irregulares do teto da estação cruzavam-se acima dela. O Trem Noturno era um simples esqueleto do que já fora um dia. Tinha paredes, mas nenhuma cobertura ou piso, além das vigas mestras necessárias para mantê-lo de pé. Um passo em falso para qualquer lado faria com que Kate caísse no meio dos trilhos, e, se o trem estivesse em movimento, ela não tinha dúvidas de que qualquer pessoa poderia facilmente ser arrastada para debaixo dele.

– Continue andando – ordenou Silas.

Kate continuou percorrendo devagar a viga mestra em direção ao centro do vagão. À direita, três fileiras de jaulas estavam penduradas em ganchos nas vigas e o lado esquerdo era igual, as jaulas oscilando de forma precária sobre grandes brechas no piso. Todas estavam vazias.

Silas destrancou uma das jaulas da direita e segurou Kate para que entrasse.

– Esta é a parte mais sossegada do trem – disse ele, abrindo a corrente do pulso e trancando a porta. – Os guardas não patrulham este vagão, e tenho poderes absolutos sobre os prisioneiros daqui. – Puxou um cobertor vermelho de uma jaula do outro lado e o enfiou à força pelas barras para dá-lo a Kate. – Durma um pouco. Só chegaremos a Fume de manhã, e haverá muito trabalho para você quando chegarmos. Não me servirá de nada se não descansar.

Kate tremia de frio. A neve começou a cair outra vez, e ela esperou, com teimosia, que Silas voltasse para a plataforma, para então se enrolar no cobertor e ficar aquecida. A grande porta do trem se fechou e aquele som final ressoou nas paredes. Ela sacudiu a porta da jaula. A fechadura estava meio dobrada devido à tentativa de fuga de ocupantes anteriores e não se movia, então ela se aninhou no canto com o cobertor enrolado no corpo, agarrada ao colar da mãe, negando-se a aceitar a verdade.

Estava presa no Trem Noturno, indefesa, como acontecera com seus pais. Fora assim que se sentiram no dia em que os guardas os levaram? Por quanto tempo sobreviveram depois de entrarem no trem? Kate sabia que tinham chegado a Fume, mas Artemis nunca lhe contara o que havia acontecido com eles depois disso. Enfiou-se mais ainda dentro do cobertor. Estava prestes a fazer a mesma viagem que seus pais tinham feito dez anos antes e não havia nada que pudesse fazer.

Não havia saída, nenhum lugar para ir. Só o que podia fazer era esperar.

Agachado atrás de um muro, do lado de fora do jardim de cascalho, Edgar teria feito praticamente qualquer coisa por um cobertor. Seus pés estavam dormentes, as mãos doíam por causa do frio e a pele formigava com o ar gelado.

Atravessar a cidade já tinha sido difícil o bastante. Correndo contra o tempo, fizera o trajeto inteiro montado em uma bicicleta roubada, pedalando o mais rápido que podia, pegando atalhos desconhecidos pelos guardas, fugindo das patrulhas e tentando passar despercebido enquanto o Trem Noturno se aproximava da cidade a cada segundo. Ele conseguira. O trem ainda estava ali. Tudo que precisava fazer era entrar nele sorrateiramente. Essa parte parecera fácil na primeira vez em que pensara nela. Agora, vendo aquela enorme quantidade de guardas, estava começando a parecer impossível.

Ele espiava por cima do muro, esperando uma brecha na patrulha dos guardas, quando um bater de asas pousou ao seu lado e, ao virar-se, deu de cara com o bico do corvo de Silas. O pássaro desfilava com confiança à sua frente, sem se importar por ter sido visto.

– Xô! – exclamou Edgar, batendo para ele sair. – Saia daqui!

O pássaro saltou com habilidade para não ser alcançado, abaixou a cabeça e soltou um grito alto e agudo:

– Crraaaa!

– Pare com isso! – Edgar tentou agarrá-lo, mas ele foi rápido, marchando resistente, para um lado e para outro no muro. – Tudo bem. – Edgar pegou uma pedra e a jogou nos pés do corvo. O pássaro estalou o bico e bateu as asas, olhando para ele.

– Não gostou, não é? Da próxima vez será na sua cabeça – ameaçou Edgar. – Vá embora!

O corvo inclinou a cabeça para o lado, como se ouvisse algo ao longe. Depois bateu o bico para Edgar, ameaçando-o, e levantou voo, circulando até chegar ao telhado mais próximo para fazer a vigilância de um local onde as pedras de Edgar não pudessem alcançá-lo.

– Ótimo – murmurou Edgar. Se o corvo sabia onde ele estava, não demoraria para Silas enviar os guardas para procurá-lo. Era hora de fazer alguma coisa.

– Não é tão difícil – disse a si mesmo, observando as jaulas e esfregando os pés para manter-se aquecido. – Apenas siga com o plano.

Para que seu plano funcionasse, teria de escolher o momento certo com cuidado. Com a maioria dos guardas ocupados em carregar o trem, poucos deles vigiavam as jaulas que estavam mais longe. Tudo que precisava fazer era subir e se esconder em uma delas e deixar-se ser levado a bordo do trem.

Ele se esticou o máximo que podia se arriscar, observando o tumulto que começara dentro da estação e que logo afetou os prisioneiros que ainda esperavam do lado de fora. Edgar conhecia bem aquele som. O som do medo. Sabia o que estava reservado aos prisioneiros. O Trem Noturno era o pesadelo da maioria das pessoas, mas para ele era muito mais que isso. Ele tinha dez anos de idade no dia em que os guardas foram pegar as pessoas em sua cidade natal. Lembrou-se de ter sido empurrado para dentro de uma dessas jaulas, segurando a mão do irmão e prometendo a ele que tudo ficaria bem, apesar de saber que não ficaria. Jamais poderia imaginar que, sete anos mais tarde, estaria esperando pelo trem novamente, tentando dar um jeito de entrar nele.

– É agora – sussurrou ao ver uma brecha nas patrulhas. Cerrou as mãos sem estar totalmente convencido de que sobreviveria aos próximos minutos e saiu correndo em direção à luz da lua, movendo-se rapidamente entre as gaiolas, procurando uma vazia na qual subir.

Alguns dos prisioneiros gritaram para Edgar quando ele passou depressa, mas as vozes se perderam entre as outras. Ele as ignorou. Não podia se dar o luxo de ir mais devagar, e não havia nada que pudesse fazer por eles sem a chave dos guardas. Então o viram: dois guardas fazendo a patrulha longe dos outros, perto o suficiente para que pudesse ver o branco dos olhos deles. Abaixou-se rapidamente junto à gaiola mais próxima e engatinhou debaixo das rodas, esperando que passassem.

– Ei, você!

Ele fora lento demais.

Por um momento, Edgar ficou olhando fixamente para os dois homens que corriam em sua direção. Então rolou no chão, colocou-se de pé e saiu correndo a toda velocidade, movimentando-se como um rato astuto fugindo de dois gatos rápidos. Passou correndo por cinco tochas acesas e deu uma virada de quase 180 graus, batendo contra um cavalo, que empinou de susto.

– Ah! – Esquivou-se das patas do cavalo, arrastou-se debaixo de outra jaula e mudou de direção. Não havia tempo para subir em uma delas agora, então fez o que nenhum guarda esperaria que fizesse. Foi direto para o Trem Noturno.

Grupos de lanternas espalharam-se pela estação quando as patrulhas começaram a revistar as filas, uma a uma. A busca estava muito bem organizada, tornando-a previsível o suficiente para Edgar passar despercebido entre dois grupos, indo direto para a estação sem ser visto. Uma vez lá dentro, foi se arrastando ao longo do que restava da parede principal, atravessando o extremo norte da plataforma e pulando sobre os trilhos entre dois vagões enormes do trem. Abaixando-se, encostou-se na lateral da plataforma e parou ali para tomar fôlego e pensar no que faria em seguida. Chegar tão longe já era incrível o bastante, mas o trem em breve partiria e ele ainda precisava dar um jeito de entrar a bordo.

Quando todos os vagões dianteiros estavam cheios, os freios do trem fumegaram de repente e as rodas começaram a se mover. Edgar se jogou sobre um dos engates de metal que unia dois vagões e, enquanto o trem seguia em frente para deixar os vagões traseiros na plataforma, lutou para manter os pés fora dos trilhos, deixando-se arrastar de barriga no chão e se agarrando nos engates por segurança. Cada centímetro que o trem se movia o carregava para mais perto da plataforma, ao lado dos guardas e dos prisioneiros. Ele precisava se mover. Rápido.

Edgar já havia sido carregado até a estação quando o trem parou outra vez. Suas mãos arderam depois que as arrancou do metal gelado e começou a subir por uma barra vertical fixada no final de um dos vagões. Uma vez em cima, a neve caía tão forte que o impedia de ver qualquer coisa além dos dois vagões em ambas as direções. Não havia como dizer onde Kate poderia estar, mas, se ele ficasse a céu aberto por muito tempo, congelaria e não poderia fazer nada além de se encolher e torcer para que o clima o matasse antes que os guardas o fizessem.

Não havia sinal do corvo de Silas dentro da estação e, à medida que os prisioneiros continuavam a ser embarcados, Edgar viu alguns dos condutores das carruagens levando os cavalos pela plataforma para dentro.

Cavalos?

Onde havia animais, havia calor. Se o trem tinha um vagão fechado para transportar cavalos...

Edgar saiu, escondendo-se ao longo da margem da cobertura da carruagem, movendo-se em paralelo aos cavalos enquanto eles se dirigiam para o centro do trem. Ele foi rápido, concentrando-se no local onde pisava e atrevendo-se a saltar entre os vagões sempre que chegava ao fim de um deles. Seu estômago revirava a cada salto. Sentia-se exposto, pois o chão estava muito longe e ele sabia que ficaria nervoso e cairia se olhasse para baixo. Em algum lugar na neve, ouviu a voz de Silas, mas a ordem que gritava não tinha nada a ver com ele, então continuou seguindo em frente, sentindo-se como uma mosca nas costas de um cão, até que o cheiro de feno e animais atingiu suas narinas, atraindo-o com a promessa de calor.

Ajoelhou-se no topo do único vagão que encontrara com um teto adequado e olhou para baixo por uma grade de madeira para um grupo de cavalos cansados, todos presos, que ofereciam um calor agradável que atravessava as barras e ia parar direto em seu rosto. Com dois puxões fortes, a velha grade partiu em suas mãos e ele caiu dentro de uma baia vazia. Os cavalos mais próximos pisotearam, sentindo a presença de um intruso, mas Edgar estava exausto demais para se preocupar. Amontoou o feno ao redor, relaxando os músculos pela primeira vez em horas e esfregando as mãos congeladas uma na outra, tentando aquecer o sangue.

Ficou ali sentado dessa maneira durante o que pareceram horas, observando a porta e se preparando para se enterrar no feno caso um guarda aparecesse. Finalmente, o trabalho dos guardas terminou. Edgar sentiu o trem estremecer e se deslocar à medida que a locomotiva ganhava força.

O apito soou. Os freios sibilaram. As rodas giraram.

Agora não havia mais como voltar atrás.

7
Fume

O Trem Noturno saiu lentamente da estação de Morvane, bafejando forte pela neve e rugindo ao longo da grande curva que o fez passar pelos portões arqueados no muro do leste, saindo para o campo aberto. Os animais soltos fugiam diante dele à medida que o grande trem ganhava velocidade, arrastando-se para o sul com uma carga nova de humanos, abrindo caminho em direção à distante cidade de Fume.

Kate era a única prisioneira naquela parte do trem, mas não estava sozinha. Silas passou toda a viagem vigiando-a, os olhos cinzentos cintilando uma cor quase branca à meia-luz. O simples fato de tê-lo por perto já fazia Kate sentir mais frio, e, mesmo quando mudava de posição para não vê-lo, podia sentir seu olhar sobre si. A neve entrava forte pelo teto aberto, e ela se enrolou mais no cobertor, tentando se concentrar em manter-se aquecida.

O trem retumbou durante horas pelos campos e colinas cobertos de vegetação das regiões selvagens, onde lobos uivavam no meio das florestas negras e ficavam de emboscada nas margens dos rios em suas caçadas noturnas. As cidades seguravam o fôlego quando o trem passava por elas soltando fumaça, e o clarão de fogos distantes tremeluzia ao redor da base das colinas do leste, em que os moradores de vilarejos menores ficavam atentos, certificando-se de que o trem os ignorasse.

O povo de Albion nem sempre viveu assim. Os mares que dividiam o país isolado de seus primos eram antes repletos de enormes navios mercantes que transportavam para o continente produtos como lã, frutas e madeira, e traziam queijos finos, óleos, cavalos e loções em troca. O comércio florescia. As cidades cresciam. As regiões selvagens eram raiadas de estradas e trilhas, e as viagens entre as cidades eram rotineiras. Os guardas não usavam túnicas naquela época e não eram temidos. Eram homens de confiança – defensores das cidades –, encarregados de manter os lobos afastados dos portões da cidade e proteger as pessoas que viajavam pelas regiões selvagens.

O país já fora grandioso. Suas enormes cidades e arquitetura majestosa eram motivo de inveja para todos os outros países do continente, mas, embora a guerra não houvesse tornado a vida mais fácil, a podridão já havia começado a se instalar bem antes de a guerra ter sido declarada.

Por mais de mil anos, Albion fora governada pelo Conselho Superior vigente. Treze membros – geralmente homens – que haviam se destacado em várias áreas do serviço público. Ser escolhido para usar uma das túnicas oficiais do Conselho Superior era a maior honra existente, dando-lhes um lugar de responsabilidade no topo da sociedade da ilha de Albion, como legisladores e defensores da história do país e de seu povo. O sistema garantia que somente as pessoas que provassem seu compromisso em melhorar Albion fossem encarregadas das decisões que moldariam sua história, e a princípio deu certo, mas as pessoas comuns demoraram para reconhecer seu único defeito fatal.

O poder atribuído a quem fosse membro do Conselho Superior duraria até a morte. Somente então um novo conselheiro poderia assumir o lugar do antigo – e algumas pessoas não gostavam de esperar. Aqueles que souberam que eram os próximos na fila logo começaram a se arriscar, muitas vezes chegando ao ponto de contratar assassinos para acelerar sua ascensão às câmaras do conselho, e aqueles que eram impiedosos na conquista do poder não mostravam menos impiedade ao utilizá-lo. Sob a influência desses membros, o foco do Conselho Superior aos poucos começou a mudar, e a corrupção se espalhou como um veneno pelos salões da antiga cidade governante.

Os conselheiros que resistiam à ganância dos outros tinham tendência a desaparecer, deixando o lugar vago para um sangue novo mais disposto a aceitar as mudanças no modo como as coisas eram feitas. Logo a riqueza pessoal passou a significar mais do que tudo na escolha dos novos conselheiros. O bem-estar de Albion passou a ser secundário diante da ganância e dos ganhos pessoais daqueles encarregados das leis, e os lugares do conselho começaram a ser distribuídos por linhas de descendência, oferecidos às pessoas que podiam pagar para ter poder ou concedidos somente àqueles em quem o conselho sabia que podia confiar. Moldada por mãos gananciosas e desonestas, Albion logo começou a sofrer.

Ninguém sabia ao certo quando começara a primeira mudança. Não houve um momento especial, um dia inesperado quando tudo ficou diferente. A escuridão desceu lentamente sobre Albion. O Conselho Superior tornou-se mais dissimulado, os guardas começaram, pouco a pouco, a abandonar as regiões selvagens e, sem poder contar com a proteção deles, as viagens entre as cidades tornaram-se perigosas. O povo começou a desaparecer nas estradas, e muitos escolheram ficar dentro de casa, deixando a natureza ganhar terreno ao redor, em vez de sair para desbravar o mundo sozinhos.

Cinquenta anos após a retirada dos guardas, os conselheiros tornaram-se desconfiados de seus vizinhos e cautelosos com seu próprio povo. Raramente eram vistos fora de seus aposentos. Eles recrutaram os guardas como protetores e assistentes, mandaram os navios mercantes voltarem e os colocaram para trabalhar como vigilantes das fronteiras de Albion. Em cem anos, as cidades tornaram-se totalmente isoladas, os habitantes ligados por apenas duas coisas: as leis do Conselho Superior e os trilhos do Trem Noturno.

Naquela época, a cidade governante do Conselho Superior era um local pequeno que vivia com a visão tentadora da impressionante silhueta das torres de Fume. Os conselheiros não suportavam mais ver os maiores prédios do passado sendo desperdiçados com os mortos; então, com a ajuda dos guardas, apoderaram-se de Fume, expulsando os guardiões de ossos e matando qualquer um que se atrevesse a desafiar a vontade deles. O Trem Noturno ficou enferrujando na estação. As cidades foram obrigadas a enterrar os mortos em lugares abertos que um dia foram parques, campos ou jardins. A vida deu lugar à morte por toda Albion, e nada nunca mais foi o mesmo.

Dentro dos muros protetores de Fume, os conselheiros tinham uma vida privilegiada, exigindo mais obediência do povo enquanto ofereciam cada vez menos em troca, e, quando veio a guerra, o povo a aceitou sem questionar, sabendo que não podia fazer mais nada. Não foi dado nenhum motivo oficial para o conflito. Muitos especularam que tudo se devia à quebra dos acordos comerciais de Albion, mas ninguém sabia com certeza, e o Conselho Superior não viu motivos para explicar. Esperava-se apenas que as pessoas cumprissem seu dever: viver uma vida tranquila e lutar quando lhes ordenassem.

Albion tornou-se um lugar de desconfianças, dúvidas e mentiras. A guerra se arrastou, comunidades foram destruídas pelas colheitas dos guardas, e viver sob a sombra de uma guerra desconhecida enfim tornou-se uma forma de vida aceitável. Os anos se passaram e logo não restava ninguém vivo para se lembrar de que a vida um dia fora diferente.

O povo de Albion geralmente não gostava de falar sobre a maneira como as coisas um dia haviam sido, e com Kate acontecia o mesmo. Artemis a criara para se concentrar apenas no que estava lá, diante de seus olhos. Não havia nada a ganhar olhando para o passado, ele sempre dizia; nada, a não ser arrependimento. Mas, ao sentar naquele trem, ouvindo o rangido das correntes de sua jaula, Kate não podia impedir seu pensamento de voltar ao passado e às lembranças do lugar que estava deixando para trás.

Lembrou-se do cheiro das pinturas a óleo da mãe e da risada do pai, quando ele trabalhava ao lado de Artemis na livraria, e ela sabia que, apesar de tudo que estava acontecendo ao redor deles, sua família fora feliz. Agora os pais tinham sumido, Artemis estava desaparecido e sua preciosa livraria não passava de um monte de cinzas. Kate abraçou os joelhos contra o peito. Não havia dúvidas de que Albion estava morrendo, mas parecia que a pequena parte que lhe pertencia estava morrendo mais rápido do que o resto.

As nuvens aos poucos foram mudando do cinza da noite para o azul anil irregular, depois para o violeta e o rosa, à medida que o sol começava a se levantar sobre as colinas do leste. O corpo de Kate doía por causa do frio, e suas pálpebras estavam começando a pesar quando enfim ouviu o sussurro dos arcos de pedra passando sobre sua cabeça. Os freios do Trem Noturno foram acionados, criando um chiado estridente das rodas quentes, e Kate se sentou, consciente de que o som só poderia significar uma coisa.

Eles tinham chegado.

Fume era a cidade mais fortificada de Albion, separada do restante do mundo por muralhas e um rio largo que foi desviado para circulá-la como um fosso. Filas de estábulos vazios se erguiam ao longo das muralhas, onde os cavalos dos viajantes ficavam antes de a guerra com o continente ter sido declarada, e vários guardas vigiavam o perímetro da cidade e os grandes portões pretos, prontos para interrogar qualquer um que quisesse passar por eles. Mas Kate não conseguia enxergar isso. Tudo que via eram mais arcos passando acima enquanto o trem diminuía a velocidade, percorrendo uma curva larga nos trilhos.

– Segure-se em alguma coisa – mandou Silas, ainda de pé ao seu lado. – Agora.

Kate segurou-se nas barras pouco antes de a jaula sacudir forte e todo o vagão se inclinar para a frente, descendo por um túnel íngreme que levava o trem para o subterrâneo. Estavam ganhando velocidade, a escuridão inundou o vagão e o apito soou de novo, ecoando de forma ensurdecedora entre as paredes que engoliam o trem. Depois disso, só restou o cheiro de fumaça e o calor sufocante enquanto as lanternas emitiam as centelhas finais.

Os vagões passavam perigosamente perto das paredes, e o teto só era alto o suficiente para permitir a passagem da chaminé da locomotiva. Os olhos de Kate ardiam com a fumaça quente enquanto o trem penetrava cada vez mais no subterrâneo, debaixo do rio e das muralhas da cidade, descendo em direção às suas fundações mais antigas. Os gritos dos prisioneiros pareciam distantes e sobrenaturais. O trem estremecia com violência, como se fosse se desintegrar a qualquer momento, e o túnel continuava sua curva descendente. Metal rangeu sobre metal, os freios guincharam e o trem foi parando. Então o túnel alargou, e uma suave luz de fogo se espalhou, vinda do teto de tijolos iluminado por lanternas penduradas. A poderosa máquina rugiu ao longo dos últimos metros, chegando a uma parada final de sacudir os ossos.

Os guardas não perderam tempo. O trem sacudiu com o som das portas deslizando, e o som de vozes percorreu o ar. Mas não eram os prisioneiros que Kate ouvia falando. As vozes eram sonoras e confiantes, e todas gritavam ao mesmo tempo. Silas abriu a porta do vagão e o que Kate viu lá fora era inesperado e aterrorizante.

O trem havia parado em uma estação construída numa caverna que parecia ser apoiada por prédios do passado. As paredes úmidas eram um aglomerado de colunas de pedra, muros meio destruídos, estátuas, passagens e arcos posicionados em locais que ninguém jamais poderia usar. Alguns se projetavam em ângulos estranhos a meia altura da caverna, meio enterrados na lama, e outros se amontoavam como as várias camadas de um bolo. Parecia que alguém pegara partes de prédios destruídos e as empurrara para dentro das paredes da caverna, deixando que afundassem antes que a terra endurecesse para sempre ao redor delas.

Do lado de fora do trem havia uma grande plataforma de pedra dividida em duas por uma cerca alta de madeira. O lado direito era para os guardas e prisioneiros que eram tirados do trem, e o esquerdo estava repleto de pessoas gritando com eles, acenando com sacos de moedas e esticando o pescoço para conseguir ver direito dentro dos vagões antes que alguém fosse retirado deles.

– Alfaiates! – gritou uma mulher, sua voz estridente sobressaindo entre as outras. – Pagarei cinco moedas de ouro por um costureiro com experiência e duas por um aprendiz.

– Empregadas! – gritou um homem ao lado dela. – Quatro moedas de ouro por uma mulher forte e um garoto!

– Dançarinas!

– Pedreiros!

– Padeiros!

– Criados!

E assim continuaram. Uma tempestade de vozes, todas desesperadas para comprar os prisioneiros como se estivessem comprando animais no mercado. Ofertas eram feitas, lances eram discutidos e aumentados, e, ao mesmo tempo, as jaulas eram retiradas dos vagões, de modo que, um a um, o povo de Morvane ia saciando a fome de Fume.

A luz do dia não entrava para clarear a estação. Mais braseiros crepitavam e sibilavam pelo teto, dispostos em fila como uma espinha ardente, e tochas incandescentes iluminavam duas saídas para o lado esquerdo da plataforma: uma para a multidão e outra com um caminho cercado que chegava até os prisioneiros.

Kate se encostou às barras, tentando se esconder das pessoas, mas, antes disso, viu algo mais esperando do outro lado da plataforma. Outro trem, parado num trilho paralelo. Kate nunca ouvira falar na existência de um segundo trem na ilha de Albion. Sua locomotiva não era nem metade do tamanho da do Trem Noturno. Parecia mais novo e bem-cuidado, com vagões de metal em forma de enormes caixotes e com portas gradeadas e pintados de um vermelho brilhante e escuro.

A maioria dos prisioneiros masculinos não era para venda e passava direto para o trem vermelho, para decepção da multidão aos gritos e lamentos. Kate observava enquanto um pequeno grupo de batedores de carteiras era autorizado a passar espremido por um portão e arrancava tudo que quisesse dos prisioneiros a bordo. Capas, sapatos, moedas, tudo que pudesse ser agarrado através das grades era levado, mas os ladrões pagavam um preço pelo que levavam. Nenhum escapulia de volta para o meio da multidão sem um machucado, um dedo quebrado ou pelo menos um olhar estupefato quando os homens de Morvane os atacavam.

Kate procurou Artemis entre o mar de pessoas sendo rebocadas pela plataforma, mas não havia nenhum sinal dele.

– Espere aqui – ordenou Silas, caminhando para a saída e chutando a escada de três degraus para que chegasse até a plataforma. – Volto para buscá-la.

Silas desceu do trem diante da multidão, e o efeito que sua presença causava nas pessoas era inacreditável. A gritaria parou de uma vez. A estação caiu no silêncio quando ele passou o olhar por ela, examinando cada rosto, cada movimento e cada respiração ao redor.

Kate quase sentia a concentração dele. Podia sentir o domínio que emanava dele sem que dissesse uma palavra. Ele controlava totalmente cada um na estação. Nenhum deles se atreveria a desafiá-lo. Fume era sua cidade. Seu território. Naquele lugar, Silas não era apenas mais um rosto entre tantos inimigos. Era conhecido e temido por motivos muito além do alcance de qualquer guarda comum. Ninguém o olhava diretamente, tomando cuidado para não chamar sua atenção, e pairava no ar a expectativa de suas palavras. Quando finalmente falou, foi para dar uma simples ordem:

— Continuem.

Com a aprovação de Silas, a multidão voltou à vida. Os lances frenéticos continuaram, a estação era uma massa de caos organizado, e os gritos de um licitante se destacavam no meio dos outros:

— Acadêmicos! Historiadores! Livreiros! Pago muito bem!

— Se não está interessado neste lote, fique calado — resmungou um guarda, olhando para um homem baixo que sacudia o chapéu no meio da multidão. — Espere sua vez.

Mais três jaulas foram colocadas antes que o homem gritasse outra vez:

— Represento um membro do Conselho Superior! Devo ser ouvido! Acadêmicos! Historiadores! Livreiros! Digam seu preço!

Aquilo chamou a atenção dos guardas.

As ordens foram passando pela plataforma. Criou-se um rebuliço no final do trem, e uma jaula foi retirada antes da vez.

— Tudo bem. Um livreiro. O único que temos. Ele servirá.

Kate moveu-se na jaula, tentando ver melhor. Só havia uma livraria em Morvane, e, pelo que sabia, Edgar não fora capturado pelos guardas. O único livreiro naquele trem tinha que ser Artemis.

— Ele conhece o ofício? — perguntou o comprador. — Minha patroa exige alguém experiente em história e literatura. Não menos.

— Ele é tudo que temos. É pegar ou largar.

O comprador abriu caminho pela multidão, o dinheiro foi entregue e o guarda fez outro sinal a seus homens. Uma jaula foi puxada por dois cavalos marrons, e ali dentro, sentado sozinho, estava Artemis, com a aparência pálida e doente exposta pela luz do fogo. O homem o inspecionou rapidamente.

– Ele serve.

Então Artemis foi levado para o túnel de saída dos prisioneiros, e Kate só pôde ficar olhando, indefesa, até perdê-lo de vista.

– Próximo! – rugiu o guarda, guardando o saco cheio de moedas no bolso.

Ela precisava fazer alguma coisa. Precisava sair!

Kate estava forçando a fechadura para quebrá-la quando um grito soou ao longo da plataforma, parecendo o miado estridente de um gato cortando o ar, e uma chama verde passou feito um raio pelo trem antes de explodir não muito longe. Silas virou-se com o rosto coberto de ódio quando uma segunda chama veio logo a seguir – vermelha desta vez – com uma faísca prateada na ponta. A multidão abaixou-se quando uma labareda de fagulhas brancas floresceu sobre suas cabeças, acompanhada por um estrondo ensurdecedor.

Alguém estava soltando fogos de artifício na estação.

Os guardas convergiram para a fonte do tumulto, e seus cães, assustados, puxavam as guias, latiam e arranhavam o chão. Kate estava muito atrás para ver alguma coisa com clareza. Houve mais explosões acima da plataforma, um clarão verde surgiu logo acima de seu vagão, e, quando ela olhou, viu alguém se arrastar sobre ele, agarrar uma das jaulas e cair na escuridão. O cheiro quente de feno e estrume de cavalo chegou ao seu nariz, e um Edgar todo desengonçado rastejou até ela com o feno espetado nos cabelos bagunçados e com a fuligem do incêndio no porão ainda agarrada à roupa.

– Isso deve mantê-los ocupados – disse ele, sorrindo enquanto outro foguete zunia acima.

– Edgar! O que está fazendo aqui?

– Ajudando você. O que parece?

– Como você...?

– Não temos muito tempo. Silas achará os estopins daqui a pouco. Eles têm caixas cheias dessas coisas ali. – Edgar tirou uma chave preta e longa de sua bota e destrancou a jaula de Kate. – Peguei isto em um gancho de parede do terceiro vagão antes deste. Estava começando a achar que você não estava a bordo. A maioria dos prisioneiros já saiu. – A porta se abriu e ele estendeu a mão. – Agora vamos.

– Artemis está aqui – disse Kate, assim que se libertou.
– Eu o vi.

– Eu sei. Também o vi, mas não há tempo para... Espere. Problema.

Kate seguiu o olhar de Edgar. Silas estava atravessando a plataforma, indo direto para o vagão deles.

– Rápido! Suba! – pediu Edgar, segurando a jaula o mais firme que conseguia.

Kate pulou para as grades e subiu até alcançar as vigas de cima. Olhou para baixo assim que chegou ao topo, mas Edgar havia sumido.

– Edgar?

A sombra de Silas espalhou-se pela carruagem, e Kate recuou, tentando ficar quieta. Só levou um segundo para Silas perceber que ela desaparecera, e as jaulas começaram a bater umas contra as outras no momento em que ele começou a procurá-la.

Kate tinha que agir. Tinha que fugir dele.

O lugar em que ela estava ficava apenas a dois vagões da locomotiva do Trem Noturno. Ela percorreu rapidamente a cobertura e encontrou uma escada que a levaria direto para os trilhos.

– *Você!* – Kate ouviu o grito de Silas no meio de mais duas explosões estridentes.

Ele encontrara Edgar.

Não havia nada que ela pudesse fazer. Se voltasse, seria pega – e como poderia ser útil para alguém então? Relutante, afastou-se do grito, seguindo por um caminho estreito destinado aos funcionários, se espremendo entre o trem e o muro da estação. Logo estava ao lado da locomotiva preta e fervente, e só havia duas escolhas a partir dali: seguir pelo túnel ou voltar para a plataforma. Não tinha como saber aonde o túnel ia dar. Edgar estava em apuros, e, a cada segundo que desperdiçava, Artemis se afastava dela ainda mais. Precisava arriscar a plataforma.

Com os fogos ainda iluminando o ar, ninguém notou Kate saindo dos trilhos e se espremendo para passar por uma parte quebrada da cerca de madeira. A água escorria do teto lamacento como se chovesse ali dentro e gotejava em sua cabeça enquanto ela se misturava no meio da multidão sem ser notada. A maioria cobria a cabeça com as mãos para se proteger, abrindo caminho aos empurrões para chegar na saída arqueada atrás deles. Ela estava prestes a segui-los, na esperança de encontrar Artemis em algum lugar do outro lado, quando Silas arrastou um último prisioneiro para a plataforma.

Edgar mancava todo desajeitado no meio da luz, piscando o olho roxo. Assim que alguns dos compradores mais audaciosos o viram, começaram a contar o que restara de moedas, calculando o valor de Edgar com olhares gananciosos, mas, ao olharem o rosto de Silas, viram que ele não estava à venda. Seu olhar percorreu a multidão. Kate abaixou-se atrás de uma mulher alta ao seu lado e, quando olhou outra vez, Silas estava levando Edgar a pé para a saída dos prisioneiros. Aquilo devia significar algo sério, porque a multidão de repente ficou zangada, esmagando uns aos outros para olhar e gritar.

– Traidor! – resmungou a mulher mais próxima de Kate.
– Você fez por merecer, garoto.
– Traidor.
– Traidor!

Edgar virou-se para olhar a multidão revoltada. Ele tentava se mostrar corajoso, mas Kate podia ver a verdade. Sabia que ele estava assustado e abriu caminho para ir mais adiante, determinada a fazer alguma coisa, *qualquer coisa* para que ele soubesse que ela ainda estava lá e que ele não ficara sozinho. Ela foi se desviando dos corpos pesados, até ficar espremida na cerca de madeira enquanto Edgar passava. Só havia uma maneira de chamar sua atenção com segurança, então ela gritou como todos os outros:

– Traidor!

Edgar olhou para cima, reconhecendo sua voz, e ela acenou discretamente sem que ninguém visse, tentando passar tudo que queria dizer-lhe com um sorriso desesperado. O rosto de Edgar iluminou-se um pouco quando a viu e esmoreceu outra vez quando Silas agarrou sua nuca, obrigando-o a andar.

Kate recuou no meio das pessoas e foi abrindo caminho até a saída que levava para a cidade logo acima. Subiu uma escada em espiral longa, torcendo para que os dois túneis dessem no mesmo lugar, mas a escadaria mais estreita estava lotada. Tentou correr, mas, com a escada íngreme e as pessoas empurrando, ficava difícil andar rápido.

Uma explosão de raios de sol a recebeu lá em cima, e ela se viu parada no meio de um caminho tumultuado, ladeado por muros altos de pedras. Não havia sinal de Edgar ou Silas em lugar algum, então ela seguiu a multidão à frente e tentou fingir que sabia aonde estava indo.

O caminho estreito fazia uma curva e se dividia como um labirinto cheio de placas enferrujadas e pintadas à mão, direcionando as pessoas para lugares como Caminho Estreito do Norte, Portão do Traidor e Lago Submerso. Kate perdeu de vista seus guias enquanto lia uma das placas e decidiu arriscar e seguir o caminho do Portão do Traidor, na esperança de chegar até Edgar.

O caminho ficava cada vez mais sujo e silencioso à medida que avançava, até que ela teve a sensação de que as únicas pessoas que tomavam aquela direção em particular eram aquelas que eram obrigadas a isso. Então o caminho fez uma curva acentuada e Kate congelou, dando de cara com dois guardas. Eram apenas sentinelas, parados um de cada lado de uma pequena porta. Não tinha como saberem de sua fuga, mas seu rosto apavorado deve ter demonstrado culpa, pois os dois sacaram seus punhais ao mesmo tempo. O medo dominou tudo o mais, e Kate fugiu.

Os guardas a perseguiram, e o som de suas passadas se aproximava cada vez mais enquanto ela corria de volta o mesmo caminho que fizera. Correu o mais rápido que conseguiu e voltou a juntar-se ao fluxo de pessoas, abrindo caminho entre elas, e, ao chegar à curva apertada, esbarrou com força em um homem pequeno de cartola.

– Você aí! – exclamou o homem, agarrando seu pulso. – O que está fazendo aqui?

– Me solte! – Kate fez força para se soltar, mas o homem a segurou mais firme, aguentando cada chute e safanão enquanto tentava olhar bem para o rosto dela. Finalmente se entreolharam, e ele ficou chocado.

– Você! – disse ele. – Você é um deles!

Dois guardas foram correndo pelo caminho atendendo ao chamado do homem. As passadas pesadas se aproximavam cada vez mais de Kate.

– Me *solte*!

Kate conseguiu se soltar das garras do homem e saiu correndo pelo caminho com os guardas logo atrás. Ignorou as placas, sabendo que não podiam ajudá-la, escolhendo os desvios aleatoriamente, indo parar direto em um beco sem saída, onde uma porta de madeira embutida no muro estava fechada com uma tranca.

Não havia outra saída. Os guardas estavam se aproximando. Ela puxou a tranca, empurrou a porta e atravessou sem se importar aonde ia dar. E ali, sob uma faixa larga de céu perfeitamente azul, Kate viu pela primeira vez a grande cidade-cemitério de Fume.

8
Penas e Ossos

Fume era uma cidade das trevas. Os prédios eram altos e angulares, construídos de pedras negras e madeira escura, cada um com seis andares de altura, espalhando suas sombras pelas ruas curvas. Kate estava numa sacada ampla no topo da muralha do norte, ao lado de uma escada em espiral que descia à cidade em si. Daquele ponto privilegiado, podia ver o restante das muralhas externas da cidade como se fossem braços circulando-a, estendendo-se muito além do horizonte, e os telhados pontiagudos dos prédios parecidos com torres roçando a camada de nevoeiro que pairava entre eles como um cobertor frágil.

Cada prédio tinha uma forma exagerada do que deveria ser. Enquanto Morvane possuía casas comuns, Fume possuía conjuntos de torres altas amontoadas como velhos que espalham boatos e ruas de mansões com telhados de ardósia preta, todos brilhando com a geada. Era poderosa, agressiva e magnífica ao mesmo tempo, tudo construído sobre os ossos dos ancestrais de Albion. Kate esperava ver riqueza, mas nada tão suntuoso.

Olhou para trás. Os guardas deviam estar perto, então segurou o corrimão da escada em espiral e foi descendo os degraus que serpenteavam o próprio eixo e eram tão estreitos que mal dava para passar.

Os degraus de metal rangiam e estremeciam sob seus pés, mas ela continuou. Agarrando o mastro central para se equilibrar e alcançando o chão às pressas, não se atreveu a tomar fôlego quando a escada oscilou com o peso de alguém atrás dela. As torres pareciam mais altas ainda, agora que estava embaixo delas: eram monumentos inalteráveis em memória aos mortos que nem mesmo o Conselho Superior se atreveria a mover. Ela correu entre eles até chegar à rua mais próxima, contornando as grades que circulavam as torres como saias de ferro, passou espremida pelo primeiro portão que encontrou, agachando-se atrás de uma sebe bem aparada, confiante de que a esconderia enquanto espiava a rua.

As carruagens rodavam livremente na frente de seu esconderijo, mas nenhum guarda apareceu, e ela já se preparava para sair devagar, arriscando-se a olhar a escada, quando ouviu uma voz familiar por perto:

– Mais uma palavra sua e corto você de orelha a orelha.

Kate espiou pela lateral da sebe. Ali parado, tão deplorável quanto a cidade ao redor, estava Silas, com Edgar ao lado, preso a ele por uma corrente no pulso.

– Devia tê-lo matado quando tive a oportunidade – disse Silas, erguendo a mão e deixando o corvo se aproximar e pousar todo orgulhoso sobre ela. – Você sempre causou problemas.

– Ela não vai nos seguir, sabe – comentou Edgar, com a voz nervosa e um pouco mais alta que o normal. O corvo olhou para ele, observando todos os seus movimentos. – Kate nem sabe andar pela cidade. Não vai saber onde estamos.

– Ela saberá. – Silas parou por um momento, obrigando Kate a recuar mais um pouco em seu esconderijo. – Eu teria virado aquela estação às avessas à procura dela, se isso não provocasse perguntas indesejáveis – comentou ele. – Talvez assim seja melhor. Tenho *você* agora, Edgar Rill. A família Winters sempre cuidou dos seus e, para aquela garota, você é como se fizesse parte dela, pelo que vi. Aonde quer que eu o leve, sua amiga não ficará muito atrás.

– Não conte com isso – retrucou Edgar. – Kate é muito mais inteligente do que imagina.

– Veremos. – Silas acenou com a mão para a rua e uma carruagem puxada por um cavalo cinza com um brasão azul na porta parou no acostamento. – O Museu de História – ordenou ao condutor. – E não poupe o chicote. – Silas entrou com o corvo e puxou Edgar atrás dele como se fosse um cachorro desobediente. As rédeas estalaram com força e o cavalo seguiu adiante, aos trotes.

Kate não precisava pensar no que fazer a seguir. Se perdesse Edgar agora, poderia perdê-lo para sempre. Saiu bruscamente do esconderijo, correndo direto para a carruagem, se segurando no porta-bagagens preso na traseira. Mas o cavalo ganhou velocidade mais rapidamente do que ela esperava. Suas botas prenderam na calçada e ela tropeçou, torcendo os braços enquanto tentava se pendurar. Apertou os dedos com firmeza, deixando os pés se arrastarem dolorosamente pelo chão, até o cavalo diminuir a velocidade para fazer uma curva e assim conseguir acompanhá-lo outra vez. Assumindo o controle das pernas, conseguiu saltar, prendendo o pé esquerdo em um elo ornamental de metal torcido que cobria o eixo traseiro da carruagem.

O chicote estalou, o cavalo passou a galopar e as rodas da carruagem alcançaram um ritmo acelerado, cortando as ruas mais rápido do que um lobo. A perna direita de Kate balançava dolorosamente enquanto ela se agarrava ao metal frio do bagageiro, jogando a maior parte do peso na perna esquerda para manter o equilíbrio. Ninguém prestava atenção nela. Havia dezenas de carruagens nas ruas, muitas delas com pessoas enfiadas nos bagageiros ou viajando sobre a cobertura – criados, deduziu Kate pela aparência desarrumada e suja deles –, mas nenhuma seguia tão depressa quanto a que estava sob o comando de Silas.

A carruagem corria pelas ruas decoradas com estátuas sinistras de pedra, passando por prédios baixos com gárgulas de olhar fixo que gotejavam água do degelo nos caminhos abaixo. O condutor com certeza seguia à risca as palavras de Silas. O chicote estalava com força a cada segundo e o cavalo acelerava, obrigando homens e mulheres bem-vestidos a se afastarem para que passassem. A maioria das ruas era parecida, combinando perfeitamente com a arquitetura do passado que caracterizava as partes mais antigas de Fume. Kate começava a achar que estavam andando em círculos quando uma das rodas bateu em uma pedra ao fazer uma curva apertada e a carruagem inclinou-se para o lado violentamente, quase lançando-a no meio da rua. Ela se segurou com força enquanto iam aos solavancos pela rua larga ladeada por grandes prédios cinza, até que, com uma bufada de alívio, o cavalo finalmente foi parando.

Estavam diante de uma grande escadaria curva de degraus baixos, que levava a uma fachada outrora majestosa de um local que devia ser o Museu de História. Se as pessoas um dia usaram aquele lugar como museu, agora já não usavam mais. Suas janelas eram altas e estreitas, com vidros verdes, todas ainda intactas. Uma sensação estranha pairava no ar ao redor daquele prédio. A mesma tranquilidade característica dos cemitérios, como se os mortos ainda estivessem naqueles degraus, observando os vivos. Kate havia começado a achar que aquele prédio não funcionara apenas como museu em seus muitos anos de existência.

A porta da carruagem abriu antes que Kate tivesse a chance de agir. Silas saiu e empurrou Edgar para que subisse a escadaria em direção a uma porta no topo, enquanto Kate desprendia o pé e pulava do bagageiro. Sua perna esquerda formigava enquanto a carruagem partia novamente, e ela subiu os degraus mancando, entrando sorrateiramente no museu por uma porta lateral que estava destrancada, assim que Silas e Edgar entraram pela frente.

A porta dava para um corredor pequeno que levava a uma sala estreita com vitrines alinhadas. Não havia ninguém ali. Pela quantidade de teias de aranha penduradas no teto, o museu fora abandonado havia muito tempo. Todas as caixas estavam vazias, forradas com um tecido desbotado contendo as marcas escuras de colares, anéis e pedras preciosas que um dia ali estiveram.

Havia seis portas de saída da sala, sem contar com a porta pela qual entrara, e todas bem fechadas. A primeira que abriu dava em um lugar que exalava um cheiro estranho de substância química. Estava escuro lá dentro e não havia sinal de Edgar, então tentou a segunda, que dava em uma escada com acesso ao andar inferior. Kate pensou ter ouvido um barulho ecoando abaixo: passadas firmes indo na direção contrária, mas sua experiência com porões era ruim o suficiente para que hesitasse no primeiro degrau.

– *Silas*. – A voz de uma mulher surgiu de trás de uma porta à direita, pegando-a de surpresa.

A voz era forte e autoritária, e Kate lhe associou um rosto de imediato. Era a mulher que aparecera em sua visão na hospedaria. A que Silas fora encontrar. A mulher chamada Da'ru.

Kate abriu a terceira porta com todo o cuidado para não fazer barulho e espiou pela brecha, ouvindo a voz de Silas do outro lado:

– Cuidado, senhora. Lembre-se de onde está. Sua voz é alta o suficiente para chamar os mortos.

Da'ru estava parada embaixo de esqueletos enormes de criaturas mortas havia muito tempo, penduradas no teto, e Silas caminhou em sua direção com uma expressão no rosto que ficava entre obediência e ódio. Kate conseguia ver a maior parte da sala de onde estava, mas Edgar não estava ali. A corrente não estava mais nas mãos de Silas. Não havia sinal dele em lugar algum.

– Já teve tempo demais – disse Da'ru. – Onde está a garota? Meus oficiais me informaram que manteve uma prisioneira separada dos outros no Trem Noturno e mesmo assim ela não foi entregue ao Conselho Superior. Por quê?

– Houve um tumulto na estação – justificou Silas. – Um rapaz estava causando problemas e tive que cuidar dele.

Kate empurrou a porta um pouco mais e parou quando ela chiou de leve. Ninguém notou, então enfiou a cabeça para poder ver melhor o que estava acontecendo.

– E a prisioneira? – perguntou Da'ru. – Onde está agora?

Silas hesitou, franzindo os olhos ao decidir se mentiria para ela ou não.

– Segura – respondeu finalmente.

– Então está com ela?

Silas afirmou com a cabeça, e seu maxilar tremeu de ódio enquanto esperava Da'ru falar.

– Eu não deveria ter que vir procurá-lo – disse ela. – Suas obrigações são para comigo primeiro. A única razão para não estar preso embaixo dos aposentos do conselho é porque você se mostrou útil. Meu nome é temido por um bom motivo, Silas. E você deveria me temer mais do que todos os outros.

Silas deu mais um passo em sua direção.

– Não tenho medo de nada – retrucou.

– Então sugiro que preste mais atenção ao seu trabalho, ou isso logo vai mudar. – Da'ru encarou Silas sem um pingo de medo, e Kate não teve dúvidas da seriedade daquela ameaça.

– *Garoto!* – A voz de Da'ru ecoou pela sala.

Passos ressoaram no andar superior do prédio, e o rosto de um rapazinho apareceu na galeria que dava para o salão principal.

– Ainda não encontrei ninguém, senhora – disse ele, curvando-se ao falar. – Continuarei procurando.

Da'ru voltou-se para Silas.

– Onde ela está?

Silas olhou furioso e nada disse.

– Você não estaria aqui se a garota não estivesse por perto – concluiu Da'ru. – Vai entregá-la imediatamente ou o jogarei em uma cela, acusado de traição.

– Sua presença aqui ameaça tudo que organizei – disse Silas. – Saia. Agora.

Da'ru sorriu, erguendo o queixo e expondo o pescoço nu, e Kate viu algo cruel e assustador por trás da beleza daquele rosto.

– Não me provoque – disse ela. – Para mim você não passa de um cachorro preso a uma guia, Silas. O restante do Conselho pode ainda confiar em você, mas sei o quanto gostaria de me matar, se pudesse. Poderia se vingar de mim, aqui e agora, mas sabe o que acontecerá se fizer isso. Sem mim, o sangue que corre em suas veias vai parar e morrer. Seu corpo secará, e o que restou de sua alma será lacrado dentro de seus ossos podres, incapaz de viver e proibido de morrer. Seu mundo será silencioso. Meus guardas enterrarão seu corpo inútil onde ele nunca será encontrado, e a única batalha que lhe restará para lutar será contra os vermes, enquanto eles rastejarem pelo seu crânio e se alimentarem de seus olhos.

Silas manteve-se firme diante dela, sem que nenhum dos dois estivesse disposto a ceder o mínimo.

– Você já sabe que há castigos muito piores do que a simples morte – continuou Da'ru. – A meia-vida do véu é um lugar atormentador, e a imortalidade dura por muito, muito tempo.

Silas olhou na direção de Kate, só uma vez, tão rapidamente que ela poderia nem ter notado. Ele relaxou os ombros um pouco, e a tensão na sala aumentou como se ele estivesse prestes a recuar.

– Volte para seus aposentos – disse ele a Da'ru. – Entregarei a garota. Reúna o Conselho e avise que vamos executar o primeiro procedimento esta noite.

– O Conselho não perde seu tempo com promessas sem fundamento. Ela já podia ser nossa.

– Deixe-a comigo – comentou Silas, curvando a cabeça de leve e dando um pequeno passo para trás. – Confie em mim, senhora. Tudo correrá como planejado.

Kate se afastou da porta. Silas sabia que ela estava lá! Mas ela não podia ir embora. Não com Edgar ainda em algum lugar ali dentro. Ela correu o mais suave que conseguiu por entre as vitrinas. O rapaz estava procurando no andar de cima e não deve ter encontrado Edgar lá. Então ela se lembrou dos passos no porão. A segunda porta ainda estava aberta, esperando por ela.

Os degraus adiante eram apertados e limitados, descendo para um lugar enorme e escuro que tinha apenas os pilares que sustentavam os andares principais. A luz do sol penetrava pelas janelas simples embutidas no teto, mesmo assim ainda era escuro demais para ver qualquer coisa que estivesse perto do centro da sala. Kate seguiu a parede, ficando perto da luz, e passou por mesas altas cheias de vidros amontoados para conservar espécimes; alguns vazios, mas a maioria com um conteúdo repugnante. Havia pássaros, sapos, peixes, aranhas, besouros e moscas, todos secos e presos em suportes dentro dos vidros verdes, ou mergulhados em um líquido grosso e sufocante que os mantinha preservados contra o tempo.

Algo chacoalhou do outro lado da enorme sala.

Kate congelou.

– Edgar? – Seu sussurro se perdeu na escuridão.

Pássaros empalhados estavam suspensos no teto, e as penas velhas que cobriam o chão estalavam debaixo de seus pés enquanto ela seguia o contorno da mesa em direção ao barulho. Então ouviu o som outra vez.

Havia várias portas alinhadas em uma das paredes mais compridas, e uma chacoalhou com força enquanto Kate ia em sua direção. Pareciam portas de armários, mas a que estava se mexendo ainda tinha a chave na fechadura.

Kate se aproximou da porta com cautela e sussurrou pelo buraco da fechadura:

– Edgar? É você?

– Kate?

Ela virou a chave rapidamente, a porta abriu e Edgar – que estava encostado nela para ouvir a voz de Kate – foi parar direto no chão.

– Ai! Podia ter me avisado! – gemeu, tentando levantar-se. Os pulsos estavam amarrados nas costas, e Kate ajoelhou-se para soltá-lo. – Como soube onde eu estava?

– Shhh! Eles vão ouvi-lo.

– Silas... ele me deixou aí dentro! – disse Edgar. – Estava quase conseguindo escapar. Um dos meus polegares estava solto, e aquela porta por fim teria cedido. Nada mal, eu diria.

– Precisamos sair daqui – disse Kate, ajudando-o a levantar-se assim que terminou. – Ele não está sozinho. Tem uma mulher aqui. Acho que é uma conselheira. Está bem ali no andar de cima.

– Da'ru está aqui?

Kate tapou-lhe a boca.

– Está, mas fale baixo. Conheço a saída. Apenas siga-me e fique quieto.

Edgar assentiu, e Kate o soltou.

– Vá na frente – sussurrou ele.

Kate seguiu as mesas de volta em direção aos degraus do porão, tentando ignorar as criaturas medonhas mortas que a encaravam de dentro dos vidros. O silêncio era assustador, e ela estava prestes a dizer alguma coisa para quebrá-lo quando Edgar pegou seu braço.

– Kate – sussurrou ele. – Fique parada. – Mas era tarde demais. Kate olhou para o topo da escada e viu uma

silhueta alta parada ali. Silas. Seus olhos cinzentos tinham um brilho estranho. Sua voz ecoou com força pelo porão:
– Não há saída, senhorita Winters – disse ele, avançando para a luz salpicada do sol. – As regras mudaram. Está em meu mundo agora.

9
A Sala do Cobrador

Houve um clique sonoro, um zumbido na parede e um estopim fino pegou fogo ao longo de um tubo de vidro no teto, acendendo uma fileira de lanternas que iluminaram a sala com um leve brilho alaranjado. Kate procurou outra saída. Havia pelo menos doze portas espalhadas pela sala, mas nenhuma maneira de saber qual delas levava para fora do porão ou qual estava destrancada.

– Eu devia ter previsto o que aconteceu na estação – disse Silas. – Edgar Rill é bem conhecido por sua criatividade, mas não por seu sucesso. Os fogos de artifício foram uma escolha interessante de distração, mas o fracasso é um hábito que seu amigo não consegue superar. Ao que parece, sua "fuga" foi temporária e conveniente.

– Não vou a lugar nenhum com você – retrucou Kate.

– Então é óbvio que não entende sua posição. Não estou lhe dando uma escolha.

– Fique longe dela! – ameaçou Edgar.

— Restam apenas algumas horas antes que eu tenha de entregá-la para o Conselho Superior — disse Silas, caminhando na direção deles. — Temos um trabalho a fazer e devemos começar agora.

Aquilo era demais para Edgar. Ele agarrou a mão de Kate e puxou-a em direção à primeira porta que conseguiu encontrar, levando-a para uma escada íngreme e irregular que descia ainda mais para as profundezas do museu. Não havia corrimão, então se apoiaram um no outro para chegar à base, fugindo na escuridão sem saber onde estavam ou a que distância Silas se encontrava atrás deles.

No escuro, Edgar tropeçou quando chegaram a uma pequena plataforma e bateu com a mão em uma maçaneta.

— Portas! — exclamou, agarrando a maçaneta de imediato. Havia duas, uma de cada lado. Ambas trancadas. A única saída para eles era descer mais.

— Pode ouvi-lo? — perguntou Edgar ofegante, correndo para salvar a vida. — Onde ele está?

Kate continuou correndo, tentando manter o equilíbrio na escada difícil de descer. Nada daquilo parecia certo. Por que estavam descendo? Deviam estar subindo, para a cidade, para a luz. O ar tornou-se abafado e úmido enquanto desciam correndo, mas continuaram indo direto para a base da escada, irrompendo na única sala aberta que encontraram.

— Verifique as paredes! — pediu Edgar, apalpando as pedras. — Tem que haver uma saída!

O som das botas de ambos ecoava nas paredes de pedras, mas a escada continuava silenciosa. Ou Silas ainda esperava por eles lá em cima ou estava escondido em algum lugar na escuridão, à espreita.

Edgar acendeu um fósforo e olhou ao redor.

– Oh, não – disse ele, com o rosto brilhando na luz da chama.

Estavam parados em uma sala quadrada com três portas uma ao lado da outra na mesma parede, cada uma com um conjunto de interruptores e alavancas na lateral. Edgar usou o fósforo para acender uma lanterna pendurada na parede e segurou-a no alto.

– Devem ser as celas de Silas – disse ele, testando a primeira porta. – Todo Cobrador tem alguns lugares para trancar as pessoas para interrogatório antes de entregá-las ao Conselho Superior.

– Então isto é uma prisão?

– Mais ou menos.

– Como você sabe?

– Simplesmente sei. Não é um lugar bom de se estar.

– Precisamos sair daqui.

Kate tentou abrir as outras duas portas. A primeira estava trancada, mas a segunda abriu facilmente. Do outro lado só havia uma pequena cela. Cheirava a mofo, como se não visse ar fresco havia muito tempo.

– Está explicado por que Silas não nos seguiu – observou Edgar, passando por ela e passando a mão nas paredes da cela. – Ele sabia onde íamos parar.

Uma mão forte segurou o rosto de Kate, sufocando-a antes que pudesse gritar, e a porta da cela bateu com força, trancando Edgar lá dentro.

– Por que acharam que eu não estava seguindo vocês? – perguntou Silas com a voz anônima e assustadora no escuro. – Já que está tão interessado em atrapalhar o meu trabalho, senhor Rill, acho justo que olhe para ele com mais atenção.

A luz da lanterna de Edgar iluminou fora da janela da cela.

– Tire-me daqui! – gritou, batendo os punhos no vidro.

– Deixe-o sair! – Kate tentou alcançar a maçaneta, mas Silas a segurou firme.

– Eu lhe avisei – advertiu ele. – Este rapaz não é o rei da fuga, como pensa que é.

Edgar sacudiu a porta, mas ela estava bem fechada.

– Deixe-o sair. Por favor! – implorou Kate. – Ele não sabe de nada!

– Não é a ele que pretendo interrogar – disse Silas. – Você vem comigo.

Edgar estava com o rosto pressionado contra o vidro, observando enquanto Silas arrastava Kate dali.

– Não podemos deixá-lo aqui!

– Ele cumpriu seu propósito – disse Silas. – Agora é hora de você cumprir o seu.

Kate debateu-se contra ele enquanto era puxada pela escada até a primeira plataforma, onde uma porta agora estava aberta.

– Vá na frente – ordenou ele, empurrando-a.

Kate piscou com a luz forte da lanterna já acesa sobre uma mesa baixa, que Silas pegou para levar a garota por um labirinto de salas conectadas por arcos. O museu podia parecer enorme da superfície, mas aqueles andares principais eram apenas os níveis mais elevados de um espaço muito maior. A maioria das salas abaixo continha caixotes de armazenamento cheios de pedaços esquecidos de ossos, metais, moedas, livros e tudo o mais que Kate pudesse imaginar, mas, quanto mais avançavam, mais arrumadas as salas ficavam, até que chegaram a uma que Silas obviamente exigira para si. Havia cadeiras para se sentar, quadros antigos e armas expostos em algumas paredes, dando a entender que ali não era um simples esconderijo do Cobrador. Era a casa de Silas.

Logo entraram em uma sala grande que parecia muito mais antiga que as outras. Um fogo crepitava debaixo da abóbada de pedra antiga da lareira embutida na parede principal, e o ar estava impregnado com o cheiro de couro velho. O corvo de Silas estava ali, empoleirado de forma sinistra em uma estante no canto, observando Kate, atento, enquanto ela entrava.

Ela fez o possível para parecer calma quando Silas apontou para uma cadeira ao lado da lareira.

– Sente-se.

Não havia esperança de escapar dessa vez. Os andares inferiores do museu eram como um labirinto. Kate ia se perder se tentasse fugir, então obedeceu.

Ele pegou um prato de comida em cima de uma mesa e passou para ela.

– Coma – ordenou. – Não tenho mais interesse em comida, mas sei que os prisioneiros geralmente precisam.

O estômago de Kate roncou ao ver o pão fresco, biscoitos e queijo, e o corvo se aproximou sacudindo as asas, observando cada porção que ela comia.

Silas puxou uma outra cadeira e sentou-se.

– Está na hora de você entender uma coisa. Sua vida de antes acabou – disse ele. – Sua casa está destruída, seu tio foi levado e você só está começando a perceber as mentiras que lhe foram ditas durante todos esses anos.

– Que mentiras? – perguntou Kate. – Não entendo.

– Isso porque você foi incentivada a ser ignorante. Existem os que tentaram protegê-la escondendo a verdade sobre quem você é, mas não vou mentir. Ser um dos Dotados não traz nada além de perseguição, medo e morte. Você pode aceitar ou tentar se esconder disso, mas não pode escapar.

Kate largou o prato, sem conseguir comer mais nada, e o corvo desceu agitado, roubando o que sobrara do queijo e fugindo para debaixo da mesa, a fim de comê-lo.

– Por que me trouxe aqui? – perguntou ela.

Silas encostou na cadeira, analisando seu rosto.

– Sabe o que iniciou a guerra que transformou Albion no que é hoje? – perguntou.

Kate não respondeu.

– Durante várias gerações, os líderes do continente tentaram atravessar as nossas fronteiras – explicou Silas. – E cada batalha travada, cada morte, cada matança foram causadas por um único segredo. Esse segredo eram os Dotados. Os membros do Conselho Superior não são os únicos que reconhecem o valor de sua espécie. Como povo, os Dotados são exclusivos de Albion. Não há relatos de ninguém no continente que tenha acesso ao véu. Ninguém sabe por quê, mas, enquanto os Dotados prosperaram aqui, outros países vivem há muito tempo na santa ignorância de que este mundo é o único que existe.

– Isso é porque ele *é* o único – disse Kate.

– Sério? – retrucou Silas, parecendo realmente surpreso. – Você tem certeza?

– Claro que tenho.

– Então você tem muito mais a aprender do que eu imaginava.

Silas encarou Kate, deixando o silêncio crescer entre eles, até que ela foi obrigada a desviar o olhar.

– Acreditar em uma mentira pode ser um conforto – disse ele. – Mas, quando já se viu a verdade, continuar a acreditar nela pode ser perigoso, caso as pessoas decidam usar essa mentira contra você. Não se pode negar o que já se viu. O Conselho Superior sempre soube dos Dotados, mas vários séculos se passaram desde que compartilharam os mesmos objetivos. Há quase quatro séculos, no início da última era, os membros do Conselho Superior foram seduzidos pela ciência e se voltaram contra os antigos métodos dos Dotados. Queriam estudá-los, entendê-los e examinar suas mentes para descobrir exatamente como conseguem fazer o que fazem. Essa ganância pelo conhecimento levou os Dotados a se esconderem, e o Conselho os caça até hoje, acreditando que são a arma que vencerá a guerra de uma vez por todas, apesar de terem sido eles mesmos a causá-la.

– Os Dotados não começaram a guerra – disse Kate.

– Não, foi o Conselho Superior que fez isso, gabando-se a todos os líderes do continente que quisessem ouvir que os Dotados podem ver o mundo dos mortos, curar os enfermos e prever o futuro. O continente queria uma parte desse conhecimento. Queria os Dotados, e o Conselho Superior se recusou a compartilhá-los. Curiosamente, para aqueles que não conseguem entrar no véu, os segredos da morte são um prêmio pelo qual vale a pena morrer. As tensões cresceram entre Albion e o continente durante muitos anos, até que por fim a guerra começou.

– Por que alguém lutaria por algo assim? – perguntou Kate. – A maioria das pessoas nem acredita no véu.

– Acreditar não é o problema – respondeu Silas. – Os Dotados podem provar a existência da vida além deste mundo. Um conhecimento assim não tem preço.

Kate não sabia se acreditava em Silas ou não. Ninguém em Albion sabia ao certo do que se tratava essa guerra. Ela fizera parte da vida durante tanto tempo que ninguém a questionava mais.

– A existência dos Dotados originou a guerra com a qual gerações têm convivido todos os dias – disse Silas.

– A promessa do conhecimento deles foi o suficiente para lançar o nosso mundo ao caos, mas, em vez de ficarem ao lado de nossos soldados para lutar, os Dotados foram para o subterrâneo, deixando o restante de Albion sozinho para combater os inimigos. Não tenho afeição pelos Dotados, senhorita Winters. É por causa deles que vi o véu com meus próprios olhos. Vi o caminho da morte, e ele me rejeitou.

Silas sacou o punhal prateado que roubara do corpo de Kalen, estendeu a mão e arrastou a ponta da lâmina na palma, cortando-a para que um rastro de sangue brilhasse como um fio de contas na luz. Kate viu aquilo, incrédula, enquanto a pele dele começava a se juntar mesmo antes de terminar o corte e o sangue sobre ela secou, transformando-se em um pó vermelho desbotado.

– Isso é impossível!

– Foi o que o Conselho Superior pensou – disse Silas. – Antes de ser provado que estavam enganados.

– Como fez isso?

– Há doze anos, um membro do Conselho Superior descobriu um livro raro em um túmulo antigo perto daqui. Ele pertencia a um membro da família Winters que morreu há muito tempo. A *sua* família. E, dentro do livro, descobriu uma maneira de os Dotados utilizarem melhor o poder do véu, em vez de somente investigá-lo ou usar suas energias para curar.

– Era Da'ru? – perguntou Kate.

Silas assentiu.

– Da'ru achava que podia usar as técnicas do livro para alterar o elo entre o corpo de uma pessoa e seu espírito, e fui parte da experiência para provar essa teoria. Dezenas de outros indivíduos já tinham morrido por se exporem ao véu. Eu fui o azarado. Sobrevivi. Por causa disso, meu sangue não corre como o dos homens normais. Meus ferimentos curam tão rapidamente quanto são causados. Meus pulmões respiram, mas não necessito de ar. O veneno não pode me matar, e o fogo não me queima.

Kate olhou para Silas e viu claramente o homem que estava diante dela pela primeira vez. Havia alguma coisa errada nele. Algo além do medo que ele infundia nas pessoas com a sua presença. Qualquer um poderia fazer isso com a prática. O que Silas tinha era mais profundo. Aquela sensação de frio que sempre sentia perto dele, o jeito que seus olhos cinzentos não refletiam nada sobre o homem que estava por trás. Ele parecia vazio para ela. Era como se já estivesse morto.

– Então imagine mais mil homens iguais a mim – continuou Silas. – Um exército assim seria invencível, tornando Albion mais temida do que qualquer outra nação. Esse é o poder que o continente deseja reivindicar para si. O Conselho Superior está trabalhando para atingir o mesmo objetivo, mas a força do *Wintercraft* quase matou Da'ru na noite em que ela me transformou no que sou. Ela não sobreviveria a uma segunda tentativa. Por isso, precisa de alguém com um dom natural maior que o dela, alguém cuja família tenha uma conexão instintiva com o véu. Por isso ela precisa de você.

Artemis sempre ensinara a Kate a confiar apenas no que pudesse ver e sentir. Para ele, o véu era uma fantasia criada por pessoas que não conseguiam encarar a finalidade da morte. Mas, sentada ali com Silas, a linha entre o que era verdade e o que não era de repente ficou borrada. Kate nunca tinha partilhado totalmente o ceticismo do tio em relação ao mundo e não conseguia deixar de acreditar que pelo menos parte do que Silas estava contando era verdade.

– Se for verdade – disse ela –, por que Artemis não é um dos Dotados? Ele é um Winters, igual a mim.

– Como eu já disse, os Dotados são uma raça em extinção – respondeu Silas. – Esse Dom nem sempre é herdado pelo sangue, e a cada geração menos ainda nascem com ele. Seu pai tinha o Dom de ver o véu, seu tio não tem. Não é incomum ver uma diferença dentro das famílias.

O corvo de Silas sacudiu as penas e voou para cima da lareira, onde ficou bicando as garras.

– Você é um dos Dotados? – perguntou ela.

– Já fui um homem comum – respondeu Silas. – Agora sou outra coisa.

– Mas... quando manda seu corvo atrás das pessoas... você fala com ele, não fala?

– Meu relacionamento com o véu é bem diferente do que os Dotados têm – explicou Silas. – Os animais usam o véu muito mais do que nós. Eles o entendem. Tudo que tenho a fazer é ouvir.

– Então... pode ouvir o que ele diz?

– Não, mas existem maneiras de se comunicar que vão muito além dos sentidos básicos. Você mesma experimentou isso quando viu através dos olhos de Da'ru na hospedaria. Não estava usando seus próprios olhos naquela hora, e sim o véu. É isso que eu faço. Os olhos do corvo tornam-se os meus. Caçamos juntos.

Kate tentou imaginar como tal elo poderia ser possível, mas, depois do que já havia experimentado do véu, concluiu que não estava em posição de julgar o que era possível e o que não era.

– Se Da'ru quase morreu fazendo o que fez, o que a faz pensar que eu não morrerei? – perguntou ela.

Silas se inclinou para a frente na cadeira, olhando-a nos olhos, como se essa fosse a pergunta que estivera esperando o tempo todo para responder.

– Porque o livro de *Wintercraft* nunca foi escrito para alguém igual a ela – respondeu. – Cada pessoa tem seu próprio nível de potencial, e Da'ru alcançou o dela há muito tempo. Por mais que ela negue, o nível de Dom que tem é considerável, mas não extraordinário. Sua ambição vai muito além de seu talento, e ela demorou muito tempo para aceitar isso. O *Wintercraft* foi escrito por seus ancestrais e era para ser usado por pessoas com um nível de Dom muito maior do que o de Da'ru. Seus pais vieram de famílias com habilidades muito fortes para o Dom, e você pode ser a última de uma linhagem pura dos Winters. Existem gerações de potencial dentro de você. Para Da'ru, você é a melhor oportunidade que ela tem de usar o *Wintercraft* para conseguir o que quer. Ela não se importa se isso vai matar você ou não, mas pretende fazê-la tentar.

– Mas... eu não sei nada disso – comentou Kate. – Os Dotados... o véu. E se você é um dos homens de Da'ru, por que não me entregou a ela? O que deseja que eu faça?

Silas olhou-a fixamente, como se a resposta fosse óbvia.

– Tive de avaliar suas habilidades a meu favor – respondeu ele. – Você pode ser a parte mais vital das minhas preparações, a chave para algo pelo qual tenho esperado ansiosamente durante doze longos anos. Você, senhorita Winters, vai me ajudar a morrer.

10

Lembranças

Kate tinha certeza de que o ouvira mal.

– Você quer que eu... o quê?

Silas franziu mais as sobrancelhas.

– Não é tão simples como parece – disse ele. – Este corpo não pode mais morrer por nenhum meio comum. Preciso de algo extraordinário. Alguém capaz de ir além deste mundo e alcançar o local onde o verdadeiro estrago foi feito. E é de você que preciso.

– Mas, se pode viver assim, por que quer morrer? – perguntou Kate. – Certamente para você... para *qualquer um*... não poder ser ferido seria ótimo.

– Meu corpo pode se curar rapidamente com o corte de uma lâmina, mas ainda a sinto – respondeu Silas. – O metal cortando minha carne, o cheiro quente do sangue... Vida é dor, senhorita Winters. E sou obrigado a aguentar mais tempo do que os homens comuns, e isso é inaceitável para mim. Não há cura por ser humano. O *porquê* de eu estar procurando a morte não é a pergunta que deveria estar fazendo. Por enquanto, tudo com o que devia se preocupar é o *como*.

– Mas... não posso. Isso não...

– Sua habilidade não é a questão – disse ele. – Assim que tivermos o *Wintercraft*, tudo vai se encaixar em seu devido lugar.

– Já disse. Não sei nada desse livro!

– Só porque não se lembra dele não significa que não o viu. Acho que sabe mais dele do que imagina. A resposta já está dentro de sua mente. E juntos vamos encontrá-la.

Antes que Kate pudesse se dar conta do que estava acontecendo, Silas pressionou os dedos nas laterais de sua cabeça, aproximando o rosto do dela. Seus olhos cinzentos fitaram os azuis brilhantes de Kate, sugando-lhe a energia tão completamente que ficou difícil piscar.

Foi como se um capuz de gelo fosse enfiado em sua cabeça. Sua testa ferroava de frio, e um forte calafrio percorreu seus ossos, passando pela coluna e atingindo cada músculo, até que ela não conseguiu mais se mover. As pontas dos dedos ardiam enquanto o frio se espalhava por sua pele, congelando os cílios e arroxeando os lábios. Sua pulsação diminuiu, vencida pelo frio. Seus pulmões lutavam para conseguir respirar... apertando... ficando lentos...

Silas pegou o punhal prateado de Kalen de seu cinto, ergueu a manga esquerda da roupa de Kate e fez um corte superficial na parte de dentro de seu braço. Kate não sentiu nada além de frio enquanto ele recolhia gotas de seu sangue em um frasco pequeno, segurando-o contra a luz.

– Todo sangue tem poder – disse ele. – Da'ru usará isso para provar sua identidade ao Conselho Superior. Fique feliz por ter sido eu a tirá-lo de você. Ela teria tirado muito mais.

Kate tentou lutar contra o que estava acontecendo, mas o véu a dominava com ainda mais força do que antes.

– Diga-me – ordenou Silas, arrolhando o frasco e enfiando-o em um bolso interno junto ao peito. – O que você vê?

Todo o corpo de Kate parou. O tempo se expandiu infinitamente ao redor e, então, no meio daquela imobilidade imensa e contínua, sua mente voltou à vida de forma espetacular.

Primeiro houve cores, luzes e sons. Kate sentiu como se estivesse se movendo, mas Silas ainda estava ali à sua frente. Então as cores fundiram-se em imagens fraturadas de lugares que conhecia e de pessoas das quais se lembrava: Edgar descendo da cobertura do Trem Noturno... o mercado de Morvane em pleno tumulto... a vista da janela do seu quarto... e seu pai na livraria quando ela era jovem, ensinando-a como distinguir um livro raro de um comum.

– Isso. Volte a essa lembrança – disse Silas. – Deixe-me vê-la outra vez.

Kate estava tão absorta no que estava acontecendo que a voz de Silas a pegou de surpresa:

– Concentre-se!

Seus pensamentos obedeceram-no, apesar de ela não querer aquilo, e ela voltou bruscamente para as lembranças da livraria, onde seu pai inspecionava um livro com uma lupa.

– Seus pais deixaram você ver vários livros raros que passaram por aquela livraria – disse Silas. – Sua mente pode se lembrar de todos. Mostre-me mais. Mostre-me esse.

A visão foi transferida para um lugar que Kate nunca tinha visto. Estava parada no meio de uma sala no alto de uma torre circular com janelas por toda a volta, com vista para a imensa paisagem de Fume. Um livro estava aberto sobre uma escrivaninha diante dela: um livro velho com páginas amassadas e palavras escritas com tinta desbotada, e Da'ru estava sentada atrás dele – com a aparência mais jovem do que Kate se lembrava. Escreveu alguma coisa em um pedaço de pergaminho, enrolou-o e colocou-o na mão de Kate. Mas a mão que o pegou não era a dela. Era a mão de um homem, calejada e forte.

– Avise ao Conselho que estou pronta para apresentar minhas descobertas – disse ela. – Silas é mantido em isolamento há dois anos, e os resultados de cada teste continuam a exceder todas as minhas expectativas. O conselho pode não aprovar os meus métodos, mas não pode negar os resultados. Está na hora de verem Silas pessoalmente. Confio em você, Kalen. Convença-os a falarem comigo outra vez. Conte o que viu. Leve o livro com você, como voto de confiança, mas não o perca de vista. Talvez agora finalmente reconheçam o valor do meu trabalho.

– Sim, senhora. – A voz grave de Kalen saiu da garganta de Kate. Kalen estendeu a mão para pegar o livro e o fechou, revelando uma capa roxo-escura coberta de tachas prateadas ao redor das margens e o brilho de faixas de madrepérola cruzando o couro. O título reluzia com a luz do sol. Uma palavra escrita em lâmina prateada:

Wintercraft

– Avise-me assim que me chamarem – ordenou Da'ru. – E, se qualquer um deles tentar danificar o livro seja como for... mate.

– Sim, senhora.

A mente de Kate rapidamente deixou Kalen e Da'ru para trás, já procurando o livro em sua memória. Ela voltou à livraria – na época de Artemis – e se encontrou percorrendo uma de suas lembranças mais antigas através de seus próprios olhos quando era mais jovem, uma que nem sabia que existia.

– Eu falei, é perigoso demais! – exclamou Artemis, discutindo com o pai de Kate sobre o balcão da livraria.

– A decisão não é sua, Artemis! Anna e eu já decidimos. É o certo a fazer.

– Eles não podem lhe pedir isso!

– Podem sim. Você, eu e Kate somos os únicos ainda vivos com o sangue dos Winters. O livro pertence à nossa família. Por que não entende isso?

– Porque não está certo. E Kate? Vai correr o risco de colocá-la em perigo por causa de um livro roubado?

– Nada vai acontecer a Kate. E isso é muito mais do que um livro, Artemis. É história, e quem sabe o que mais poderá ser um dia. Vamos fazer isso. Não importa se concorda ou não. O livro ficará seguro aqui conosco, onde ele se destina a ficar.

Artemis deu um soco no balcão, a única vez em que Kate o viu perder a paciência daquele jeito.

– Isso está errado, Jonathan. Como sabe se estão dizendo a verdade? Como sabe que não estão só tentando se proteger, tirando essa coisa de Fume?

– Porque eles o roubaram de um guarda: do próprio assistente de Da'ru! Eles já se arriscaram demais para recuperar o Wintercraft. O resto cabe a nós agora.

– Então – disse Silas, sua voz interrompendo o pensamento de Kate –, o livro foi roubado de Kalen e entregue à sua família. Da'ru sempre acreditou que ele o tinha vendido para os Dotados para encher o bolso. Achou que era um traidor. Pelo jeito, se enganou.

Kate não o estava escutando. O véu já a estava levando para a próxima lembrança que tinha do Wintercraft, e, antes que pudesse detê-la, sua mente reviveu a primeira noite que ela passara no esconderijo do porão da livraria. Uma noite que aconteceu poucos dias depois daquela discussão: a noite em que os guardas levaram seus pais.

Ela se lembrou de ter espiado pelos orifícios na parede do porão, vendo os pais tirando o Wintercraft de um lugar secreto ao lado da parte superior da chaminé. Falavam muito baixinho para que ela conseguisse entendê-los, mas ambos estavam com medo. Sua mãe escondeu o livro no bolso do vestido, embrulhando-o em um pedaço de pano rasgado. Logo um estrondo ressoou acima deles e a porta do porão foi arrancada das dobradiças, caindo pelos degraus enquanto quatro homens de túnica invadiam o local.

Kate se lembrou de ver o pai lutando com eles e da mãe os afastando para o mais longe possível de onde a filha estava escondida, de modo que não fosse encontrada. Viu o brilho prateado de uma lâmina cortando o ar, cravando fundo no ombro de seu pai. Viu o guarda que veio pegar o punhal e ouviu o grito do pai enquanto o homem arrancava-o com força.

Aquele guarda deu ordens para que levassem seus pais para as jaulas e, quando ele segurou o punhal, pronto para atacar, Kate viu a letra "K" brilhando sobre a lâmina, manchada de vermelho com o sangue do pai. Ela o reconheceu imediatamente. Kalen. Só que ele era mais jovem e saudável, antes de a loucura tomar conta de sua mente. Kalen tinha ido para Morvane para achar o livro e limpar seu nome. Ele era o inimigo que ela vira naquela noite. Era ele que tinha levado sua família embora.

A imagem desapareceu. Silas estava de volta diante de Kate, e ela podia sentir o frio formigando em sua pele mais uma vez. Os pulmões retornaram à vida, o coração acelerou para voltar à pulsação normal e ela estava de novo no museu iluminado pela lareira.

– O que... foi aquilo? – perguntou ela, com a garganta estranha e dolorida, enquanto Silas tirava as mãos de seu rosto.

– Foi um vislumbre de sua meia-vida – respondeu ele. – O primeiro nível do véu que a mente de um Dotado aprende a penetrar, onde a lembrança se torna realidade. Você não pode parar agora. Precisa voltar.

– Mas eu vi o livro... e Da'ru dentro de uma torre. Nunca estive lá.

– Essa era uma das lembranças de Kalen – explicou Silas. – Tirei dele pouco antes de ele morrer. Compartilhei com você aqui porque era importante que visse. Agora volte. O véu precisa se tornar familiar para você. Precisa viajar mais adiante no caminho para a morte, se for para você ser útil para mim.

– Não – respondeu Kate, hesitando e afastando-se dele. – Deixe-me em paz! – Derrubou a cadeira e saiu cambaleando até a porta, puxando os ferrolhos com as mãos trêmulas enquanto Silas continuava sentado e observando.

– Kalen levou somente algumas semanas para encontrar seus pais, mas não encontrou o livro – comentou ele. – Os Dotados não estavam lá para ajudar sua família quando mais precisaram, assim como nenhum deles está aqui para ajudá-la agora. Parece que Artemis a manteve longe deles por um bom motivo. É óbvio que ele não queria que você corresse perigo. Seus pais já tinham contribuído bastante para isso.

– Você não sabe do que está falando! – repreendeu-o Kate, tentando abrir a porta enquanto as lágrimas brotavam em seus olhos.

— Os Dotados convenceram seus pais a arriscarem a vida deles e a sua para proteger o *Wintercraft*, e Kalen levou os guardas a Morvane naquele dia por causa deles. Pelo que soube, seu tio fugiu da livraria assim que os guardas chegaram. Aquela covardia salvou a vida dele. Se tivesse ficado, estaria morto.

— Artemis não é um covarde! — retrucou Kate.

— Ele fugiu como um coelho, deixando você e seus pais entregues ao destino. Eu o vi mentir para você. Ele a protege e a trata como se fosse filha dele, mas faz isso porque tem a consciência pesada. Deixou-se levar pelo medo naquela noite, salvando a própria pele e abandonando seus pais para enfrentarem os inimigos sozinhos. Por outro lado, talvez estivesse feliz de vê-los sendo levados. Seu tio não tinha poder naquela casa antes de os guardas chegarem. Talvez quisesse que seus pais morressem.

— Isso não é verdade!

— Sua família foi o motivo que levou Kalen a fazer a colheita em sua cidade há dez anos — continuou Silas —, e você é o motivo que me levou a fazer a colheita dessa vez. A família Winters tem o dom de atrair o perigo, e esse perigo sempre esteve ligado à mesma coisa. Diga-me onde está o *Wintercraft*. Diga-me o que aconteceu com ele e não terá motivos para se esconder mais. Tudo vai acabar.

Kate sacudiu a porta. Os ferrolhos não abriam. Estavam muito firmes.

Silas levantou-se e começou a andar em sua direção.

— Desde a noite em que Da'ru desenterrou o livro, ela é perseguida por visões da morte — comentou ele. — Elas perturbam seu sono e atormentam seus dias. Ela acredita que os espíritos antigos da sua família a amaldiçoaram por tirar o *Wintercraft* deles, e mesmo assim o quer de volta e fará qualquer coisa para encontrá-lo, e, se isso acontecer, pode ter certeza de que você e seu tio serão os primeiros a sofrer. Você viu o estado de Kalen. Ele era o maior aliado de Da'ru e, mesmo assim, ela o envenenou e o levou à loucura, só por ter perdido o *Wintercraft*. O homem que matei naquele beco para carroças mal era a sombra do guarda que um dia foi. A mente dele estava perdida. Se insistir em dificultar as coisas, posso facilmente fazer o mesmo com você.

Kate estava zonza. Os efeitos do véu continuavam a afetá-la, e uma velha lembrança despertou no meio daquela confusão. A ligação de Silas aos seus pensamentos já estava rompida. Era uma lembrança só dela, e Silas não poderia ver.

Lembrou-se de ser muito jovem outra vez, se escondendo entre as estantes da livraria e tirando os livros do lugar, deixando pilhas malfeitas deles atrás dela no chão. Artemis estava lá, mas não a tinha visto. Estava muito ocupado conversando com uma mulher parada na porta da livraria. Uma mulher baixa de casaco preto com capuz.

– Que triste as coisas acabarem assim – disse ela. – Não havia nada que alguém pudesse fazer.

A mulher teria passado facilmente despercebida na multidão, mas Kate se lembrou bem dos olhos dela. Eram escuros e estranhos, como poços escuros de petróleo com as bordas rodeadas por um azul brilhante.

– Então... é verdade? – Artemis olhou para a mulher, desejando não receber a notícia que tanto temia.

– Sinto muito, Artemis. Eles estão mortos.

– Não.

– Tem minha palavra. Fizemos tudo que podíamos.

– Não! Como? Como isso foi acontecer?

– Anna estava carregando o Wintercraft. *Ela o passou para um dos nossos quando os guardas a tiraram do trem, mas foi vista. Da'ru Marr soube o que ela havia feito e mandou executá-la como traidora. Jonathan tentou detê-los. Roubou uma chave e se libertou da cela, mas era tarde demais. Anna já estava morta. Ele atacou os dois primeiros guardas que viu, desarmado, e foi morto naquela mesma noite.*

Artemis caminhou cegamente até uma cadeira ao lado da lareira da livraria e jogou-se nela com a cabeça entre as mãos.

– O que digo a Kate? – perguntou em voz baixa. – Como vou dizer para uma menina de 5 anos que seus pais morreram?

– Diga que eles fizeram o que tinham decidido fazer – respondeu a mulher. – O livro está seguro. Faremos um esconderijo para ele na antiga biblioteca, onde nunca será encontrado. – Aproximou-se de Artemis e colocou na mão dele uma corrente de prata arrebentada com um pingente de pedra preciosa. – Encontramos isto depois – disse ela. – Pertence a Kate agora.

Os dedos de Artemis apertaram a corrente, mas ele não levantou a cabeça.

– Não é tarde demais. Vocês ainda podem se unir a nós. Podemos proteger vocês dois.

Artemis ergueu a cabeça com os olhos cheios de lágrimas.

– Da mesma maneira que protegeram Jonathan e Anna? – perguntou com amargura. – Não precisamos desse tipo de proteção.

– Artemis...

– Saia – sussurrou ele.

– Talvez, um dia, você mude de ideia – disse a mulher. – Verá que é o melhor.

Artemis riu com frieza, e a mulher virou-se para sair.

– Diga a Kate que os pais dela honraram o nome dos Winters – pediu ela. – Da'ru só soube quem eles eram depois que

morreram. Se soubesse quem havia capturado, creio que a vida deles seria muito pior. A morte pode ter sido uma bênção para os dois.

– Saia!

A mulher acenou com a cabeça uma vez e, com um movimento impetuoso, dirigiu-se para a porta tão suavemente quanto a brisa, deixando Artemis curvado diante da lareira, chorando no escuro.

Kate abriu os olhos.

– O que foi? – perguntou Silas. – O que você viu?

Kate agora tinha certeza de uma coisa. Seus pais morreram tentando proteger o *Wintercraft*. Artemis os avisara que o livro era perigoso, mas eles o protegeram de qualquer forma.

– Então?

– Destruído – respondeu Kate. – O livro foi destruído.

– Está mentindo.

– Guardamos uma caixa... dentro da lareira do porão. Artemis escondeu o livro lá quando soube que os guardas estavam chegando. Você destruiu o livro. Quando incendiou a livraria, ele também foi queimado.

Kate mentiu com facilidade, mas Silas não se deixou enganar.

– Há dois fatos importantes que você deveria saber antes de mentir para mim outra vez – disse ele com calma. – Primeiro, sou um homem de palavra. Cumpro minhas promessas e não as faço sem a convicção de executá-las. E, segundo, não há nenhum segredo que possa esconder de mim, agora que sei como entrar na sua mente.

Kate sentiu o véu rondando os limites de sua consciência e afastou-se de Silas, tentando evitar aquela sensação.

– Se o livro pudesse ser destruído com tanta facilidade, não acha que alguém já teria livrado o mundo dele há muito tempo? E acredita mesmo que eu teria incendiado a sua loja se não tivesse certeza absoluta de que o *Wintercraft* não estava lá dentro? Se estivesse, eu saberia. Teria pegado o livro, encontrado você e não estaríamos tendo essa conversa agradável. Seu trabalho já estaria feito.

O ódio crescente de Silas sufocou a sala. As costas de Kate tocaram a parede. Não havia para onde fugir.

– Não temos mais tempo – disse Silas. Agarrou-a pelo braço, arrastou-a pela parede e apanhou alguma coisa de uma prateleira alta. – Lembre-se que é por sua causa que terei de fazer isso.

A ponta de uma agulha brilhou na luz da lareira, e uma seringa presa a ela cintilou com um azul escuro ameaçador quando Silas a enfiou no braço de Kate, liberando veneno em seu sangue. Ela tentou se esquivar, mas o líquido se espalhou como fogo em suas veias. Os sons foram se distanciando, as pernas começaram a pesar e os joelhos começaram a enfraquecer, fazendo com que caísse no chão.

O corvo pousou no ombro de Silas, que ficou observando Kate enquanto a inconsciência levava seus sentidos.

– Tudo isso podia ter sido muito mais fácil – disse ele.

11
O Conselho Superior

Kate acordou com um som violento e abafado. Estava dentro d'água, mas de alguma forma respirava. Levou rapidamente as mãos ao rosto, e viu que uma máscara cobria sua boca e nariz, enchendo seus pulmões de ar. Entrou em pânico, arrancou a máscara e bateu os braços, lutando para chegar com segurança na superfície, só que não havia nenhuma ao seu alcance, somente uma barreira dura e totalmente fechada sobre a sua cabeça, que não a deixava sair. Ela batia em vão as mãos contra o vidro quando um rosto apareceu do outro lado: um rosto que não era o de Silas.

Engasgou com a boca cheia de água e, apavorada e com medo de se afogar, tentou agarrar outra vez a máscara que borbulhava. Então o rosto recuou, um rangido retumbou ao redor e o nível da água diminuiu, escoando rapidamente por um ralo de metal debaixo de seus pés. Kate caiu no chão, engasgando e procurando respirar enquanto Da'ru a espreitava pelo vidro.

– Esse foi seu primeiro fracasso – disse ela, com a voz ecoando ao redor do tanque. – Como um dos Dotados, deveria conseguir me ver e falar comigo dentro do véu sem voltar à consciência total. Estou decepcionada com você, Kate.

A sala fora do tanque estava iluminada por várias velas, e Kate viu um grupo de pessoas reunidas na luz. Não estava mais nos porões do museu. Estava no centro de uma sala grandiosa, rodeada por doze homens com traje oficial sentados em volta de uma mesa curvada em meia-lua coberta com um pano verde. O frasco de sangue que Silas tirara dela estava pela metade em uma das pontas da mesa, e o homem mais próximo dele estava debruçado sobre uma pilha de papéis, tomando notas. Silas a levara para o Conselho Superior. As experiências tinham começado.

– Ela nem sequer entrou no primeiro nível do véu – argumentou Da'ru, afastando-se. Kate observava a mulher olhando-a com ódio pelo vidro. – Eu devia tê-la deixado se afogar.

– Isso teria sido um erro.

Um vulto escuro moveu-se em um dos cantos, e Silas ficou iluminado pela luz da sala. Ele se mesclava tão bem com as sombras que Kate nem o tinha visto.

– Submergir a garota foi inútil – comentou ele. – Os elementos não reagem a ela da mesma maneira que reagem aos outros.

Da'ru o ignorou como se ele nem tivesse falado.

– Vamos tentar uma abordagem mais direta – anunciou ela. – O bloodbane dispersou extremamente rápido no sangue dela. No mínimo, é um pequeno sinal de potencial. Ela ainda pode ser interessante. Solte-a.

O rapaz do museu saiu rapidamente de um canto na parede, sob o comando da patroa, e desprendeu quatro grampos fortes que mantinham o tanque preso ao chão. O vidro estremeceu, e, com um rangido repentino de roldanas e cordas, as paredes do tanque ergueram-se no ar, deixando Kate de pé com as roupas pingando sobre a grade redonda. Ela não se lembrava de nada que acontecera entre o museu e o local onde estava agora, mas, seja qual fosse o perigo que tivesse passado com Silas, era óbvio que sua situação estava bem pior.

– Você nos prometeu resultados – cobrou um dos conselheiros. – Esta criança parece ser mais uma perda inútil do nosso tempo.

– Leva-se tempo para atingir a excelência – retrucou Da'ru. – Manipular a conexão de um indivíduo ao véu é um procedimento delicado. Não pode ser apressado sem obrigá-lo a ir longe demais e correr o risco de morrer. Se meus estudos estão corretos, essa garota pode ser capaz de manipular o véu de formas que ainda não vimos, mesmo sem as ferramentas e condições seguras geralmente empregadas por um Dotado. Se ela for útil para nós, pode ter certeza de que eu descobrirei.

Da'ru fez um sinal ao rapaz, que avançou rapidamente outra vez, prendendo uma das pontas de uma corrente curta no tornozelo de Kate e a outra na grade do chão.

– Meu nome é Tom – sussurrou ele, sem erguer a cabeça e com a voz tão baixa que Kate quase não ouviu. – Irmão de Edgar.

A confusão de Kate devia estar estampada em seu rosto. Nem sabia que Edgar *tinha* um irmão.

O rapaz fungou:

– Pelo jeito ele não falou de mim, não é? Não importa. Ed mandou avisá-la que ele está fora da cela e sabe que você está aqui.

– Mais rápido, garoto!

Tom fechou o último cadeado o mais devagar que pôde.

– Ele também sabe onde está seu tio, mas tem um problema...

Antes que Tom pudesse falar mais, Da'ru o mandou sair.

– Traga o corpo – ordenou ela. – E seja rápido!

Tom obedeceu, saindo às pressas e desaparecendo na sala ao lado, voltando momentos depois puxando uma mesa baixa. Um pano vermelho cobria o que estava sobre ela, e Kate olhou fixamente para a forma de um corpo deitado, esperando o pior. E se Artemis estivesse ali? E se aquele fosse o problema? E se estivesse morto? Tentou se preparar para o pior, determinada a controlar sua reação, caso fosse verdade. Então Da'ru fez um gesto com a cabeça, Tom puxou o pano e a identidade do cadáver foi revelada.

O corpo de Kalen estava quase exatamente igual à última vez que Kate o vira: cinza, frio e rígido, com exceção do peito afundado que estava nu e o ferimento da espada de Silas que fora costurado com cruzes de uma linha grossa e preta. Ao vê-lo ali deitado, Kate sentiu o amargo da bile subir pela garganta, mas, lá no fundo, estava feliz em revê-lo. Ali estava o homem que roubara seus pais, estendido, morto e frio. A forma como morreu não importava mais. Silas tinha razão, Kalen *merecera* sua morte. Só o que importava é que ele não estava mais vivo.

– Tudo que quero é que se concentre neste corpo agora – disse Da'ru, enquanto Tom levava a mesa para a frente de Kate. – Um dos habitantes da sua cidade tirou a vida deste homem, e agora você a devolverá a ele.

– Um habitante? – Kate olhou diretamente para Silas.

– Silêncio! – exclamou Silas com a voz firme. – O conselheiro não pediu que falasse. – Olhou para Kate com tanta fúria que ela não ousou dizer mais nada.

– Está aqui para trabalhar, garota. Não para falar – disse Da'ru. – Vai mostrar ao Conselho Superior exatamente o que a mente de um Dotado pode fazer. Agora, devolva a alma deste homem.

– Não posso – respondeu Kate. – Não sei como fazer isso. E, mesmo que soubesse, não faria.

Da'ru ficou ereta, os olhos enfurecidos com a insolência de Kate ao desafiar sua autoridade.

– Fará sim.

– Não para você.

Da'ru foi em sua direção como uma cobra pronta a dar o bote. Kate achou que fosse apanhar, mas, em vez disso, Da'ru sorriu com calma, agarrou sua mão e a pressionou com força no peito de Kalen. Kate logo ficou zonza, como se tivesse girado rápido demais, a cabeça sendo esmagada enquanto o frio do véu se fechava de novo ao seu redor. Mas desta vez foi diferente. Sentiu como se estivesse caindo para a frente, caindo *dentro* do próprio morto. O véu desceu rapidamente, inundando seus sentidos antes que tivesse a chance de lutar contra ele, e os doze conselheiros ficaram observando, na expectativa.

Seja lá o que Da'ru fizera, parecia que alguma coisa havia quebrado dentro de Kate. Ela tentou resistir, mas não sabia como. Então sua mente elevou-se e, em vez de uma série de lembranças, ela viu algo que nunca tinha visto.

Estava no meio de um vasto nevoeiro de luz prateada, como se o tempo tivesse parado no meio de uma tempestade iluminada pelo luar. O ar tremeluzia com luzes minúsculas, mas, quando ela estendeu a mão, não sentiu nada além de frio. Primeiro, teve a certeza de que estava sozinha, mas, se ela se concentrasse, poderia ouvir vozes indistintas ao redor, sons suaves que sussurravam e se moviam.

– Quem está aí? – Sua voz foi engolida pelo nevoeiro, sendo levada para muito além do que ela poderia imaginar ser possível, até que refletiu em alguma coisa ao longe e voltou para ela como um eco diminuto. Então algo respondeu, sussurrando seu nome enquanto o nevoeiro tornava-se denso.

– Ela passou para o segundo nível do véu! – exclamou Da'ru.
– Silas, você a vê?

Kate não ouviu a resposta de Silas, mas a voz de Da'ru lhe tranquilizou de que – onde quer que estivesse – não estava totalmente perdida. Começou a caminhar no meio do nevoeiro, concentrando-se na voz dela como se fosse a única conexão que tinha com sua vida. Mas, quanto mais avançava, tudo parecia perder importância. Kate sentiu-se tão tranquila, tão contente e relaxada naquele lugar que ficou tentada a se entregar, a abandonar a sala de experiências, o Conselho Superior e Silas, e deixar o véu dominá-la por completo, mas pensou em Artemis e Edgar, em Morvane e sua casa, e sabia que de alguma forma precisava voltar.

Parou de andar e concentrou-se na imagem do corpo de Kalen sobre a mesa à sua frente, ignorando aquela sensação devastadora que tentava desesperadamente atraí-la, tão próxima e tão bela... e de repente algo mudou. As luzes minúsculas foram se tornando um brilho distante, e Kate não sentiu mais como se estivesse sendo arrastada. Algo parecido com água cobrira gentilmente seus pés, os sussurros desapareceram e ela teve a sensação de que tinha feito algo muito errado.

O nevoeiro prateado dissipou-se um pouco ao redor de seus pés, e ela viu sua imagem refletida na água rasa. Suas botas estavam submersas – e então enxergou a superfície perfeita de um grande lago azul. Tentou escutar a voz de Da'ru outra vez, mas não ouviu nada. Até mesmo a água estava silenciosa.

Tudo que conseguia fazer era ficar ali parada, fascinada com a beleza total do lugar, até que sentiu algo se movendo ao seu lado. Em qualquer outro lugar, talvez tivesse ficado com medo, mas, em vez disso, estendeu os braços, passando calmamente a ponta dos dedos em uma corrente ondulante de energia invisível que parecia estar pronta para agarrá-la caso se aproximasse demais. Ela soube de imediato que olhava para o caminho da morte, o único caminho direto e seguro entre o véu e o que quer que estivesse do outro lado. Tudo que tinha a fazer era se deixar levar.

Kate não sabia por quanto tempo tinha ficado ali, hipnotizada pelo gentil chamado da morte, e só afastou-se dele quando sentiu o ar ao redor se deslocar e ficar mais pesado, distraindo-a daquela presença por tempo suficiente para quebrar o encantamento. Alguma coisa se moveu ao lado da corrente de energia: um acúmulo de energia negra que arrebentava tudo ao redor como uma pedra em um rio com a correnteza forte. A água recuou para longe dali e até mesmo a morte se afastou enquanto algo surgia no vácuo ondulante.

Kate primeiro pensou em Kalen – não queria vê-lo, morto ou vivo –, e então o vulto ganhou um contorno mais definido, movendo-se em sua direção, até que se tornou tão real quanto qualquer coisa que pudesse estender a mão e tocar.

– Impressionante – disse Silas, saindo do nevoeiro com a naturalidade de alguém atravessando uma sala. – Chegou até aqui sozinha... nem mesmo Da'ru esperava por isso.

— Eu não fiz nada — comentou Kate. — O que está acontecendo? Como cheguei aqui?

— Você resistiu à morte. Ao conectá-la ao corpo de Kalen, Da'ru se aproveitou de uma fraqueza no véu, permitindo que seu espírito fosse atraído para este lugar. Mas há mais a fazer, se pretende se salvar. Meus planos não envolvem a sua morte, então precisa seguir minhas ordens. Retorne a alma de Kalen ao corpo dele, antes que Da'ru decida que você não pode controlar seu Dom o suficiente para ser-lhe útil.

A consciência de Kate voltou por pouco tempo à sala de experiências, onde viu sua mão ainda pressionada no ferimento costurado de Kalen.

— Encontre-o — ordenou Silas.

— Não — respondeu Kate com firmeza. — Ele merece estar morto.

— E você quer se juntar a ele? Da'ru fará isso sem hesitar. Ela vai separar seu espírito desta vida ao primeiro sinal de fracasso. A crueldade dela levou muitos dos Dotados à morte. Não deixe sua teimosia levá-la à sua. Há um momento para tudo, e este não é o momento de combatê-la.

Kate não viu Silas se aproximando por trás. Ele se movia como se fosse parte do véu, e não como se estivesse preso nele, e estendeu a mão ao redor de Kate, segurando a testa dela, obrigando-a a se concentrar no que tinha a fazer. Ela não sentiu o toque da pele dele, somente uma onda de ar frio. Havia energia ali: uma força que se intensificou devagar, irradiando da palma da mão dele.

— Não lute contra o véu — aconselhou ele. — Abrace-o.

O nevoeiro prateado inundou todos os sentidos de Kate de uma vez. De repente, podia sentir o cheiro da água, o toque do vento e ouvir o sussurro de vozes perto dela outra vez, só que agora também podia ver de onde vinham; sombras no interior *de lindos clarões de cores dançantes, cobrindo a superfície do lago como manchas flutuantes de luar.*

– Estes são os que têm sorte – comentou Silas. – Cada uma destas almas tem a chance de entrar na morte quando estiver preparada para isso. A morte de Kalen foi justa. Ele devia estar aqui.

– Posso vê-lo – disse Kate, com o olhar atraído para uma energia flutuando sozinha perto do centro do lago. Uma bolha de ódio cresceu dentro dela, mas ela a obrigou a recuar.

– Ótimo – disse Silas. – Permita que ele a veja.

Silas ajudou Kate a trazer o espírito de Kalen para mais perto. O vulto suave foi ganhando forma ao se mover em sua direção, tornando-se mais sólido, mais humano, o rosto distorcido em um sorriso sombrio e insolente. Silas sentiu a raiva dela crescer quando Kalen chegou perto o suficiente para que ela o tocasse, e assim que a alma fria de Kalen se conectou com a dela, aquela raiva se irrompeu contra ele, feroz e incontrolável.

Silas a soltou e gritou:

– Agora!

A consciência de Kate voltou para a sala de experiências quando a energia brotou em sua mão e atingiu o peito de Kalen como um raio. O corpo do morto ergueu-se com um fôlego impossível e seus olhos arregalaram furiosos enquanto seu espírito regressava à vida.

A mão de Kate libertou-se dele. Silas estava parado ao lado de Da'ru, olhando como se não tivesse se movido um centímetro, e os doze conselheiros estavam totalmente paralisados olhando o homem na mesa: o homem que Kate conseguira trazer do mundo dos mortos.

— Não é possível! — disse um deles, atrevendo-se a levantar, antes que Kalen estendesse o braço e agarrasse a garganta de Kate com uma pegada mortal.

— Agora peguei você, garota — disse ele arreganhando os dentes, infestando o ar com um hálito podre. — Achou que fosse escapar de mim, não é?

Silas deu a volta na mesa e a boca de Kalen voltou a resmungar:

— Você!

Ele agiu rapidamente, enfiando a lâmina prateada de Kalen direto no pescoço dele, terminando com sua vida antes que o homem pudesse dizer outra palavra.

— Silas! — O rosto de Da'ru se contorceu de raiva. — Como ousa interferir?!

Silas deixou o punhal onde estava, como o "K" prateado ainda brilhando à luz das velas.

— Meu dever, como sempre, é para com o Conselho Superior — disse ele. — A mente deste homem não existia mais. Ele teria matado a garota e, sem interferência, teria facilmente atacado você ou qualquer um dos conselheiros nesta sala. Eu não podia arriscar. A garota provou seu valor, mas as ações do sujeito o tornaram uma ameaça. Fui obrigado a eliminá-lo.

Da'ru lançou um olhar para os conselheiros, que continuavam olhando incrédulos para Kalen.

— Você foi longe demais, Silas — disse ela em voz baixa.

— Fiz apenas o que devia ser feito.

Da'ru caminhou na direção de Silas e ele encarou-a, sem revelar nada.

— Talvez tenha razão — disse ela, com palavras cheias de ameaça enquanto olhava de relance para os conselheiros que a escutavam. – Afinal de contas, esta não será a última vez que a garota vai trabalhar. – Voltou-se para falar com os doze homens, escondendo seu ódio por Silas sob uma máscara sombria de autoridade: – Tenho certeza de que todos concordamos que essa experiência foi um grande sucesso.

O corpo de Kate tremia. Sentou-se no chão, enquanto os conselheiros falavam ao mesmo tempo, cada um exigindo uma explicação para o que tinham acabado de presenciar. Ela estava fraca demais para se mexer. Cansada demais para pensar. Isso era mais do que ressuscitar um pássaro. Ser capaz de reverter a morte... fazer um corpo há muito tempo morto voltar a respirar. Isso seria impossível – no entanto ela havia visto com os próprios olhos! Não sabia mais no que acreditar, mas, se o que aconteceu significava ser um Dotado, ela não queria ter nada a ver com isso.

Finalmente a conversa acabou, e, quando o último dos conselheiros saiu da sala, Da'ru deu ordens para que Tom levasse o corpo de Kalen dali, voltando sua atenção para Kate.

– Levante-se – ordenou ela, fazendo sinal para que um guarda a levantasse. – Temos uma cela aguardando você. Vai descansar lá esta noite e recuperar suas forças. Tenho que preparar mais experiências. Vamos continuar nosso trabalho de manhã.

Kate ergueu a cabeça, olhou para Da'ru e viu algo se mexendo ao redor dela. O ar se deslocou quando o véu se aproximou. As imagens correram diante de seus olhos, e seus pensamentos de repente saíram da torre, passando para um lugar que ela nunca havia visto:

Estava parada no meio de uma multidão, em algum lugar aberto. As pessoas usavam máscaras de penas – do tipo geralmente usado na Noite das Almas –, e Da'ru estava lá com seu olhar ameaçador e selvagem, com uma fogueira acesa ao lado. Silas estava atrás dela com sua espada de lâmina azul preparada para a batalha. Kate não conseguiu ver para o que ele olhava, mas o medo percorreu a multidão quando vários tentaram fugir. Ela não entendia o que o véu estava tentando mostrar, até que tudo desapareceu, com exceção de Da'ru, e ao longe pôde ver a corrente prateada da morte se aproximando devagar.

– O que é? – indagou Da'ru, quebrando a concentração de Kate e fazendo com que a visão sumisse. – Silas? Explique isso. Viu os olhos da garota? O que acabou de acontecer aqui?

– A experiência a deixou exausta – respondeu Silas rapidamente. – Eu mesmo a levo para a cela.

– Fale, garota! Diga-me o que viu!

– Era a Noite das Almas – respondeu Kate. – Todos estavam com medo.

– Delírios – explicou Silas, afastando-a dali. – Suas fantasias não são do interesse da conselheira. Guarde-as para a sua cela. Terá tempo de sobra para se entregar a elas lá dentro.

– Espere – ordenou Da'ru, obrigando Silas a parar. – A Noite das Almas é daqui a dois dias. O que mais você viu?

Silas lançou um olhar de advertência a Kate quando ela tentou se lembrar.

– Havia uma cerimônia – explicou ela. – Você usava um medalhão. De vidro, acho. Parecia que tinha sangue dentro dele.

– O medalhão? – Da'ru olhou-a com desconfiança. – O que sabe sobre ele?

Kate olhou diretamente para os olhos verdes da mulher e viu insegurança ali pela primeira vez. Soube então o que a visão lhe mostrara e sorriu ao pensar nisso. Soltou seu braço de Silas e encarou Da'ru sem medo.

– Na cerimônia – disse ela. – Você vai morrer.

12
Sem Saída

– Entre. – Silas segurou a porta aberta para Kate, mandando-a entrar em uma sala iluminada por uma lareira. Para uma cela, aquilo era bem diferente do que esperava. Era clara e aquecida, e a vista de uma cama macia foi o suficiente para fazê-la perceber o quanto estava cansada.

Para Kate, entrar naquela sala aconchegante era como sair e tomar o sol do verão. O frio que penetrara tão profundamente em seus ossos começou a diminuir diante do cheiro de madeira que vinha da lareira acolhedora, e sentiu a dormência sumir de sua pele à medida que a água sobre ela evaporava. Logo ajoelhou-se à frente do fogo, deixando as chamas aquecerem seu rosto até suas bochechas ficarem vermelhas.

– Este quarto será sua cela esta noite – explicou Silas. – Da'ru ordenou que fosse bem tratada, apesar de você tê-la desafiado. Aproveite o conforto enquanto pode. Não é oferecido a todos.

Só havia uma janela no quarto: um arco largo de vidro transparente virado para os prédios que formavam o que Kate imaginava serem os aposentos dos membros do Conselho Superior. Silas caminhou até a janela, fazendo sinal para que os dois guardas saíssem, e esperou até que fechassem a porta.

– Da'ru está ansiosa para ganhar sua confiança, ainda mais depois da revelação interessante que você fez – comentou ele. – Da próxima vez que vir alguma coisa que não saiba explicar, espero que guarde para si. Quanto mais der a Da'ru, mais ela tirará de você. Pode sair caro para nós dois.

– Dei o que ela queria – retrucou Kate. – Aconteça o que acontecer, não será mais do que ela merece.

– Permitiu a si mesma que visse algo que não era para você – disse Silas. – Da'ru não deixará essa sua "previsão" passar facilmente. Ela dedicou a vida a manipular o véu, e, mesmo assim, você mostrou ter mais conexão com ele em uma noite do que ela conseguiu desenvolver em vários anos. Cabe a ela decidir se você será um trunfo ou uma ameaça. Se não conseguir controlar você, ela a matará. Por isso, ficará aqui e bem quieta. Já chamou a atenção demais dos outros. Quanto aos guardas lá fora, você ficará tão silenciosa quanto um morto. Entendeu? – Ele esperou a resposta dela.

– Ficarei calada – prometeu Kate.

– Tem sorte por ser eu a trazê-la aqui – continuou Silas. – Qualquer outro podia considerar aquela conversa sobre a morte de Da'ru como uma traição e tomar uma atitude contra você. Pessoas foram executadas por bem menos que isso neste local.

Essas palavras a atormentaram, mas Kate tentou não demonstrar.

Silas ficou ali por um momento, depois saiu, trancando a porta atrás de si sem mais uma palavra. Kate o ouviu dando ordens aos guardas do outro lado e correu para a porta, espiando pelo olho mágico. Silas olhou de relance no olho mágico do outro lado, como se soubesse que ela estava ali, depois virou-se e seguiu em silêncio pelo longo corredor vazio, deixando os dois guardas de sentinela.

Kate podia ouvir pessoas se movendo nos andares acima e abaixo, mas, apesar de todos os distantes sons de vida ao redor, nunca se sentira tão só.

Virou as costas para a porta. Pensamentos daquele tipo não a levariam a lugar nenhum. Se Tom estivesse certo e Edgar tivesse encontrado um jeito de sair daquela cela minúscula, devia haver um jeito de sair daquele quarto. Só precisava descobrir como.

Inspirada pelo novo propósito, tapou o olho mágico com um trapo que encontrou no chão e decidiu explorar sua prisão. Não demorou muito. As paredes eram de pedras, rodeando uma cama, uma lareira mínima e um lavatório com sabão, toalhas e um jarro com água quente. Ao lado da cama havia uma mesa com uma vela acesa e uma bandeja coberta com um pano branco. Ela ergueu o pano com cuidado e encontrou um copo de água, uma maçã e um prato com sanduíches. A comida podia esperar. Precisava se livrar das roupas geladas, e aquela água não ficaria quente para sempre.

Despiu-se rapidamente e colocou as botas e roupas para secar na frente da lareira, antes de lavar os cabelos e ensaboar a pele até ficar limpa. Quando terminou, enrolou-se numa toalha e encontrou uma pilha de roupas secas dobradas em uma caixa aos pés da cama. Pegou uma saia longa e uma blusa de lã vermelha e vestiu-as logo, antes de jogar um cobertor sobre os ombros e passar os dedos pelos cabelos lavados.

Ainda faltavam algumas horas para amanhecer. Era hora de armar um plano.

Verificou as janelas. Trancadas. Mesmo que conseguisse quebrar o vidro, estava a pelo menos três andares acima, de frente para um pátio vigiado, e não via nenhuma descida. As paredes pareciam bem sólidas, mas Kate as inspecionou de qualquer forma, procurando portas secretas ou pedras soltas. Não encontrou nenhuma. Até mesmo a chaminé era estreita demais para se enfiar nela, e havia uma grade ali dentro para o caso de que alguém estivesse desesperado o suficiente para tentar entrar.

Não demorou para que fosse obrigada a aceitar sua situação. Não havia saída e não havia nada que pudesse fazer para escapar daquele lugar. Comeu um pouco da comida para o estômago não roncar e se encolheu na cama, determinada a vasculhar o quarto inteiro outra vez quando amanhecesse, antes de finalmente se entregar ao conforto do fogo e deixar seu calor carregá-la para um sono agitado.

Kate acordou um tempo depois com o som de uma chave virando na porta. Pegou um dos cobertores da cama, cobriu-se com ele e fingiu estar dormindo. Então a porta se abriu e alguém entrou no quarto.

A vela na mesa de cabeceira já tinha apagado, e sua mão agarrou o castiçal de madeira quando ouviu o barulho da porta trancando. As pegadas deslizavam pelo chão. O intruso contornou a cama, tocou nos cobertores, inclinou-se e...

– Kate? – O castiçal atingiu a cabeça do intruso com um estalo agudo, e Kate se esquivou quando ele caiu na cama gemendo de dor.

– Ai! Por que fez isso?

Kate parou a meio caminho da porta.

— Edgar?
— Claro que sou eu. Precisava bater tão forte?
— O que está fazendo aqui? Como passou pelos guardas?

Edgar sentou-se na cama, esfregando a cabeça dolorida, e Kate abriu as cortinas para ver se era realmente ele.

— Não! Espere! — exclamou ele, enquanto os raios do luar entravam no quarto. — Tenho que explicar uma coisa primeiro.

Era tarde demais. Ele sorriu nervoso, e Kate o encarou incrédula.

Edgar estava usando a túnica longa e negra dos guardas.

— Isso é algo que eu jamais achei que fosse ver — disse ela.
— Em se tratando de planos, deve admitir que esse é ótimo.
— Ficou maluco? Você é no mínimo trinta centímetros mais baixo do que os guardas, e essa túnica nem serve direito. Como conseguiu chegar aqui?
— Um pouco de charme, umas pitadas de enganação e uma sorte sem tamanho. Os guardas acreditam em qualquer coisa se acharem que é uma ordem. Basta usar uma túnica deles e pensam que você faz parte do clube.

Edgar tentava parecer tranquilo, mas estava suando. Kate lhe deu o que sobrara da água, e ele tomou em um gole só, com o copo tremendo nas mãos.

— Para ser sincero, achei que seria comida de rato agora — comentou ele. — Isso está indo muito melhor do que eu esperava.
— Mas como saiu da cela provisória? Vi Silas trancar você!
— Não é tão difícil assim, quando você sabe como. Todos os Cobradores deixam uma chave dentro das celas, caso um prisioneiro vire a mesa e os tranque no lugar. Nem todos

são tão durões quanto Silas, sabe. É provável que ele nunca precise de algo do tipo, então ainda bem que ele é tão paranoico quanto os outros. Demorei horas para achá-la, mas estava lá.

– Como é que podia saber de uma coisa dessa? – perguntou Kate, parando de calçar as botas.

Edgar olhou-a constrangido.

– Nem queira saber.

– Quero sim. O que aconteceu com você antes de ir para Morvane? Você me contou que Kalen estava mentindo quando disse que o conhecia, mas era você que estava mentindo. Ele o conhecia de outro lugar, não é mesmo?

– Prometo que lhe contarei tudo assim que sairmos daqui.

– Isso não basta.

– Mas é preciso. Não temos tempo para conversar agora.

– Então, o que está fazendo aqui? Não podemos sair! Tem dois guardas de sentinela na frente da porta.

– Ah, mas eu tenho uma informação privilegiada. – Edgar apontou para a janela.

– Está trancada – disse Kate.

– Por pouco tempo. – Edgar caminhou até a janela, Kate ouviu o clique da fechadura e uma pequena chave brilhou na mão dele. – Tudo graças ao Tom. Foi ele quem me contou onde encontrá-la. – Edgar abriu a janela e deu uma espiada na descida abrupta. – Haverá a troca de guardas no pátio daqui a pouco. – Tirou a túnica, passando-a para as mãos de Kate. – O plano é o seguinte. Você veste isto. Passa direto por aquela porta, vira à direita no fim do corredor e desce a primeira escada que vir, até chegar lá embaixo. Estarei esperando por você lá.

– Não posso fazer isso! Vão me descobrir em um segundo!

– Não descobrirão. Vão achar que sou eu.

– E qual é a vantagem?

– Os guardas não fazem muitas perguntas se acharem que é um deles. Confie em mim, você não será pega.

– O que você vai fazer?

– Eu? Vou descer por ali.

A última coisa que Kate poderia imaginar era Edgar descendo por uma janela e indo parar em um lugar cheio de guardas e, pela cara dele, nem ele tinha muita certeza. Parecia que ia passar mal.

– Muito bem, vamos logo – disse ela, jogando a túnica de volta nos braços dele. – Mas você vai usar o corredor. Eu vou descer. – E vestiu o casaco.

– Você não sabe para onde ir!

– Eu me viro. – Amarrou os cabelos para trás, torceu a saia e a prendeu com um nó nos quadris, enfiando o tecido na cintura. Assim que ficou pronta, subiu no parapeito.

– Tom disse que há apoios para as mãos e os pés entalhados na parede – disse Edgar. – É uma descida secreta da época em que aqui era o quarto de um guarda. Olhe para a direita e verá os apoios.

– Posso ver um – disse Kate, tentando não olhar para baixo.

– Kate, por favor, tenha cuidado.

– Estou bem – disse ela. – Vá!

Kate se agarrou na armação da janela, concentrando-se na parede. O vento uivava em seus ouvidos, subindo como um redemoinho no pátio abaixo, e o sol estava começando a surgir no horizonte, espalhando longos raios dourados pelo telhado. Deslizou o pé até o primeiro apoio que encontrou, soltou-se da janela por tempo suficiente para agarrar a borda inferior de um pequeno arco de pedra e, passo a passo, desceu pela parede na diagonal.

Os poucos guardas que restaram lá embaixo estavam ocupados demais, conversando, para pensar em olhar para cima. A escuridão era amiga de Kate por enquanto, mas a qualquer momento ela esperava ouvir um grito ou um aviso, ou ver flechas voando perto de sua orelha. Nada aconteceu, e a descida secreta a levou direto ao chão, onde uma arcada a escondia de dois guardas que estavam começando sua patrulha. Ela saltou do último apoio, desprendeu a saia e se agachou atrás das pedras, não se atrevendo a se mexer, até que viu um movimento do seu lado esquerdo. Edgar estava ali, se escondendo do lado oposto do quadrado, acenando com cautela no pátio que agora parecia bem maior e perigosamente exposto. Não tinha como atravessá-lo sem ser visto.

Alguma coisa passou acima da cabeça de Kate e, ao olhar para cima, viu um corvo empoleirado sobre um dos apoios para os pés. O pássaro de Silas. E, se ele estava lá, Silas devia estar por perto.

Seja qual fosse o plano de Edgar, não havia tempo para isso agora. Não podia se arriscar a levar Silas outra vez até ele. Precisavam se separar. Teria que encontrar a saída sozinha.

Kate não viu o olhar de medo de Edgar ao sair sem ele, nem o viu rastejar ao redor de uma sebe baixa para evitar um guarda que estava indo em sua direção. Mas Silas viu tudo. Ele estava descendo da torre da sala de experiências, carregando um frasco roubado do que restara do sangue de Kate. Não tinha intenção de deixar Da'ru usar aquele sangue no trabalho dela. A conselheira podia ter perdido o *Wintercraft*, mas tinha aprendido o suficiente dele para transformar aquele sangue em um instrumento poderoso em suas mãos. Não podia arriscar que ela o usasse contra Kate até que o trabalho dele estivesse terminado.

Silas não sabia como Kate escapara da cela provisória e não se importava. Desceu os degraus dois a dois, com o casaco roçando na poeira da pedra enquanto enfiava o frasco no bolso do peito e saía rapidamente ao ar livre.

Ela estava lá fora e era dele.

Kate correu para dentro de uma ala silenciosa dos imensos aposentos do conselho e atravessou corredores e salas vazias, verificando cada janela para achar uma saída. Tudo que viu foram mais prédios, mais pátios e infinitas praças gramadas. O local era um labirinto, e os guardas estavam por todo canto.

A maioria das portas que encontrou estava fechada, então foi obrigada a cortar caminho por uma sala de jantar, onde duas mesas compridas já estavam postas para o café da manhã. Uma porta estava aberta no fim da sala: a porta de serviço, feita para se confundir com o resto da parede. Correu direto até ela e foi parar no interior de uma teia de corredores construídos dentro das paredes.

Os caminhos eram empoeirados e estreitos, com recantos embutidos em pontos irregulares sempre que as paredes grossas permitiam. Kate muitas vezes tinha que entrar em um deles para deixar as pessoas atarefadas passarem, mas ninguém a questionou. Muitos dos criados que viu ali estavam tão desgrenhados quanto ela, deslocando-se para acender lareiras, servir o café da manhã, pôr as mesas, encerar o chão e fazer centenas de outras tarefas que mantinham os aposentos do conselho funcionando sem percalços.

De repente, o caminho chegou ao fim, e Kate se espremeu para sair dali e entrar em uma cozinha agitada, cheia de fumaça, cheiros e gritos. A maioria dos empregados era mais jovem que ela, meninos e meninas roubados de suas terras natais, misturando, assando, fervendo e fritando sob os olhos assíduos de três cozinheiras mais velhas. Kate não sabia ao certo para onde ir, até que uma garotinha carregando uma tigela de batatas olhou em sua direção, depois olhou de relance para a cozinheira mais próxima e mudou de direção, indo ao seu encontro.

– Você é um deles, não é? – sussurrou a garota. – Seus olhos são diferentes. Dá para ver. Edgar me disse que você devia passar por aqui.

– Edgar esteve aqui?

– Estava procurando você há um tempo. Disse que, se viesse sem ele, eu teria que mostrar a porta para você. – A garota apontou para uma argola de ferro no meio da parede. A porta atrás dela estava tão bem disfarçada que Kate jamais a teria descoberto sozinha.

– Edgar vai voltar? – perguntou a garota.

– Espero que sim – respondeu Kate, tentando sorrir. – Muito obrigada.

– Boa sorte.

Kate deixou a garota para trás e passou pela porta, entrando em um pequeno corredor que levava direto para o lado de fora. O ar frio refrescou sua pele, e ela correu em direção a um caminho no qual havia uma grade de ferro alta demais para subir. Do outro lado da grade, a cidade erguia-se como uma floresta negra, e um caminho para carruagens ia dos aposentos do conselho direto para a cidade.

Kate foi seguindo pela grade até encontrar um espaço grande entre as barras. Espremeu-se para passar e saiu correndo à beira do caminho, procurando a segurança da rua mais próxima. Estava tão preocupada com o que poderia estar atrás dela que não notou um homem lhe esperando mais adiante, até ser tarde demais.

Ele se pôs na sua frente, agarrou-a com força e a puxou para a entrada de uma casa velha e estreita. Seja lá quem fosse, Kate não estava disposta a ser levada sem lutar. Mordeu, arranhou, deu socos e esperneou, até que o homem gritou de dor e outras duas mãos a agarraram no escuro.

Ficou cercada por lanternas, e cinco rostos sujos brilharam na luz.

– É a garota? – perguntou um homem atrás de Kate, segurando uma lanterna perto do rosto dela antes que ela conseguisse soltar o braço e se desvencilhar dando-lhe um soco.

– Condiz com a descrição.

– E está exatamente onde Edgar disse que ela estaria.

– Qual é o seu nome, garota?

– Espera mesmo que eu diga?

– Se é ela mesmo, onde está Edgar, então? – perguntou o primeiro homem. – Ele não deveria estar aqui?

A voz de uma mulher se destacou das outras:

– Acho que Edgar pode estar perdido para nós – disse ela, movendo-se para ficar na luz. Alguma coisa naquela mulher era familiar para Kate. Tinha os cabelos curtos e meio grisalhos, e seus olhos eram bem negros com a margem azul, como gotas brilhantes de petróleo.

– É você – disse Kate, lembrando-se dela imediatamente. – Eu vi você. Na livraria.

A mulher sorriu gentilmente.

– Se você for quem achamos que é, então nos encontramos pela primeira vez há anos – disse ela. – Talvez, se nos apresentarmos, você entenda por que estamos aqui.

A mulher segurou a mão de Kate, e, dessa vez, ela não resistiu. Um calor suave percorreu seus dedos e, pela primeira vez desde que Artemis foi levado, Kate sentiu-se segura de maneira inexplicável.

– É ela – afirmou a mulher. – Está assustada, naturalmente, mas não é ameaça para nós.

– Diga isso ao meu nariz – resmungou um dos homens, cuja face estava inchando depois de levar um soco.

A mulher o ignorou, sem tirar os olhos de Kate.

– Vamos soltá-la agora – disse ela. – Temos muito o que conversar, então, por favor, não tente fugir.

O homem soltou-a, deixando que ficasse sozinha.

– Quem são vocês? – perguntou Kate, encarando todos na luz.

– Não tem motivo para nos temer – disse a mulher. – Somos iguais a você, Kate. Somos os Dotados.

13
A Cidade Inferior

Desde a primeira vez em que ouvira falar dos Dotados, Kate sempre achou que eles, de alguma forma, seriam diferentes da maioria das pessoas. Nenhum dos que estavam à sua volta era extraordinário, mas a única característica que todos tinham igual eram os olhos negros de forma anormal. Segundo ouvia dizer, quanto mais tempo um Dotado passava olhando dentro do véu, mais escuros seus olhos tendiam a ficar, e, até mesmo na claridade da lanterna, os olhos deles pareciam que tinham as pupilas dilatadas para preencher tudo o mais, deixando apenas uma linha circular de leve na borda.

Kate se deu conta de que a estava encarando e desviou o olhar.

– Meu nome é Mina – disse a mulher. – Edgar nos pediu para esperar por vocês dois aqui. Sabe onde ele está?

– Não – respondeu Kate. – Nós nos separamos.

– Ele estava preocupado que isso acontecesse. Não temos outra escolha a não ser ir sem ele. Aqui, ele deixou isto para você. – Mina entregou-lhe um pequeno rolo de papel amarrado com um cordão.

Kate reconheceu a letra de Edgar do lado de fora do papel.

– Mas... como conhecem Edgar? – perguntou ela.

– Nós o conhecemos desde que ele era um garotinho – respondeu Mina.

Todos os homens confirmaram ao mesmo tempo com a cabeça.

– Ele é um bom rapaz – disse um deles. – Não teve o que se pode chamar de vida. De forma alguma.

Kate ficou confusa. Havia alguém em Albion que *não conhecesse* Edgar?

– Não há tempo para ler a carta agora – disse Mina. – Mas, em breve, quando estivermos seguros. O Conselho não encontrará você no local aonde estamos indo. Por aqui.

Kate apertou com força a pequena carta enquanto os Dotados a levavam para dentro do porão da casa. Um por um, atravessaram a porta disfarçada de estante e foram parar em um caminho subterrâneo bem diferente dos túneis que Kate vira debaixo de Morvane. O caminho não era um túnel comum, parecia que um dia já estivera na superfície. As paredes eram fachadas de duas fileiras de casas, uma de frente para a outra, a luz vinha das velas apuadas nos peitoris das janelas e o caminho era largo e pavimentado de pedras, com marcas de rodas antigas onde as carruagens um dia passaram.

As poucas janelas que sobreviveram aos anos refletiam as lanternas dos grupos enquanto passavam, mas as casas não tinham portas, somente arcadas de tijolos onde um dia elas estiveram, e seus cômodos havia muito tempo estavam soterrados.

– Edgar vai conseguir nos encontrar aqui? – perguntou Kate.

– Ele sabe o caminho – respondeu Mina. – Mas não tenho muita esperança de que ele volte a salvo. Não demorará muito para os guardas o desmascararem. Avisamos que seria tolice ele voltar.

– Voltar? Para onde?

– Em breve explicarei tudo. Por enquanto, temos que andar.

As ruas subterrâneas pareciam não ter fim, interligadas por escadas e pontes que transpunham grandes fendas na terra. Olhar por cima das pontes era como olhar para o submundo. Havia pessoas trabalhando em algumas das fendas, penduradas em cordas bem compridas com arneses e lascando a rocha, enquanto outras fendas estavam abandonadas e eram tão profundas que não dava para ver o fundo delas no escuro.

– Ladrões de sepulturas – disse Mina. – Na época dos guardiões de ossos, o Trem Noturno trazia os caixões para cá, e eles enterravam os corpos em túmulos enormes que iam muito abaixo de nossos pés. As torres de Fume foram construídas como memoriais às famílias que repousam debaixo delas, mas, desde que o Conselho Superior a tomou para se tornar a capital deles, ela se tornou um lugar a ser temido, e não respeitado. Os guardiões de ossos partiram, e o Trem Noturno leva os vivos para a escravidão, a guerra e a morte. Não era assim que as coisas deveriam ser.

Kate se atreveu a inclinar-se um pouco mais para o lado.

– Não deixe que a vejam! – sussurrou Mina. – Os guardas são tão inimigos dos ladrões de sepulturas quanto de nós, mas não hesitariam em nos denunciar se achassem que ganhariam alguma coisa com isso.

O grupo de Mina fez o possível para passar despercebido e dirigiu-se a um túnel estreito que fora aberto no meio de um antigo monte de pedras. Mina destrancou uma porta verde escondida por trás de um pano e Kate a seguiu, indo parar em uma linda rua iluminada por lanternas minúsculas penduradas no teto. Era uma caverna arqueada, forrada de tijolos vermelhos e armações de metal que protegiam as casas subterrâneas de um desabamento. Todas continuavam tão perfeitas quanto no dia em que foram construídas. Havia até uma fonte funcionando bem no centro e lanternas nas laterais dos caminhos, dando à rua um brilho caloroso e amigável.

– Era aqui que alguns dos guardiões de ossos moravam – disse Mina. – Se seu tio tivesse me ouvido há anos, você já veria este lugar como sua casa. Só lamento não termos trazido você para cá antes. Estará segura aqui. Minha casa fica perto. Conversaremos lá dentro.

Mina levou Kate para uma casa pequena e bem conservada e falou para os outros irem embora, mas alguns se recusaram a sair.

– Ela pode ser perigosa! – disse um deles. – O Conselho Superior a manteve viva. O que acha que ela deu a eles para merecer isso?

– Acho que ela lhes deu esperança – respondeu Mina. – Algo que nenhum de nós tem há muito tempo.

– Olhe para os olhos dela! Já estão escuros pela metade, e ela é jovem demais para que tenham mudado de cor tão rápido. Da'ru a obrigou a ir fundo demais no véu. Se não foi guiada adequadamente lá, as sombras podem ter seguido seu espírito na saída. Pode estar corrompida.

– Ela é forte demais para isso – retrucou Mina. – Como podem ver, ela é uma de nós e precisa de nossa ajuda.

Kate tentou ouvir o resto da conversa, mas falaram baixo demais para que pudesse entender. Seja lá o que Mina disse a eles, deu certo. O grupo deixou as duas sozinhas. Mina trancou a porta da frente e, percebendo o desconforto de Kate por ser trancada, imediatamente colocou a chave em sua mão.

– Você não é uma prisioneira aqui – disse ela. – Esta rua é a mais segura na Cidade Inferior. Edgar se escondeu aqui conosco na primeira vez que escapou do Conselho Superior. Ele contou a você?

– Ele não me contou nada – respondeu Kate. – Edgar escapou do conselho?

Mina olhou-a com precaução.

– Ele disse que podemos confiar em você, e ele não é uma pessoa que confia com facilidade. Deve gostar muito de você para voltar aos aposentos do Conselho depois de tanto tempo.

– Nem sabia que ele tinha estado em Fume – admitiu Kate.

Mina levou-a para um quarto pequeno, onde havia uma cadeira confortável de cada lado de uma mesa, sobre a qual um jogo de cartas com imagens estava espalhado.

– Edgar deixou este lugar há três anos – contou ela, gesticulando para Kate se sentar. – Ele sempre foi um bom garoto. Perspicaz e rápido. Nunca teve medo do perigo.

– Não parece muito com o Edgar que conheço – explicou Kate.

Mina juntou as cartas com imagens e as embaralhou enquanto falava:

– Todos nós mudamos para sobreviver – disse ela. – Edgar foi separado da família quando ainda era muito jovem. A conselheira Da'ru Marr o comprou, bem como o irmão,

Tom, no Trem Noturno. Edgar foi um dos criados dela durante mais de quatro anos. E, pelo que a maioria dos guardas dos aposentos sabe, ele ainda é.

– Ele *trabalhou* para Da'ru?

– Não por escolha, entenda. Quando Edgar tinha treze anos, escapou dos aposentos. Tentou levar o irmão com ele, mas Tom não estava onde deveria estar naquela noite, e Edgar teve que deixá-lo para trás. Da'ru sabe que ele voltará um dia para buscar o irmão, então sempre mantém Tom por perto na esperança de atraí-lo. Não há nada que ela odeie mais do que um traidor.

– Edgar passou pelos guardas na frente do meu quarto – disse Kate. – Se sabiam quem ele era, por que não o prenderam então?

– Da'ru jamais admitiria que um de seus criados a enganou e fugiu – explicou Mina. – A maioria dos guardas pensa que Edgar esteve trabalhando em uma das outras cidades por ordem dela e agora voltou. A maioria dos homens que trabalha no Trem Noturno é nova, então não o teriam reconhecido, mas o Conselho Superior raramente muda os guardas dos aposentos. Edgar estava contando que se lembrassem dele. Foi assim que planejou tirá-la de lá. Assim que Da'ru souber que ele voltou, irá atrás dele. Ninguém gosta de ser enganado, e é por isso também que meu povo está tão relutante em aceitá-la. Acham que você foi corrompida e trazê-la aqui atrairá perigo para nossas casas.

– Não sou perigosa – disse Kate.

Mina não pareceu convencida. Colocou três cartas viradas na mesa.

– Pode acreditar nisso agora – disse ela –, mas eles têm bons motivos para terem medo. Ontem à noite houve uma troca no véu, e as mentes dos Dotados não conseguiram ver através dele durante um período curto de tempo. Isso só acontece quando uma alma poderosa se conecta com o véu, um fato tão raro que nenhum de nós havia experimentado em nossas vidas. Até mesmo os espectros ficaram agitados com isso. Você sabe o que é um espectro?

– Espíritos? – perguntou Kate. – Li sobre eles. Espíritos dos mortos que não conseguiram deixar este mundo para trás.

– Mas você não acredita nos espectros, acredita? – Mina virou a primeira carta. Tinha a figura de uma árvore nela: uma árvore enorme, com galhos largos espalhados por montanhas, rios e grupos de pessoas minúsculas.

– Na verdade, não sei mais no que acreditar – comentou Kate.

– Geralmente, este é o primeiro passo no caminho do conhecimento. Não precisa entender o que a vida lhe mostra, só precisa estar aberta para ela.

– O que é isto? – perguntou Kate, apontando para as cartas enquanto Mina virava a segunda. A figura era bem mais simples que a primeira: dividia-se em duas metades, uma preta e a outra branca, com a silhueta cinza de uma pessoa parada entre as duas metades.

– São janelas – explicou Mina. – Às vezes, as cartas revelam verdades que ainda não conseguimos ver dentro de nós ou dos outros. Estou usando-as para aprender mais sobre você.

Kate não sabia se gostava ou não daquela ideia.

– O que elas dizem?

Mina empurrou duas cartas em sua direção.

– Às vezes, o véu gosta de guardar seus segredos – disse ela. – Você é um mistério, ao que parece. Até mesmo para as cartas. Não há nada definido aqui. Somente possibilidades. Seu caminho ainda não está claro.

Kate viu um traço de preocupação no rosto de Mina.
– E a terceira carta? – perguntou ela.
Mina puxou a última carta da mesa e colocou-a no bolso.
– Esta não é para os seus olhos – explicou. – Já sei o que ela dirá. – Juntou o resto das cartas e sorriu. – Os espectros estão muito interessados em você – disse ela animada, tentando abrandar a forma de falar. – Não tenha medo deles. Podem ser encrenqueiros, mas não podem causar nenhum mal de verdade. Você ainda tem muito o que aprender, e os Dotados vão ajudá-la, se for possível.

Mina olhou triste para Kate, e a sala ficou em silêncio.

– Então – continuou Mina, levantando-se. – Uma coisa de cada vez. Tem um quarto que você pode usar enquanto está aqui. Vou mostrá-lo agora para que tenha tempo de ler sua carta. Depois disso, quando estiver pronta, há assuntos sérios que precisamos discutir. – Deixou as cartas com imagens na mesa, e Kate não conseguiu evitar olhar para elas enquanto Mina a conduzia pelo corredor.

O quarto vago de Mina ficava bem nos fundos de sua casa, de um andar só, enfiado bem dentro da parede da caverna. Não havia janelas, mas era arejado o suficiente para ser confortável, e Kate ficou feliz de ter um lugar para ficar sozinha.

– Vou preparar algo para comermos – disse Mina, saindo. – Não deve ter comido bem desde que saiu de casa. Fique aqui o tempo que precisar e vá para a sala da frente quando estiver pronta.

– Obrigada – disse Kate – por me trazer aqui e contar sobre Edgar. Não sei se ele mesmo teria me contado.

– Não precisa agradecer, criança. Tenho certeza de que ele teria lhe contado tudo, uma hora dessas. Ele gosta muito de você. Se bem que não sei se ele já sabe disso.

Mina sorriu ao sair, e Kate certificou-se de colocar um peso para manter a porta aberta antes de se sentar em uma cadeira acolchoada. A carta de Edgar ainda estava em sua mão. Ela desamarrou o cordão, desenrolou a folha e começou a ler:

Kate,
    Sei que terá perguntas a fazer, mas, se estiver lendo isto, significa que não posso respondê-las ainda. Há coisas que você não sabe sobre mim. Mina explicará se ainda quiser saber, mas, acredite, há coisas mais importantes para você pensar agora.
    Mina disse que sabe onde Artemis está! Um dos homens de Da'ru comprou-o dos guardas na estação e agora o obriga a trabalhar para ela. Tem algo a ver com encontrar um livro desaparecido. Os Dotados sabem onde está seu tio, e Mina prometeu levá-la até ele quando você quiser.
    Pode confiar nessa gente, Kate. São meus amigos.
    Espero que esteja bem. Mantenha-se segura e não se preocupe comigo. Os guardas não são tão inteligentes quanto pensam. Tenho certeza de que pensarei em alguma coisa.
    Nos vemos em breve.
    Edgar.

Kate leu a carta duas vezes.

Ela o deixara para trás. Edgar tinha se arriscado tanto para ajudá-la e ela o deixara para trás.

Enrolou a carta e guardou-a. Se Mina sabia onde Artemis estava, Kate precisava falar com ela. Se havia uma chance de ela o encontrar, precisava saber pessoalmente.

Olhou seu reflexo no espelho na saída. Parecia cansada. Os olhos azuis estavam exaustos e havia veias negras, surgindo no meio do azul, que nunca estiveram ali. Desviou o olhar do espelho, se recusando a pensar no que as veias podiam significar, e saiu para o corredor.

Um grito abafado vindo da sala da frente a fez parar na metade do caminho.

Kate congelou. A janela ao lado da porta de entrada estava aberta. Tinha certeza de que não estava daquele jeito antes. Olhou para trás no corredor. Toda a parte de trás da casa era construída dentro da terra. Se algo de ruim acontecesse, aquela porta era sua única saída.

Caminhou em direção à sala da frente, concentrando-se tanto para ouvir a voz de Mina que não sentiu as tábuas do piso se movimentarem debaixo de seus pés enquanto alguém se aproximava por trás. Não viu a sombra leve passar pela parede nem sentiu o cheiro de sangue no ar.

Kate espiou a sala da frente e viu Mina caída no chão, imóvel.

Imóvel demais.

Saiu às pressas para a porta, apenas para ser agarrada antes que pudesse até mesmo enfiar a chave nela.

– Muito bem, Kate – disse Silas, tapando-lhe a boca com a mão antes que pudesse gritar por socorro. – Vejo que seu amigo teve algo a ver com sua fuga. Talvez eu tenha subestimado as habilidades dele, no final das contas.

Kate debateu-se nos braços dele, mas ele não a soltou.

Silas a empurrou para dentro da sala da frente, obrigando-a a passar por cima da mulher morta no chão. Mina estava deitada de lado, os olhos abertos e vazios. Em sua mão estava a terceira carta, a que ela não deixou Kate ver. Nela estava a figura de um esqueleto sobre uma plataforma dentro de um túmulo: uma figura que só podia representar uma coisa. A morte.

Por instinto, Kate estendeu a mão para tentar tocar Mina, desesperada para trazer seu espírito de volta à vida como fizera com Kalen, mas Silas a segurou, se recusando a deixá-la tentar.

– Pelo menos está mostrando mais confiança em suas habilidades – comentou ele, sorrindo enquanto ela tentava se soltar. – Os Dotados vão achar que você fez isso. Não vão protegê-la, agora que matou um deles. Não sabem que estou aqui, e você vai manter tudo como está, a não ser que pense que sua nova amiga precisa de companhia em sua jornada para a morte. Silas apertou-a mais até machucá-la, e Kate parou de lutar.

– Ótimo. Agora... você voltará para os túneis. Não olhará para ninguém. Não falará com ninguém. Cada vez que me desobedecer, eu tirarei uma vida, e o sangue dessas pessoas estará em suas mãos. Entendeu?

Ele a obrigou a ir para a porta da frente, e Kate avistou um grupo de pessoas lá fora, conversando ao lado da fonte, todos ignorando o que acabara de acontecer dentro da casa.

– Agora vá – mandou Silas.

Kate olhou para trás para dizer alguma coisa, mas Silas já havia desaparecido.

Ela sabia que tinha um ar suspeito ao caminhar pela rua, e era impossível não estar assim com um louco a perseguindo nas sombras. Logo os Dotados entrariam na casa para procurar Mina, e qualquer confiança que Edgar os convencera a ter nela acabaria. Kate queria contar o que havia acontecido. Queria preveni-los, mas tudo que podia fazer era andar.

– Kate?

Os olhos de Kate tremeluziram, só por um momento, e o homem em cujo nariz ela dera um soco na superfície acenou para chamar sua atenção do outro lado da rua. Ela desviou o olhar rapidamente, concentrando-se em caminhar até a porta verde.

– Kate!

Ouviu as passadas se aproximando enquanto o homem corria para alcançá-la, mas não se virou. Levou a mão à maçaneta da porta, torcendo para que estivesse destrancada.

– Ei! Aonde você vai?

O homem apertou levemente o ombro dela. Logo sua mão escorregou, um leve chiado saiu de sua garganta e ela ouviu o corpo dele caindo no chão.

– Vi você olhar – sussurrou Silas em seu ouvido. – Atravesse.

Kate abriu a porta facilmente com a mão trêmula. Os Dotados estavam certos, ela era perigosa. Tinha levado um assassino para a casa deles.

Sentiu a presença de Silas se aproximando por trás. Estava sozinha agora. Ninguém ia ajudá-la. Entrou no túnel sem se atrever a olhar para trás.

14
A Roda dos Espíritos

Silas se abaixava ao passar pelos túneis baixos, atravessando em passos largos as pontes subterrâneas. Andava tão rápido que Kate tinha dificuldade para acompanhá-lo, e, quando ficou para trás, ele a arrastou até estarem tão longe da caverna de tijolos vermelhos que ela ficou absolutamente perdida.

– Parece estar fraca – disse ele, guiando-a pela escuridão. – Mais fraca do que eu esperava.

– Não precisava matar aquele homem.

– Sou um homem de honra, e homens assim não mentem. Você foi avisada do que aconteceria se chamasse a atenção para si. Tem de assumir as consequências.

– E quanto a Mina?

– A vida dela não era importante, e sua morte era conveniente. Ela sabia que tinha chegado a hora.

Silas parou em uma encruzilhada cercada de escuridão e ali ficou, ouvindo alguma coisa, antes de empurrar Kate para que subisse uma escada íngreme até duas portas de metal arqueadas.

– Sabe onde você está? – perguntou ele.

Kate mal conseguia ver alguma coisa lá de cima, mas um fio de luz do sol passava filtrado pela fenda entre as portas, e Silas a deixou dar um passo adiante para olhar.

– Estamos na superfície – respondeu ela.

Kate reconheceu o cheiro de fumaça das ruas, e as portas davam direto para um beco com um grupo de torres altas e negras reunidas no extremo mais afastado. Podiam estar em qualquer lugar da cidade. Só tinha visto uma pequena parte, e tudo parecia igual para ela. Era impossível saber aonde estava prestes a ir.

– E isto? – perguntou Silas. – O que acha que é?

Kate virou e, quando seus olhos se adaptaram às sombras novamente, viu um entalhe na parede. Era um círculo de pedras, medindo uns trinta centímetros de diâmetro, com uma fileira de ladrilhos circulares afundados em um canal ao redor da borda externa. Cada pequeno ladrilho tinha um símbolo diferente, e o círculo grande no centro era entalhado com a forma da lua crescente. Ela nunca vira nada igual na vida.

– Esta é a roda dos espíritos – explicou Silas. – Parte de um sistema antigo que os guardiões de ossos usavam para ajudar as pessoas a se direcionarem em Fume e na Cidade Inferior. Coloque a mão na lua e pergunte onde estamos.

– É uma parede – comentou Kate. – Não pode nos responder.

– É mais do que uma simples parede – retrucou Silas. – Há treze círculos iguais a este na Cidade Inferior, sete na Cidade Superior e quatro que ainda precisam ser encontrados, apesar de existirem com certeza. Cada um deles consegue ter mais lembranças que uma pessoa poderia ter se vivesse dez vezes, e dentro do coração de cada um há uma alma trancada pela eternidade para servir às necessidades dos vivos. A maioria desses círculos ficou sem ser usada durante séculos, e as almas lá dentro não souberam de nada além do silêncio. Só por isso merecem seu respeito. Agora faça o que mandei.

Silas empurrou Kate em direção à parede. Ela estendeu o braço à frente, tocou a lua com a palma da mão direita, e os símbolos ao redor começaram a se mexer. Ela tentou se afastar, mas não conseguiu. Sua mão ficou presa.

– Pare de lutar – disse Silas. – Só vai demorar mais.

Kate ficou olhando enquanto os ladrilhos de pedra rangiam sem parar ao redor do círculo, voltando a afundar na parede, um a um, trocando de lugar e se reorganizando, todos se movendo ao mesmo tempo. Kate reconheceu facilmente muitos dos símbolos: um livro, um pássaro, uma caveira, uma cobra, uma chama, um olho, uma flecha, o sol. Depois o ar ondulou de leve na frente das pedras e algumas viraram ao contrário, revelando outros símbolos, a maioria números e setas, bem como mais entalhes complicados, que ela não decifrou.

Os ladrilhos começaram a se mover mais devagar. A mão de Kate ainda continuava presa na parede, e, quando eles pararam, um símbolo brilhou de leve no topo. Era como se uma pequena chama luzisse atrás dele, chamando sua atenção para um ladrilho entalhado com um único floco de neve.

– Ele reconhece você – comentou Silas. – O mesmo símbolo foi encontrado no caixão onde Da'ru achou o *Wintercraft* pela primeira vez. Ele sabe que você é uma Winters. E aqui – apontou para um segundo símbolo iluminado a um quarto de distância da borda da roda. – Uma lua crescente.

As rodas usam seus entalhes centrais como pontos de referência. Resumindo, ele está lhe dizendo que uma Winters está perto da roda marcada pela lua crescente. Parece que o espírito lá dentro continua confiável.

– Como sabe dessas rodas? – perguntou Kate.

– São muito conhecidas por todos que viveram em Fume durante qualquer período de tempo – explicou Silas. – Logo no início, quando as pessoas se mudaram para a cidade, elas as viam como maravilhas e as usavam quase todos os dias. A técnica é bem simples. Você interpreta os símbolos conforme sua pergunta. Cada ladrilho pode ter vários significados, mas o mais simples geralmente é o correto.

– Então existe um espírito preso em algum lugar lá dentro – disse Kate. – Como ele sabe o meu nome?

– Fume tem muitos segredos, senhorita Winters. Não é da minha conta se você ignora a maioria deles. Agora, pergunte se ele sabe onde encontrar seu tio.

– Artemis? Por quê?

– Da'ru enviou muitos criados e guardas para a Cidade Inferior nos últimos dias – explicou Silas. – Seu tio foi comprado na estação e foi para lá com eles. Acho que Da'ru os colocou para trabalhar em alguma coisa, e pretendo descobrir o quê. Pergunte.

Os ladrilhos se moveram imediatamente sem que Kate ao menos pensasse nisso, e um se iluminou na parte inferior da roda: um olho aberto.

– Significa "sim" – informou Silas. – Se não, o olho fechado teria sido escolhido. Onde ele está?

Kate hesitou, dividida entre o risco de levar Silas até Artemis e a necessidade que tinha de encontrá-lo. Alguns dos ladrilhos ao redor da roda bateram uns contra os outros, mas não se moveram, como se sentissem sua indecisão.

– Não vou pedir outra vez.

Kate não tinha escolha. Seus pensamentos clarearam, e a roda se moveu imediatamente. Os ladrilhos embaralharam e arranharam por muito mais tempo dessa vez, e Kate e Silas observaram enquanto quatro símbolos brilhantes se juntaram no topo. O floco de neve, um livro, uma porta e uma chave.

– O que significa quando ficam juntos assim? – perguntou Kate. – Onde está Artemis?

– Da'ru a abriu – disse Silas com calma.

– Abriu o quê? – perguntou Kate. – Onde está Artemis?

Antes que Silas pudesse responder, um objeto afiado saiu de dentro da parede, espetou a palma da mão de Kate, e o círculo soltou sua mão. Ela puxou a mão bruscamente, e uma gota de sangue surgiu sobre sua pele enquanto a ponta minúscula de um vidro afundou de volta no centro da lua, levando um pouco do sangue dela.

– O que foi isso?

– Uma roda dos espíritos só testa o sangue de uma pessoa quando esta faz perguntas sobre áreas restritas aos guardiões de ossos – explicou Silas. – Um grupo de ladrilhos deve ser lido em conjunto. O floco de neve representa seu tio, o livro e a porta indicam um lugar de livros, e a chave significa um segredo ou uma fechadura. Se isso estiver correto, Da'ru de alguma forma encontrou um jeito de entrar na antiga biblioteca dos guardiões de ossos, um local tão escondido que foi impossível encontrá-lo durante séculos. Diziam que somente os guardiões de ossos podiam perguntar às rodas dos espíritos o local da biblioteca. Da'ru obriga cada um de seus novos criados a usar uma das rodas, para o caso de um deles ter o sangue certo e assim saber do caminho. Duvido que seja coincidência ela ter encontrado a biblioteca justo

no dia em que comprou seu tio. E, se ele tiver o sangue dos guardiões de ossos... – a roda começou a girar e Silas sorriu.
– ... isso significa que você também o tem.

Dessa vez não foram somente os símbolos externos que se moveram. A lua central afundou também, virando sobre si própria e revelando o entalhe de uma espiral perfeita.

– O sangue dos guardiões de ossos é a chave para mais conhecimentos do que se pode imaginar – disse Silas. – Da'ru procura a biblioteca deles há anos. Não é segredo que os Dotados já sabem de sua localização, e ela acredita que eles esconderam o *Wintercraft* lá dentro. Preciso desse livro, senhorita Winters. Precisamos encontrá-lo primeiro. Peça à roda para lhe mostrar o caminho.

Kate pôs a mão na pedra e empurrou-a com cuidado, e os ladrilhos se assentaram em seus lugares de uma vez só. Silas os estudou com atenção, mas Kate já sabia o que iam dizer. Se fosse para ela esconder algo importante, só havia um lugar para isso. No lugar mais profundo, mais sombrio. Quatro ladrilhos foram iluminados: uma caveira, um número três enfeitado, uma linha horizontal e uma seta apontando para baixo.

Silas os traduziu em voz alta:
– Terceira caverna mortuária. Nível mais baixo. Por aqui.

A Cidade Inferior de Fume era ainda mais larga que a superior. Escondidas embaixo dos alicerces das torres altas e negras havia escadas que desciam de forma absurda em espiral até a escuridão, e os caminhos eram tão estreitos que não passavam de fendas na terra. À medida que desciam, eles iam se alargando e se transformando em vastas câmaras conectadas por corredores, como contas em um colar. Mais pontes de pedra suspendiam-se sobre precipícios, e dali Kate via de relance as ruas e prédios misteriosos manchados pela luz distante da lanterna.

– Os Dotados não são os únicos que se escondem aqui – disse Silas. – Continue andando.

Ele não parecia se importar com a escuridão e a umidade que os cercavam. Movia-se feito uma sombra, com uma lanterna roubada em uma das mãos e a espada azul-escuro embainhada do lado; Kate se perguntou outra vez por que um homem tão forte e cruel como ele queria acabar com a própria vida.

O reflexo de Kate a seguiu ao longo das janelas de uma rua rebaixada e duas vezes ela se assustou, achando que o rosto que via nas janelas antigas não era o seu. Começou a sentir movimento por todo canto, em cada sombra, cada janela, e podia ouvir sons estranhos sussurrando no ar. Cada vez que ouvia alguma coisa, tornava-se mais difícil pensar que era pura imaginação, e, quando chegou em uma esquina repleta de janelas escuras, ouviu nitidamente a voz de um espectro pela primeira vez:

– Winters.

Ela sentiu algo partir, como se uma barreira tivesse caído, e uma onda de frio a envolveu, abafando tudo, exceto a presença de centenas de espíritos que não conseguia ver. Sentiu todos como se estivessem vivos, enquanto suas histórias passavam por seus pensamentos em conjunto.

– ... ela está ouvindo...

– ... viajando com ele...

– ... Silas...

Algumas das vozes recuavam de medo enquanto Kate permanecia parada, sem saber o que fazer.

– ... ele não pode nos ouvir...

– ... encontre o livro...
– ... mantenha-o seguro...
– ... ela pode nos libertar...
– ... prisioneiros...
– ... unidos pelo sangue...

Silas parou mais adiante e virou-se para olhá-la, cheio de suspeitas. Kate se esforçou para alcançá-lo, o coração acelerando enquanto corria. Formas fantasmagóricas se reuniam em cada janela ao redor, sussurrando para ela, observando-a, mas ela não se atreveu a olhar para trás:

– ... guarde o livro...
– ... volte para nós...

As vozes foram sumindo enquanto ela deixava as janelas para trás, pisando finalmente no brilho seguro da lanterna de Silas.

– Você está pálida – observou ele.
– Só cansada – mentiu Kate.

Silas olhou de volta para o túnel e não viu nada além de escuridão.

– Fique na luz – ordenou ele. – Aqui não é lugar para se perder sozinha.

Depois do que acontecera naquele túnel, Kate se viu querendo ficar perto de Silas para se proteger e ficava preocupada toda vez que ele se afastava. Não tinha como saber quanto tempo ficaram no subterrâneo. Silas não dizia nada, a não ser quando a orientava sobre um caminho, sobre alguns degraus ou esquinas difíceis, e o silêncio era tão grande que Kate podia ouvir sua pulsação enquanto caminhava.

– Ali – disse Silas por fim, apontando na direção de uma luz distante. – Estamos perto.

Kate ficou animada. A única coisa que pensava é que Artemis podia estar ali em algum lugar, e seguiu Silas até a boca do túnel de onde se tinha uma vista panorâmica do grande abismo que era a terceira caverna mortuária.

O túnel emergia na metade do caminho, na lateral da caverna, e era tão profundo que Kate não conseguia ver o fundo ou a parte de cima. Alguns ladrões de covas penduravam-se em escadas e arneses do lado oposto, desviando-se dos lampiões que balançavam e das pedras que caíam enquanto se agarravam nas bordas minúsculas e se arrastavam para o interior dos túmulos vedados que foram embutidos nas paredes. Todos tinham uma aparência imunda e selvagem, e rastejavam feito aranhas pelas aberturas trincadas na rocha, tirando dos túmulos tudo que os mortos possuíam, mandando para cima em cestos presos por cabos.

– É aqui que descemos – disse Silas, sacudindo uma longa escada que ia até as profundezas infindas das trevas.

– Não posso – disse Kate, recuando para o túnel.

– Você vai, ou vou deixá-la aqui e você pode tentar achar o caminho de volta sozinha. Tenho certeza de que aqueles ladrões encontrarão seus ossos mais cedo ou mais tarde.

Silas pisou na escada com confiança, prendendo a lanterna no cinto enquanto descia rapidamente na escuridão. Kate olhou para a borda, agarrando-se na lateral da boca do túnel para não cair. A escada parecia velha, mas, entre confiar nela ou ser deixada ali sozinha, era melhor descer. Artemis devia ter passado por ali. E, se ele conseguiu descer aquela escada, ela também conseguiria.

Balançou um dos pés para pisar no degrau, depois no outro. A madeira parecia firme sobre seus pés e, apertando as duas mãos cheia de tensão e ansiedade, apoiou o corpo sobre ela e seguiu Silas na descida.

Cada degrau parecia uma eternidade. Kate nunca tivera muito medo de altura, mas aquele lugar era diferente. Era como se a profundeza da caverna tornasse seu corpo duas vezes mais pesado, tentando puxá-la para baixo mais rápido do que gostaria de ir. Se pudesse ver o fundo, não seria nada mau. Silas descia de dois em dois degraus, levando a luz cada vez mais para longe, até que Kate ficou procurando os degraus no escuro. Tentou alcançá-lo, ganhando confiança a cada degrau. Então seu pé escorregou, um degrau partiu e seus pés ficaram pendurados. Gritou quando as mãos se soltaram, os dedos escorregaram da madeira e ela caiu para trás, mergulhando em direção ao fundo distante do abismo.

Foi caindo... caindo... tentando agarrar a escada na escuridão. A lanterna de Silas a ofuscou quando passou por ela, e alguma coisa pegou seu braço com força. Silas olhou para ela, a mão forte agarrando-a pelo pulso. Kate estendeu a outra mão para segurar-se nele e foi erguida com uma força incrível, até estar alta o suficiente para alcançar os ombros dele.

– Suba nas minhas costas – ordenou ele.

Kate estendeu a mão, colocando um dos braços ao redor do pescoço de Silas, e depois o outro enquanto ele a soltava. Agarrou-se a ele de olhos fechados à medida que continuaram a descer, desejando que aquilo acabasse, até sentir Silas pisar em terra firme.

– Há maneiras sensatas de entrar em uma caverna mortuária – disse ele. – Cair não é uma delas.

Kate soltou-se das costas dele, e seus joelhos enfraqueceram, fazendo com que caísse no chão. Ela não se importou. Nunca se sentira tão feliz ao ver um monte de pedras e sujeira em sua vida. Verificou o pulso onde Silas a agarrou. Um hematoma começava a se formar ao redor do osso e era difícil mexer a mão.

– Você teve sorte – observou ele. – Dois centímetros a mais e eu não conseguiria pegá-la.

Estendeu a mão para ajudá-la a levantar-se, e Kate viu que ele também não saíra ileso. A articulação do pulso parecia deslocada, e os ossos estalavam alto enquanto eram endireitados, fazendo com que ele se contraísse de dor.

– Queria poder fazer o mesmo com o meu – disse ela.

– Não está gravemente ferida – falou Silas, puxando-a para que ficasse de pé. – Seu corpo vai se curar com o tempo, assim como o meu. Tenha certeza.

Kate olhou ao redor. A caverna era comprida e estreita no fundo, com a forma de uma onda grande entalhada na terra, mas não havia sinal de nenhuma biblioteca ou de qualquer outra coisa ali. Era difícil enxergar além dos blocos de pedras que cobriam o local e as nuvens de poeira que se erguiam embaixo dos pés enquanto procuravam abrir caminho pela margem. Parecia que os ladrões de sepulturas tinham jogado tudo de pouco valor no fundo da caverna, enchendo-a de cerâmicas quebradas, pedaços de madeira, terra solta e ossos escavados dos túmulos.

Silas testava cada pedra saliente na parede, caso fosse algum tipo de alça, e, enquanto os dois procuravam portas escondidas, Kate aproveitou para perguntá-lo uma coisa:

– Se encontrarmos a biblioteca aqui embaixo – comentou –, você vai ajudar meu tio?

– Você ficará a salvo enquanto eu precisar de você – respondeu Silas. – O mesmo serve para ele.

– Mas, se ele estiver aqui, poderia ajudá-lo a escapar?

– Por que eu ia querer fazer isso?

– Foi você que o trouxe para Fume. E se... e se eu prometer não tentar escapar outra vez? Se conseguir o livro para você, custe o que custar, então vai ajudá-lo? Vai protegê-lo dos guardas? Ajudá-lo a ficar vivo?

– Você vai encontrar o livro só porque estou mandando – respondeu Silas. – Suas promessas não significam nada para mim.

– Só estou pedindo que o deixe viver. Por favor! Você ainda terá tudo o que quer.

Silas tirou a mão cicatrizada da parede e virou para ficar de frente para Kate.

– Você não é responsável pela vida dele – afirmou. – Todos vivemos e morremos sozinhos. Aprenderá isso com o tempo.

– Ele é da minha família – retrucou Kate. – Cuidamos um do outro.

Silas voltou a ficar de frente para a parede.

– Isso é uma coisa que desconheço – disse ele. – As famílias mentem. Vão embora e se esquecem.

– Está falando da sua família?

– Tenho meu corvo – respondeu Silas. – É a única família de que preciso. – Seu olhar estava distante, e Kate viu uma centelha de tristeza nele. – Não temos tempo para isso – continuou firme. – Contanto que me obedeça, o livreiro viverá. Agora faça o que mando e encontre a porta.

Kate não sabia como Silas esperava que ela encontrasse uma porta ali embaixo. Estava muito escuro, e as direções dadas pela roda dos espíritos não foram muito específicas. O brilho vindo da luz dos lampiões dos ladrões de sepulturas cintilava como estrelas sobre eles, e a luz da lanterna de Silas refletia em partículas de pedras preciosas incrustadas nas paredes, fazendo com que tremeluzissem enquanto ele procurava qualquer coisa que parecesse estar fora do lugar.

Tinham dado mais de mil passos e procurado somente um pedaço mínimo da caverna quando Kate parou. Todos que um dia exploraram aquela caverna devem ter feito exatamente o que estavam fazendo agora. Estavam começando da maneira errada.

Ficou parada, deixando Silas vaguear adiante, e, quando a luz da lanterna se distanciou, ela tentou se colocar no lugar das pessoas que construíram a Cidade Inferior. Deduziu que seria fácil encontrar a biblioteca, se Artemis a encontrara tão rapidamente. Talvez as pessoas com o sangue dos guardiões de ossos simplesmente soubessem onde ela ficava. E se eles tivessem sido atraídos para lá, mas ela não estivesse ouvindo?

– O espírito na roda nos enganou – disse Silas mais adiante. – Não há nada aqui. Só ossos e pedras.

Kate não tinha tanta certeza.

Fechou os olhos e se concentrou em encontrar a porta. Nada aconteceu. Não houve um impulso repentino. Nenhum sinal que indicasse o caminho. Abriu os olhos outra vez e deu de cara com Silas.

– Não irá muito longe assim – observou ele.

– Esta caverna é antiga, não é? – perguntou Kate.

– Uma das mais antigas.

– Como é que era antes de os ladrões de sepulturas aparecerem?

Silas tocou a parede e um fragmento de pedra preciosa azul se soltou, caindo em sua mão.

– A maior parte era revestida de lápis-lazúli antes de eles a saquearem – respondeu. – Acreditava-se que esta, mais inferior, era decorada com o mosaico de um oceano, com peixes e outras coisas inúteis fixadas em pedras preciosas espalhadas pelo chão e paredes. Eu mesmo nunca vi. Tudo foi arrancado muito antes de o Conselho Superior chegar aqui.

Kate tentou visualizar tudo que Silas descrevia.

– E a luz? – perguntou ela.

— É uma caverna mortuária — respondeu Silas. — Os mortos não precisam de luz.

— Mas nós precisamos. Assim como qualquer outra pessoa que descesse até aqui.

— Se está tentando desperdiçar mais tempo...

— Por que os ladrões de sepulturas penduram seus lampiões em cordas?

— Para o caso de precisarem escapar rapidamente da patrulha dos guardas — respondeu Silas. — Podem içar tudo e sumir em segundos. Aonde quer chegar?

— Da'ru e Artemis teriam carregado a luz deles até aqui, como nós. Assim como os guardiões de ossos.

Silas olhou para a lanterna e depois para as paredes.

— Não consigo ver relevância nisso — comentou ele.

Kate pegou a lanterna e voltou para o local onde a escada chegava ao chão. Um pequeno gancho de metal estava enfiado na parede ao lado, e ela passou a mão pela parede em ruínas, sentindo os buracos na pedra onde os ladrões de sepulturas tinham escavado mais para extrair o lápis-lazúli.

— Aonde você vai? — perguntou Silas, logo atrás dela.

— Todos supõem que os guardiões de ossos queriam esconder a biblioteca — observou Kate. — Mas e se não quisessem? E se fosse apenas um lugar comum para eles naquela época? E, quando desapareceu, as pessoas deduziram que era um lugar secreto porque ninguém sabia como chegar lá.

— Com exceção dos Dotados — corrigiu Silas.

— Talvez. Mas Artemis não é um dos Dotados. Não pode fazer nada que uma pessoa comum não possa fazer. Se ele achou a biblioteca, qualquer um acharia.

— Por que as rodas dos espíritos testariam o sangue dos guardiões de ossos se a biblioteca não fosse um lugar secreto? — indagou Silas.

– Há lugares nos aposentos do Conselho aonde pessoas comuns não podem ir, não há? O Conselho não as quer perambulando pelos cômodos privados; talvez os guardiões de ossos também não quisessem. As pessoas podiam visitar Fume naquela época, vir aqui e prestar sua homenagem aos mortos. E se os guardiões de ossos quisessem reservar algumas partes da cidade só para eles? Não precisavam de guardas para vigiar tudo; só o que precisavam fazer era negar informações a quem perguntasse.

– Está fazendo muitas suposições – observou Silas.

– Os ladrões de sepulturas não encontraram a biblioteca porque não estavam à procura dela – disse Kate. – E acho que os guardas não a encontraram porque procuraram demais. Aqui!

Silas a seguiu até onde havia outro gancho de metal saliente na parede logo acima de sua cabeça, exatamente igual ao primeiro.

– E? – indagou Silas quando Kate apontou para o gancho, obviamente sem se impressionar.

Kate ergueu a lanterna até a altura do gancho e a deixou ali balançando enquanto estudava a parede com mais atenção.

– Por que esse gancho de lanterna estaria ali se não havia nada ao redor para ver? – deduziu ela. – Se aquele mosaico ainda estivesse intacto, aposto que conseguiríamos ver a porta com facilidade, mas, com todos os estragos que os ladrões de sepulturas fizeram nas paredes, ninguém percebeu. Os guardiões de ossos devem ter feito a porta camuflada na parede, e não destruiriam a aparência do mosaico com uma maçaneta enorme. Então, se não existe maçaneta, deve ter outro jeito de abri-la. – Ela passou a mão sobre uma pequena pedra negra, muito polida e quadrada para fazer parte da rocha da caverna, e empurrou.

Alguma coisa ressoou de leve dentro da parede, uma pequena porta se abriu devagar e o cheiro de tinta velha e couro flutuou das profundezas de um corredor sombrio com livros em fileiras.

Os dois ficaram ali parados, olhando fixamente a escuridão.

– Viu? – disse Kate em voz baixa. – Não estava tão bem escondida, no final das contas.

Silas deixou a lanterna no gancho e sacou a espada.

– Fique perto de mim – pediu ele, avançando enquanto se ouvia o som de vozes ao longe. – E não diga nada. Deixe que eu cuido de tudo.

Kate o seguiu, na esperança de que Artemis ainda estivesse ali em algum lugar. Logo, só havia o cheiro dos livros e a sensação confortável de um piso de madeira debaixo dos pés e o som de uma fechadura encaixando no lugar enquanto a porta se fechava lentamente atrás deles.

15
A Antiga Biblioteca

Era difícil ver para onde iam sem a lanterna, mas Kate podia sentir que estavam entrando em um espaço imenso. O ar era limpo e frio, e o som de vozes vinha de algum lugar ali perto. O caminho se alargou alguns passos adiante, e a silhueta de um corrimão surgiu na luz fraca, bloqueando o caminho.

Silas parou de andar e segurou Kate com firmeza.

– Oficiais – disse em voz alta. – Avancem.

Kate olhou horrorizada quando dois guardas saíram da escuridão e abaixaram a cabeça de imediato, ficando nessa posição até receberem a ordem.

– Muito bem – disse ele com firmeza. – Escolheram uma ótima posição de emboscada. Se eu fosse um intruso, não teria detectado sua presença. – Silas embainhou a espada, e os dois guardas abaixaram a cabeça outra vez, guardando os punhais.

– Da'ru mandou outra garota para ajudar na busca – disse ele, empurrando Kate em direção aos dois homens.

– Soube que trouxeram para cá um livreiro da cidade de Morvane.

– Sim, senhor.

– Ponham a garota para trabalhar ao lado dele. Tenho mais o que fazer aqui. Não quero ser incomodado.

Os guardas curvaram-se juntos, e um deles segurou o braço de Kate, fazendo com que o corte que Silas fizera ali queimasse e doesse.

– Venha comigo – disse ele.

Kate voltou-se e olhou para Silas, que agora segurava no corrimão olhando para a escuridão como o capitão no convés de um navio. O corrimão fazia parte de uma longa sacada, e o guarda levou Kate para uma escadaria que descia em curva até uma sala enorme. Ela parou no topo e viu o que Silas já havia visto.

A antiga biblioteca não era apenas uma sala, era uma câmara.

A escadaria descia em espiral até dezenas de estantes gigantes alinhadas em filas longas debaixo de um teto arqueado de tijolos vermelhos, e havia pessoas ali carregando lanternas e velas, criando piscinas de luz laranja na escuridão. Algumas se equilibravam em plataformas estreitas que corriam ao longo das prateleiras mais elevadas, e outras se moviam ao longo das escadas com trilhos que eram mais altas que uma casa, tirando as mãos cheias de livros para serem examinados, folheando-os e depois empurrando-os com força para os colocarem de volta no lugar. Já haviam procurado em tantas prateleiras que era difícil acreditar que só estavam na biblioteca havia dois dias. Devia haver milhares de livros velhos no local. O *Wintercraft* poderia ser qualquer um deles.

O guarda seguiu Kate pelos degraus e, quando ela chegou no final, olhou para cima e viu Silas observando-a da sacada superior. Páginas soltas estavam espalhadas pelo chão entre as estantes desarrumadas, e o guarda levou-a para uma fileira ao longo da parede mais a leste, o único lugar na câmara que ainda estava relativamente limpo e arrumado.

– Vai trabalhar aqui – afirmou ele, apontando para a fila.
– Os outros lhe dirão o que fazer. O guarda a deixou ali sem uma luz, e Kate podia sentir as estantes agigantando-se sobre ela como tristes sentinelas testemunhando a destruição e a bagunça. A caverna era tão grande que as vozes dos outros trabalhadores não chegavam às margens, e um silêncio estranho pairava à sua volta enquanto caminhava ao longo da fila em direção a um castiçal em um canto do chão.

– Não, não, não. Não preciso de ajuda. Volte. Trabalharei mais rápido sozinho.

Um vulto estava ajoelhado fora da luz das velas e levantou-se com dificuldade, se apoiando em uma bengala enquanto Kate se aproximava.

– A fila 16 precisa de outra pessoa para ajudar. Esta não tem nada além de poesias e contos de fadas. Não adianta desperdiçar outra pessoa aqui. Estou bem, sozinho. Volte. – O homem encheu os braços de livros que estavam no chão e rapidamente os colocou de volta nas estantes.

Kate andou mais rápido. Conhecia aquela voz.

– Artemis?

– Não saio daqui. Não importa o que digam... O quê? Como sabe meu nome? – Artemis pegou a vela e a segurou ao alto, franzindo os olhos para ver quem tinha falado. Em sua face havia um hematoma, e o olho direito estava inchado, mas com certeza era ele. Parecia cansado e nervoso enquanto esperava que ela aparecesse na luz.

– Ah! – Abaixou a vela assim que viu o rosto dela.

– Está tudo bem – disse a sobrinha. – Sou eu.

– Kate? Como...? Kate! – Artemis abandonou a bengala e foi mancando em sua direção, estendendo os braços e abraçando-a.

– Tinha esperanças de que se lembrasse da saída... mas, quando vi o fogo, fiquei preocupado se... Kate, achei que estava morta! O que está fazendo aqui? Edgar está com você? Os guardas o pegaram também?

– Creio que ele está bem. Está aqui em Fume, mas nos separamos.

– Eu sinto tanto – disse Artemis, ainda abraçando-a. – O fogo... Não pude detê-los. Não pude...

– A culpa não é sua.

– Só queria mantê-la segura.

– Não temos muito tempo – disse Kate, afastando-se devagar. – O homem que mandou incendiar a loja está aqui.

– O Cobrador? – O rosto de Artemis ficou sério de repente. – Onde ele está?

– Isso não importa agora – respondeu Kate. – Muita coisa aconteceu desde que saímos de Morvane, mas acho que tenho um jeito de tirá-lo daqui. Só preciso que faça uma coisa para mim.

– Qualquer coisa – afirmou Artemis.

Kate escolheu as palavras com cuidado. Se Artemis tivesse encontrado o livro, ele o teria escondido muito bem, e não havia como ela poder encontrá-lo sem sua ajuda. Kate precisava da cooperação do tio. Precisava fazer a coisa certa.

– Eu sei o que está procurando aqui embaixo – disse ela. – Se souber onde está, se estiver com ele, preciso que o entregue para mim.

Artemis baixou os olhos para as estantes atrás de Kate e, quando teve certeza de que ninguém estava por perto, falou bem baixinho:

— Estamos procurando o *Wintercraft*, um livro das antigas técnicas dos Dotados — explicou ele. — O que a faz pensar que está comigo?

— Porque você é o único aqui que sabe exatamente o que está procurando. Você viu o livro antes. Sabia que os Dotados iam escondê-lo aqui embaixo. Acho até que sabe onde ele está.

— Shhh! — exclamou Artemis.

— Os Dotados mandaram aquelas mensagens do Sul para você, não mandaram? — indagou Kate.

— Isso não significa...

— Sei que colocaram o livro aqui para protegê-lo, mas precisamos encontrá-lo. É a única maneira de sairmos daqui.

Artemis se entristeceu. Encostou-se nas estantes e pegou a bengala.

— Sabe quantas pessoas morreram por causa desse livro? — perguntou ele. — Não acredito que alguém ainda o queira. O Conselho Superior pensa que precisa dele. Pensa que encontrará respostas nele. Que de alguma forma ele acabará com a guerra e tornará a vida deles mais fácil, mas isso não vai acontecer. O *Wintercraft* é perigoso, Kate. O livro é uma mentira. Sempre foi.

— Eu sei o que ele é.

— Mas, na verdade, nunca o *leu*. Acredite em mim, eu o li. É uma coleção de teorias impossíveis, escritas por um grupo de pessoas das quais ninguém se lembra, sobre algo que jamais poderia acontecer.

— O que o faz ter tanta certeza?

– Espectros? Almas vagantes? Espíritos retornando do outro lado do véu? É impossível! Como poderia ser real? Os mortos ficam mortos! Sabemos disso melhor do que qualquer um.

– O senhor me viu ressuscitar aquele melro – contestou Kate.

– Os Dotados são curandeiros, é o que eles fazem. Eles preservam a vida curando o corpo. Não têm nenhum poder sobre a alma. O véu, os espíritos e tudo o mais são uma ótima ideia, mas não existe verdade em nada. Você sabe disso.

– Meus pais achavam que era verdade.

– Eu amava Jonathan e Anna – disse Artemis. – Tentei entender a vida deles. Sério. Durante anos quis acreditar que tudo era verdade. Quis ver o que me disseram que podiam ver, mas não há nada lá. É tudo mentira. O véu não existe. E, mesmo que existisse, o *Wintercraft* se trata de corromper seu equilíbrio natural, permitindo que as pessoas abusem da vida e manipulem a morte. Eu não ia querer viver em um mundo onde qualquer um tivesse esse tipo de poder. Só essa ideia foi o suficiente para levar toda Albion ao caos nas mãos do Conselho Superior e virar todo o continente contra nós. Não podemos deixar o Conselho pegá-lo. São todos malucos. Não têm a mínima ideia do que estão fazendo.

– Por que não deixar que o tenham? – perguntou Kate. – Se é tão inofensivo como pensa, não fará diferença, não é mesmo?

– Porque não importa o que *eu* penso que o livro significa – explicou Artemis, controlando-se para manter a voz baixa. – O que interessa é o que *eles* pensam que o livro significa, o que *eles* pensam que o livro faz. O Conselho está levando isso a sério demais. Seguirão as palavras dele, passo a passo, achando que podem comandar os espíritos, controlar as almas e atingir o impossível. Continuarão fazendo experiências com os Dotados, tirando a vida de pessoas inocentes. Pessoas inocentes como você, Kate. Continuarão falhando e tentarão de novo, e todos os outros pagarão o preço.

Kate sentiu a frustração brotando dentro de si, mas lutou contra ela, obrigando-a a recuar.

– Não quer sair daqui? – perguntou ela.

– Claro que quero!

– Então me ajude a encontrar o livro. Não podemos sair daqui sem ele. Tudo o que temos a fazer é entregá-lo. Depois podemos ir para casa.

Artemis negou firmemente com a cabeça.

– Não – disse ele. – Você não sabe o que aconteceu na última vez. Se soubesse o que eu fiz...

– Sei exatamente o que aconteceu – retrucou Kate, se aproximando do tio. – Sei o que aconteceu com meus pais. O senhor os avisou para não levarem o livro, mas eles não o ouviram. Os guardas os encontraram, e por isso morreram.

Artemis olhou-a chocado.

– Como é que você...?

– Sei por que você fugiu. Estava assustado e não tinha como ajudá-los. Mas, se esconder o livro dessa vez, a mesma coisa que aconteceu com meus pais acontecerá conosco. Sei que quer mantê-lo seguro, mas eu daria tudo para tirar você daqui vivo. Nada é mais importante do que isso.

Artemis olhou-a como se ela tivesse cinco anos de idade outra vez.

– Preste atenção, Kate – pediu ele. – Essas pessoas não são confiáveis. Seja lá qual foi o acordo que fez com eles, vão virar as costas para você assim que entregar o livro. Vão lhe prometer de tudo para conseguir o que querem. Não valeu a pena arriscar sua vida para salvar a minha. Não devia ter vindo aqui.

Ele virou as costas para a sobrinha e ela encheu-se de ódio. Agarrou o ombro de Artemis, obrigando-o a encará-la.

– O que é mais importante? – perguntou ela. – Ficar vivo ou proteger um livro que o senhor acha ser inútil?

– Kate, está me machucando.

– Vim aqui porque queria ajudá-lo. Eu sei que o véu é real. Sei o que os Dotados podem fazer e sei o quanto o *Wintercraft* pode ser perigoso, mas não temos outra escolha. Não importa onde esconda o livro, no final eles vão encontrá-lo. Pelo menos assim temos uma chance de sair daqui. Por que não me ouve?

Artemis ficou calado, mas, quando olhou direto nos olhos de Kate, ela teve certeza de ver uma expressão de medo no rosto dele. Ao notar o quanto estava apertando o tio, soltou-o.

– Sinto muito – disse ela.

– Eu também – disse Artemis, esfregando o ombro dolorido. – Não sei o que o Cobrador fez com você, mas, se quer tanto o livro, é o mínimo que posso fazer para acertar as coisas. – Deu alguns passos mancando ao longo das estantes até uma escada com trilhos à sua espera.

– Lá em cima – mostrou ele, empurrando a escada um pouco para a esquerda e entregando a vela para a sobrinha. – Na vigésima terceira prateleira a contar de baixo, o quarto livro à direita. Tem um trinco em forma de nó. Você verá.

– Como o encontrou lá em cima? – indagou Kate. Pela aparência do tornozelo de Artemis, ele não teria conseguido subir um degrau, ainda mais a quantidade que deveria subir para chegar lá.

– Não encontrei – respondeu ele. – Mas está lá. Quando os Dotados o esconderam aqui, uma delas foi me procurar na livraria. Ela me disse que nossa família tinha o direito de saber onde o livro estava sendo guardado o tempo todo. Até se ofereceu para trazer nós dois aqui para vermos esta biblioteca com nossos próprios olhos, mas recusei. "A fila mais distante à direita. Duzentos passos. Vigésima terceira prateleira. Quarto livro à direita." Essas indicações ficaram guardadas em minha memória durante dez anos. Eu teria precisado de um guia para encontrar a biblioteca se não tivesse usado uma daquelas rodas, mas, assim que cheguei aqui, sabia exatamente onde ele estaria. Metade da nossa família morreu por causa desse livro. Nunca mais quero vê-lo, mas, se precisa dele, é seu. Vou deixar sua consciência decidir o que fazer com ele dessa vez.

– Obrigada – disse Kate. Ela pegou a vela e subiu a escada, tomando muito cuidado e testando cada degrau enquanto subia.

O trinco em forma de nó era um velho truque. Poucas pessoas o conheciam, mas eram muito fáceis de descobrir, quando você sabia o que estava procurando. Kate o encontrou exatamente onde Artemis disse que estaria – um botão de mola secreto, disfarçado de nó na madeira – e o apertou.

Ouviu-se um clique. Kate colocou a vela na prateleira, puxou alguns livros e encontrou uma aba fina de madeira entre eles. Ergueu-a com cuidado e enfiou a mão no interior, se ajeitando na escada para manter o equilíbrio enquanto tirava uma pequena bolsa de couro do esconderijo. Puxou os cordões para desamarrar a bolsa e um pequeno livro saiu dela, caindo na prateleira. Podia sentir o cheiro da idade dele, e ficou imaginando quantas outras mãos o tocaram, quantas pessoas morreram para manter suas palavras em segredo. Sua capa era exatamente igual à que tinha visto dentro do véu, forrada com couro de cor púrpura e com letras antigas folheadas a prata que brilhavam à luz da vela:

Wintercraft

A lombada do livro rangeu e estalou de leve quando ela o abriu, lançando fios marrons que flutuaram no ar. O papel velho estava enrugado e trincado, as páginas estavam presas na lombada com fios bem finos, mas a tinta estava escura o suficiente para ser legível.

Kate leu as únicas palavras escritas na primeira página:

> Aqueles Que Desejam Ver A Escuridão,
> Estejam Prontos Para Pagar Seu Preço.

Um grito de surpresa ecoou vindo de baixo, e só então ela sentiu a que altura estava do chão. Agarrou-se na escada para não cair e olhou para baixo.

– Artemis?

Estava escuro demais para ver alguma coisa. Enfiou o livro de volta na bolsa, agarrou-a junto com a vela na mesma mão e desceu a escada o mais rápido que conseguiu.

– Artemis?

– Kate, não! Fique aí em cima! – gritou Artemis, sentindo dor.

Kate parou a vinte degraus do chão, perto o suficiente para enxergar os olhos cinzentos de Silas observando-a.

– Seus avisos são desnecessários, senhor Winters – disse ele. – Não tenho interesse em tirar a sua vida. Só quero o livro.

Kate desceu os últimos degraus e viu Artemis encolhido no chão com Silas sobre ele, uma bota apertando seu tornozelo machucado.

– Pare! Não o machuque! – implorou ela.

O azul-escuro da espada de Silas brilhou quando ele a enfiou no chão da biblioteca ao lado do pescoço de Artemis, lascando a madeira antiga e jogando farpas no rosto dele.

– Dê-me o livro – comandou ele, tirando o pé do tornozelo de Artemis e apertando o pescoço dele em vez disso, fazendo com que a garganta dele se aproximasse da lâmina.

– É seu – disse Kate. – Tome-o!

Silas estendeu a mão. Kate passou a bolsa para ele, que verificou o interior antes de amarrá-la outra vez, enfiando o livro precioso no casaco.

– Agora vamos embora. – Arrancou a espada do chão estragado e agarrou a mão de Kate.

– Deixe-a em paz! – gritou Artemis, esforçando-se para se ajoelhar, tentando ficar de pé enquanto Silas arrastava Kate para irem embora. – Já tem o que queria! Deixe-a! Por favor!

Silas continuou andando, puxando Kate ao longo das estantes e movendo-se rapidamente através dos focos de luz lançados pelas pessoas que trabalhavam na plataforma acima. Kate virou-se para trás, olhando o rosto do tio até ele ser engolido pela escuridão. Sua vela apagou, e ela a deixou cair no chão, ouvindo o sangue pulsando em seus ouvidos enquanto corriam entre as prateleiras. Silas podia ter conseguido o que viera buscar, mas ela estava deixando algo muito mais precioso para trás.

Ele parou de repente ao chegarem diante de uma parede sólida. Kate podia sentir a frieza da pedra e as mãos de Silas sobre a dela enquanto a obrigava a colocar a palma da mão ali.

– Peça que nos mostre o caminho secreto – ordenou ele com a voz cruel e fria. – Pergunte como sair daqui.

Uma ponta afiada tocou a pele de Kate, e o som do movimento de uma roda dos espíritos ressoou na parede. Os ladrilhos chacoalharam e foram se acomodando ao redor de sua mão, e o chão de deslocou sob seus pés.

Silas puxou Kate para trás quando parte do chão deslizou para um lado e a luz fraca de uma lareira iluminou um poço coberto de teias de aranha, com ganchos de metal enferrujados marcando o local onde um dia existira uma escada. Kate podia sentir o cheiro da água. Água profunda.

– Não há jeito de descer – disse ela.

Silas espiou sobre a margem do buraco.

– Só do meu jeito.

Então, sem avisar, Silas puxou-a contra o peito, envolveu-a com os braços e pulou.

16
O Caminho dos Ladrões

Kate e Silas mergulharam verticalmente no buraco, batendo primeiro com os pés na água negra e profunda. O sangue de Kate pulsava nos ouvidos de forma ensurdecedora enquanto ela se esforçava para nadar até a superfície. As roupas pesadas a puxavam para baixo, mas bateu os pés rapidamente e conseguiu subir, ofegante, em busca de ar.

– Artemis! – bradou, quando a porta secreta se fechou acima de sua cabeça.

Ela se debateu contra Silas, enquanto ele a arrastava para cima de uma pedra grande que se projetava na superfície do rio calmo, e logo depois sentiu o choque da água fria no corpo, fazendo-a tremer e chorar pelo tio, pois perdera a única chance de ajudá-lo.

– O deixamos para trás – disse ela. – Não consigo acreditar que o deixamos.

– Não perca seu tempo chorando por um tolo.

Kate olhou cheia de ódio para Silas, secando as lágrimas.

– Você está livre de Da'ru – comentou ele, olhando para o outro lado do rio. – Temos o livro. Só isso importa.

A pedra sobre a qual estavam sentados era tudo que restava de um antigo quebra-mar. A maior parte da madeira da plataforma de desembarque havia apodrecido, deixando apenas os postes de ancoragem onde os barcos ficavam presos. Os restos da carcaça de um barco esquecido jaziam em decomposição dentro da água, um grande lampião preso no teto espalhava uma luz fraca que estava quase se apagando, e duas outras, mais ao longe, já tinham se apagado. Ninguém os recarregava havia muito tempo.

– Conheço este lugar – disse Silas. – É o Caminho dos Ladrões. Um túnel de contrabandistas.

Um leve barulho da batida de remos ecoou pelas paredes e um feixe de luz surgiu na curva ao longe.

Alguém estava vindo na direção deles.

– Fique aqui. – Silas deslizou sorrateiramente para dentro da água, ágil como um peixe, e desapareceu da superfície. Kate levantou-se com dificuldade, toda encharcada, e olhou para cima. Artemis estava tão perto, mas o poço dentro do qual caíra pairava sobre a água, e a escada que a levaria para cima já tinha desaparecido havia muito tempo. Não tinha como chegar lá, e, mesmo que tivesse, as paredes eram íngremes demais para ela subir.

Olhou para o rio, tentando não pensar no quanto estava abaixo da superfície e no quanto estava longe de casa. Não havia sinal de Silas. Ele ainda não tinha voltado à tona para respirar e só havia uma leve onda na água marcando onde ele estava.

O som dos remos batendo na água se aproximava, e o contorno escuro de um barco ficou visível. Kate conseguia ver dois homens a bordo. Um segurando uma lanterna à frente e outro remando de forma constante atrás dele. O barco seguia devagar pela água, sobrecarregado com sacos transbordando de ossos e cerâmicas antigas amontoados ao redor dos dois homens.

Kate não gostava de não saber onde Silas estava e certamente não gostou do rosto do homem com a lanterna quando ele a viu ali sozinha, encharcada e tremendo no escuro.

– Ei! O que acha disso? – perguntou ele, batendo de leve no ombro do homem atrás dele. – De onde você acha que ela veio?

Kate recuou até ficar com as costas grudadas na parede.

– Parece uma fugitiva – respondeu o remador, virando o pescoço para olhar ao redor. – Uma criada, talvez. Será que existe uma recompensa? Os ricos pagam um bom preço para terem os criados de volta.

– Os segredistas não comentaram nada sobre uma garota desaparecida.

– Talvez tenha fugido agora. Os segredistas nem devem saber ainda.

O homem da lanterna sorriu de modo malicioso.

– Vire o barco – ordenou. – Logo dirão o nome dela e estaremos prontos quando isso acontecer.

A lateral do pequeno barco raspou nas pedras quando o remador o virou para a margem, e o homem da lanterna desceu antes mesmo de o barco parar por completo.

– Fique calma – disse ele, se aproximando com cautela, como se ela fosse um animal selvagem. – Não quer causar problemas agora, quer?

Kate viu uma faca pequena enfiada no cinto velho do homem.

– Isso mesmo. Devagar e... – Seu olhar penetrante cruzou com o de Kate e ele não tirou os olhos dela; o medo tomou conta de seu rosto fazendo com que levasse a mão rapidamente à faca.

– Ela é um deles! – gritou. – Saia daqui, Reg! Reme! Reme!

O homem virou sobre os calcanhares, escorregando no chão molhado cheio de pressa para voltar ao barco. Mas o amigo já havia sumido. Os remos flutuavam abandonados na água, e Silas estava de pé no meio da pequena embarcação, pingando água, com um semblante mais selvagem e perigoso do que Kate jamais vira. O homem da lanterna soltou um pequeno grito de medo. Silas saltou para a margem e, com um estalo agudo, o pescoço do homem foi quebrado. O corpo tombou sobre o quebra-mar, e um braço sem vida caiu estendido, flutuando na água, ondulando de leve ao lado do barco.

– Entre – disse Silas a Kate. – E jogue alguns desses sacos fora. Eles só vão nos atrasar.

Kate não tirou os olhos do homem morto. Tudo foi muito rápido e inesperado.

– Agora!

Kate entrou no barco e empurrou os sacos para fora um por um enquanto Silas equilibrava a lanterna na proa. Ele havia matado os dois homens só por estarem em seu caminho e parecia ter se esquecido deles assim que deram o último suspiro, mas Kate não conseguia tirar os olhos do homem da lanterna. Se ela se debruçasse para fora o suficiente, poderia alcançar a mão dele: a mesma mão que segurara aquela faca inútil e que agora afundava em direção ao fundo do rio.

Silas mergulhou a ponta da espada na água, deixando a ondulação mostrar a direção da corrente, e, quando desviou o olhar, Kate empurrou o último saco e estendeu o braço para tocar na mão do morto, esperando que fosse o suficiente.

– Sinto muito – sussurrou ela, sentindo a energia do véu percorrendo seus dedos e passando como um raio em sua pele. O homem não estava morto havia muito tempo e ela não sentiu a mesma atração para dentro do véu que sentira com Kalen. Nem tinha certeza total de que qualquer coisa aconteceria, então deu um salto quando o pescoço do homem de repente estalou, voltando ao lugar, e a mão dele se moveu de leve na água. Os olhos se abriram de repente, a face pálida encheu-se de uma surpresa escarnada quando a vida fluiu novamente em seu corpo.

– Sente-se – ordenou Silas, assumindo seu lugar com os remos.

Kate olhou para trás enquanto o pequeno barco seguia para o meio do rio e ali, na orla da luz da lanterna, ela viu o peito do homem levantar de repente com um suspiro de vida. Ele sentou-se, colocando uma das mãos direto no pescoço, observando o barco roubado se afastar.

Com algumas remadas fortes, o barco logo deixou o homem da lanterna para trás, e Kate ficou sentada em um banco estreito, repousando a cabeça sobre os joelhos dobrados, imaginando se ele ficaria bem.

– Aquele imprestável teria vendido você para os guardas por uma bagatela – disse Silas, olhando-a sob as sobrancelhas, dando a entender que sabia exatamente o que ela havia feito. – Ele não merecia sua compaixão. Não perca tempo com esse tipo de gente outra vez.

O Caminho dos Ladrões era um rio lento, com uma corrente fraca demais para levar o barco para muito longe. Silas precisava se esforçar para avançar aos poucos, e o barco passava devagar pelos túneis; o silêncio era quebrado apenas pelo barulho dos remos e o chiado dos ratos fugindo da luz. Kate enrolou-se em um cobertor para ficar aquecida e, se ela se concentrasse bastante no som da água, era quase possível esquecer que Silas acabara de matar dois homens, que Artemis ainda estava preso e que Edgar estava desaparecido. Mas, quando fechava os olhos, tudo que via era o medo no rosto do homem da lanterna – da mesma maneira que Artemis a olhou na biblioteca. A última coisa que havia feito foi traí-lo. Ela o deixara para trás e agora poderia nunca mais vê-lo.

– Vou demorar para achar nossa saída daqui – disse Silas. – Conheço alguns desses túneis, mas há vários caminhos por onde podemos nos perder. Preciso me orientar, e você não me serve de nada se ficar aí sentada, perdendo tempo.

Silas tirou o *Wintercraft* do bolso. A bolsa de couro estava úmida, mas protegera o livro de ser estragado pela água do rio.

– Leia-o – mandou ele. – Tem muita coisa aí para você aprender.

Kate não queria ler nada. Queria jogar o livro no rio, rasgá-lo ou queimá-lo, mas sabia que Silas a impediria.

– Mentes mais grandiosas que a sua caçaram este livro durante séculos – comentou Silas, observando a expressão de rebeldia no rosto dela. – Muitos matariam para possuí-lo.

– Assim como você – retrucou Kate friamente.

– *Exatamente* como eu. E você está aqui para garantir que essas pessoas não morreram em vão.

Ela sentiu a maldade na voz dele. Silas não estava com disposição para ser desafiado, e ela estava com muito frio para discutir com ele.

– Devia ficar grata por esta oportunidade – continuou Silas, com os remos batendo na água, enquanto passavam embaixo do vulto de uma lanterna de teto que tinha apagado. – O *Wintercraft* é único e só como livro já deveria interessá-la. Aqueles que o escreveram tinham um jeito próprio de lidar com o véu. Não viam fundamento em poder dar uma olhada em um dos maiores mistérios do mundo e não fazer nada com isso. Eles eram Dotados como você, mas se esforçaram a ir mais adiante e mais fundo na morte, aumentando o laço que ligava seus espíritos ao mundo dos vivos. Muitos foram longe demais e morreram por causa do seu trabalho, mas creio que a intenção era essa. Poucas das coisas que valem a pena saber são descobertas sem risco.

– Você leu o livro? – perguntou Kate.

– Sei o suficiente para ter certeza de que ele não me serve de nada sem alguém que entenda o véu por completo – respondeu ele. – Você é esse alguém. Não pode duvidar que tem uma habilidade natural. Este livro a ajudará a afiar ainda mais essa habilidade.

– Não vejo como – retrucou Kate.

Silas olhou-a com raiva, a impaciência brotando em seu rosto.

– Não encontrará os escritores do *Wintercraft* citados em seus livros de história – disse ele. – Seus ancestrais, e as pessoas iguais a eles, se autodesignavam Vagantes. Alguns viviam entre os guardiões de ossos, mas tinham uma afinidade com o véu maior do que a maioria daqueles que trabalhavam com os mortos. Os Vagantes aproveitaram seu nível mais alto de habilidade natural e treinaram seus próprios espíritos a penetrarem totalmente no véu, como você já fez. Os Dotados não concordavam com o que os Vagantes estavam fazendo. Preferiam observar o véu, mas não entrar nele, e continuavam a estudá-lo a distância, optando por não se envolverem com o desconhecido.

– Então os Vagantes sabiam como entrar no véu – concluiu Kate. – É disso que trata o *Wintercraft*?

– Há muito mais do que isso – respondeu Silas. – Todos os Vagantes tinham algo em comum que os simples Dotados não tinham. Sempre que entravam no véu, a pele deles se cobria de gelo da mesma maneira que a sua se cobriu. É um fenômeno tão raro que ninguém jamais tentou entender por que tão poucos reagiam dessa forma ao véu e outros não. Os Dotados escolheram ignorá-lo, vendo isso como algo a ser evitado, em vez de explorado, e, quando o *Wintercraft* foi escrito, viraram as costas a qualquer um que conseguisse entrar no véu daquela forma incomum. As pessoas que eles rejeitaram se uniram, e assim os Vagantes foram formados. Resolveram examinar a "anormalidade" deles e tirar partido dela para si próprios, e, a julgar por esse livro, muitos deles tiveram sucesso. Devia procurar suas respostas neles, e não nos Dotados.

Kate sentia o livro quente em suas mãos, tão quente que o frio úmido que havia dominado seus dedos aos poucos começava a desaparecer. Tinha algo muito estranho naquele livro. Era como se ela já o tivesse havia muito tempo e, quanto mais o segurava, mais sentia que ele lhe pertencia.

– Os Dotados teriam rejeitado você, no fim das contas – disse Silas. – Teriam mentido para você e arrancado suas habilidades até que ficasse limitada e com a mente fechada, como eles sempre foram. Nada de bom vem de um Vagante que vive a vida nas mãos deles.

Um leve sussurro ecoou ao redor das paredes do rio, mas Kate o ignorou. Precisava pensar. Qualquer outra coisa era apenas uma distração.

– Não tenho motivos para mentir para você – continuou Silas, e, apesar de tudo que Kate sabia, ela acreditou nele.

Abriu o livro com relutância e, sob a luz da lanterna do barco que tremeluzia, começou a ler.

O *Wintercraft* foi dividido em sete capítulos, cada um com um título que faria com que qualquer um, menos o leitor mais destemido, o largasse e nunca mais o abrisse. O título de um dos capítulos – "O Dilaceramento de uma Alma Cativa" – fez Kate pensar que os Dotados deviam estar certos ao mandar os Vagantes embora, mas, à medida que lia, o livro revelava sua estranha história.

Pelas cores diferentes de tintas e estilos de caligrafia, parecia que pelo menos vinte pessoas haviam contribuído para a criação do *Wintercraft* durante um longo período de tempo. A maioria estivera obcecada em expandir a essência do espírito de uma pessoa até o ponto de ruptura, mas, pelo que Kate podia ver, elas só tinham feito essa experiência em si próprias, deixando que o restante de suas anotações fosse terminado por outra pessoa depois que elas morressem.

Os outros eram somente um pouco menos agressivos em suas abordagens.

A caligrafia caprichada de uma Vagante detalhava suas primeiras experiências ao utilizar o véu para curar o corpo. Ela havia incluído uma lista de equações complexas, que Kate não entendeu, e detalhou instruções para um processo que ela chamava de "Reunificação Focalizada", que podia aumentar a energia de cura do véu focalizando-a em um ponto específico ao invés de espalhá-la por todo o corpo de uma vez só. Essa mulher sofreu dezenas de lesões propositais para testar suas teorias, de uma mão cortada até uma perna quebrada, e teve que instruir um aprendiz a aplicar suas técnicas de cura quando descobriu que ninguém poderia canalizar o véu para curar a si mesmo.

O texto do *Wintercraft* era complicado, escrito para ser estudado aos poucos, não para ser lido em uma única noite. Kate se deu conta de que folheara muitas páginas, ignorando os assuntos mais ameaçadores, como "Obrigando o Morto a Falar" e "Usando a Segunda Pele", que – apesar do título horrível – era algo que Kate já havia conseguido fazer quando viu brevemente o mundo através dos olhos de Da'ru. Em vez disso, foi para o capítulo que lhe parecia mais útil. Chamava-se simplesmente "Vida e Morte".

A caligrafia ali era pequena e apertada, e páginas extras foram adicionadas para acomodar a grande pesquisa que fora feita sobre o assunto, mas o conceito principal era bem simples. De acordo com aquele capítulo, os Vagantes viam o mundo dos vivos e o dos mortos exatamente assim: dois mundos separados sobrepostos um ao outro, onde a consciência de uma pessoa podia, no devido tempo, passar de um para outro como bem quisesse. Para ajudar Silas a passar para a morte, tudo que alguém precisava fazer era abrir uma fenda no véu e deixar o espírito dele viajar para o outro lado. Essa era a teoria, mas Kate leu aquela parte duas vezes e mesmo assim não conseguiu entender como faria isso. O livro também poderia muito bem ter lhe pedido para pular de uma torre e acreditar que poderia voar.

Silas conduzia o barco com firmeza por uma junção de sete passagens que pareciam um labirinto quando Kate chegou ao capítulo do livro onde a tinta era verde na maior parte, em vez de preta. Tentou se concentrar nas palavras, mas ficara lendo durante horas, e os acontecimentos daquele dia estavam começando a fazer efeito. Os olhos ficaram pesados, os remos batiam na água como uma pulsação e ela ficou sonolenta com o *Wintercraft* apertado nas mãos.

* * *

Kate acordou de repente, sem perceber que havia dormido, e se viu aconchegada no fundo do barco, encostada na popa. Sombras a rodeavam, com uma escuridão sufocante, e seu coração esmoreceu. Ainda estavam no subterrâneo.

Então sentou-se. Silas estava remando a toda velocidade, mas a vela na lanterna já havia queimado quase toda. Devia estar remando havia horas, apesar de não parecer cansado. No entanto, tinha um pedaço de pano amarrado sobre o nariz e a boca que não estava ali antes. O nariz de Kate coçou, logo sentindo o cheiro asqueroso empesteando o ar.

– Que cheiro é esse? – perguntou ela, tentando não respirar.

Olhou de relance sobre a lateral do barco. Em algum ponto da viagem, o rio subterrâneo desaguou no sistema de esgoto da cidade. A água era imunda e densa. Kate engasgou com o mau cheiro e puxou o cobertor para cobrir o rosto, na tentativa de não senti-lo. Não podia ter certeza, mas teve a impressão de ver alegria nos olhos de Silas. Atrás da máscara, ele ria dela.

Silas virou o barco para o túnel central, onde o rio se dividia em três. Havia escadas que os levariam para cima em certos pontos das paredes, mas ele não tinha pressa em usar nenhuma delas. Em vez disso, contou-as com cuidado e virou o barco em direção à décima quarta.

– Esta abertura vai dar em uma parte tranquila da cidade – disse ele, prendendo o barco no primeiro degrau. – Suba e não chame a atenção.

Kate subiu para a margem, largou o cobertor e enfiou o livro no bolso do casaco, pois precisava das duas mãos para subir a escada. Ao chegar ao topo, seus olhos lacrimejavam com o cheiro. Fez força para abrir um alçapão entre um grupo de torres baixas e negras e rastejou até a calçada. Silas saiu sem percalços atrás dela, tirou a máscara feita de trapo e olhou ao redor. Era de manhã, e seus olhos refletiram a luz do sol do inverno enquanto ajudava Kate a se levantar.

– É véspera da Noite das Almas – disse baixinho. – Por aqui.

A neve havia derretido, e a maioria das ruas estava vazia, com exceção dos condutores de carruagens mais dedicados que por ali circulavam à procura de um passageiro logo cedo. Silas os ignorou, preferindo ficar a pé, e se manteve nas ruas menores, onde as torres foram construídas bem juntas e os caminhos eram estreitos demais para que as carruagens passassem. Kate ia atrás e estava começando a achar que os grupos de torres pareciam, de alguma forma, familiares quando entraram em uma rua mais larga, bem de frente para o museu abandonado.

Kate e Silas subiram os degraus até a porta principal, e ali Silas hesitou. A porta estava pendurada na dobradiça mais baixa, a fechadura arrombada, o corredor adiante estava exposto e escuro. Ele sacou a espada, acabou de abrir a porta com um empurrão e entrou.

Alguém estava ali, ele podia sentir o cheiro.

Seja lá quem fosse, não entrara em silêncio. O enorme salão principal estava totalmente destruído. As vitrines tinham sido esmagadas, reviradas e espalhadas pelo chão, um velho balcão de madeira fora partido em dois, e os fios que prendiam os esqueletos de criaturas pendurados no teto tinham sido cortados, deixando os ossos esparramados e irreconhecíveis no chão.

Silas avançou, atento a qualquer movimento e abrindo caminho entre os destroços. Não se preocupou em fazer silêncio. Qualquer um dentro daquele prédio morreria em pouco tempo. Ele desceu as escadas para o andar inferior como uma sombra. A sala das colunas estava uma bagunça:

potes com espécimes quebrados, mesas de trabalho demolidas e o chão coberto com cacos de vidro grandes e molhados.

Kate o seguiu, descendo até os cômodos que ele usava como casa, mas eles estavam bem piores do que os primeiros. Alguém havia destruído violentamente o local, deixando os pertences de Silas espalhados por toda a parte. Ele continuou em direção à sala aonde levara Kate antes. As dobradiças da porta estavam soltas, a lareira apagada, mas alguém tinha acendido uma pequena lanterna sobre uma grande lareira de pedra, e os restos de uma refeição foram deixados sobre a mesa.

Silas continuou, de espada em punho, e um barulho intenso de algo arranhando atrás da lareira fez Kate parar na entrada. Silas também ouviu. A fuligem caía pela chaminé, e ele foi até lá, encostando o ouvido na parede. Como um raio, entrou na chaminé, esticou o braço e agarrou um pé que esperneava no meio da escuridão e espalhava fuligem pela sala. Ele puxou o pé e o torceu, fazendo com que a pessoa que ali subia se soltasse e caísse com força, abanando os braços e lutando enquanto era puxada para fora.

– Me solte! Me solte!

Silas o prendeu colocando o pé sobre seu peito e ergueu a espada com as duas mãos, preparando a ponta para dar o golpe. O prisioneiro se contorceu para se salvar, tentando afastá-lo. Seu rosto estava imundo e meio coberto pelo capuz preto do manto de um guarda, deixando apenas um olho assustado visível à luz da lanterna.

– *Pare!* – gritou Kate, mas era tarde demais.

A lâmina brilhou quando Silas a cravou.

17
O Círculo Secreto

A espada cravou firme no chão ao lado da orelha esquerda do intruso, prendendo seu capuz para trás e revelando o rosto assustado de Edgar.

– Então, o garoto das nove vidas voltou – disse Silas. – Onde estão os guardas? Quantos deles estão aqui? O que Da'ru prometeu a você em troca de invadir a minha casa? Responda agora... ou arranco a sua orelha!

Edgar jogou as mãos para cima, tentando se proteger.

– Espere! Espere! Eu não fiz nada! Eu posso explicar!

– Fale!

Edgar olhou para Kate e baixou as mãos devagar.

– Só estava me escondendo aqui – explicou ele. – Quando os guardas vieram... achei que tinham me seguido, mas e-eles queriam outra coisa.

– Você ficou muito à vontade aqui para alguém que só está se escondendo – observou Silas. – Por que veio aqui?

— Da'ru sabe que voltei para a cidade. Não queria levá-la até Kate ou aos Dotados, então vim para cá. Concluí que você teve várias oportunidades de me matar até agora, mas não o fez. Quando me tirou da estação, podia ter me entregado diretamente para Da'ru, mas não entregou. Se realmente me quisesse morto, eu não estaria aqui agora. E, quando os guardas me viram... este foi o lugar mais seguro que passou pela minha cabeça. — Edgar ergueu os olhos para a lâmina comprida ao lado da cabeça. — Acho que me enganei.

— Se enganou, sim — comentou Silas, virando a lâmina para esfolar a orelha do rapaz. — Se os guardas não vieram aqui para procurá-lo, *o que* vieram procurar?

— Dizem que você é um traidor. Acham que ajudou Kate a escapar. Mandaram os cachorros procurarem seu rastro.

Silas virou a lâmina outra vez.

— Não estou com eles! — exclamou Edgar.

— Já esteve uma vez — resmungou Silas.

— Assim como você. — Edgar levantou as mãos cobertas de fuligem em sinal de paz. — Juro que não tenho nada a ver com isso. Por que eu mentiria?

Silas retirou a espada, deixando Edgar sentar-se.

— O que os guardas queriam aqui?

— Não sei. Um livro, acho, mas pelo jeito não encontraram. Quando os ouvi vindo para cá, me escondi na chaminé, mas... — Ele parou de falar, dando a entender que devia ter ficado calado.

— O quê?

— Aquele seu pássaro. O corvo. Acredito que estava aqui, me seguindo. Havia guardas no corredor, e ouvi uns barulhos, como se ele estivesse atacando alguém. Dois guardas estavam rindo dele. Acho que o levaram.

Silas não precisava ouvir mais nada. Da'ru sabia de sua traição, e os guardas tinham capturado seu corvo. Era só uma questão de tempo até ela usar o véu para encontrá-lo. Ele tinha de morrer. Tinha de quebrar o vínculo que o prendia à meia-vida e precisava fazer isso imediatamente.

– Traga-o conosco – ordenou a Kate, guardando a espada e indo em direção à porta. – Está na hora.

– Hora de quê? – perguntou Edgar, enquanto Silas saía do cômodo. – Kate, o que está acontecendo? O que você está fazendo na companhia *dele*? – Enrugou o nariz coberto de fuligem enquanto a amiga o ajudava a levantar-se. – E que *cheiro* é esse?

– Você também não está muito limpo, sabia? – comentou Kate.

– Já entendi por que os cachorros não farejaram você – retrucou Edgar. – Fiquei enfiado na chaminé durante sei lá quanto tempo e por isso tenho uma desculpa. O que você fez? Foi nadar no esgoto?

– Mais ou menos.

Kate olhou para a porta e, decidindo que ainda havia tempo, tirou a carta de Edgar do bolso dela. O papel tinha secado desde que ficou encharcado no rio subterrâneo, mas a tinta escorrera, e o que ele tinha escrito ficou borrado e mal dava para ler.

– Ah... certo – disse Edgar, mexendo-se com desconforto quando Kate lhe deu a carta. – Posso explicar. O que, uh, Mina disse sobre isso?

– Ela não teve muita chance de dizer nada – comentou Kate. – Silas logo tratou de impedi-la.

– O quê? Ele não...?

– Mina está morta – disse Kate, com a voz mais fria do que intencionava. – Os Dotados me encontraram fora dos aposentos do Conselho, bem onde *você*, ao que parece, havia dito a eles que eu estaria. Silas me seguiu, e agora Mina está morta. O que está acontecendo, Edgar?

– Eu não...

– Mina me contou sobre o tempo que você passou com o Conselho Superior. Sei que tem ligações com os Dotados. Acabei de descobrir que Artemis recebia cartas deles há anos, e, por algum motivo, há três anos você, por acaso, mudou-se para Morvane e começou a trabalhar na nossa livraria. Isso não faz sentido. Você está conectado a tudo de alguma forma, e eu quero saber como.

– Não sei nada sobre as cartas para seu tio – explicou Edgar.

– Estava espionando ele?

– Não! Não estava espionando!

– No entanto, eles o mandaram para Morvane, não mandaram? Falaram para você ir para nossa cidade para nos observar, por algum motivo. Tudo isso fazia parte de algum plano? Eles sabiam que eu era um dos Dotados? Sabiam que Silas iria atrás de mim?

Edgar ergueu as mãos.

– Preste atenção – disse ele. – Ninguém sabia ao certo o que ia acontecer. Mina via coisas dentro do véu e, como sempre, tudo deu errado.

– Que tipo de coisas? – perguntou Kate. – O que ela viu?

– Você pode não saber, mas sua família era renomada nesta cidade – comentou Edgar. – Seu pai era um dos melhores curandeiros que os Dotados conheciam, e sua mãe era uma Pinnett. A família Pinnett veio de uma longa linhagem de videntes autênticos. Artemis lhe contou isso?

– Não – respondeu Kate. – Ele me disse que a família dela era de padeiros.

– Pois não eram – explicou Edgar. – Sua mãe contou para Mina que ia se casar com seu pai logo após a primeira vez que os dois se conheceram. Disse que o véu havia mostrado que ele era responsável por manter o legado da família dele e que ela deveria ajudá-lo nessa missão. Ela sabia que ia morrer jovem, que a filha correria perigo e que precisaria da ajuda de Mina. Lembre-se que isso foi depois de apenas um encontro, muito antes de você nascer, mas sua mãe tinha certeza de que era verdade, e Mina acreditou nela.

– Por que isso é importante? – perguntou Kate.

– Sua mãe mudou-se para Morvane para morar na livraria com Artemis e seu pai. Mina não gostou. Disse que estariam mais seguros na Cidade Inferior. Tentou convencê-los a se mudarem para Fume durante anos, mas eles sempre negaram. Seu pai nunca quis sair da livraria e, depois do que aconteceu a eles no final... suponho que Mina se sentiu responsável. Depois que morreram, ela tentou convencer Artemis a levar você para a capital, mas nós dois sabemos que ele não queria nada com os Dotados; misturar-se com eles era perigoso demais. Quando os guardas começaram a caçar os Dotados, Mina ficou preocupada e, é verdade, me mandou para o Norte para ficar de olho em você.

– Por quê? – perguntou Kate. – Por causa de algo que minha mãe dissera há anos?

– Foi mais do que isso – explicou Edgar. – O véu avisou a Mina que um novo e poderoso Dotado estava prestes a descobrir suas habilidades e precisaria da ajuda dela. O aviso lhe foi dado quase com as mesmas palavras que sua mãe tinha dito a ela, e Mina não podia ignorar isso. Artemis era tão Dotado quanto minha bota do pé esquerdo. Mina sabia que o véu não estava apontando para ele. Era você. Mina escreveu cartas para Artemis, pedindo que mandasse você para ela para sua própria segurança. Ele não quis ouvir. Ela o avisou que você corria perigo, mas ele estava certo de que Mina estava inventando tudo. Não acreditou que os problemas estavam se aproximando, mas Mina tinha certeza de que era apenas uma questão de tempo. Quando seu tio descobriu que os guardas estavam vindo, já era tarde demais.

– Então foi por isso que você foi atrás de mim no Trem Noturno? – deduziu Kate. – Só estava fazendo o que lhe mandaram. Fazendo seja lá o que Mina pediu?

– Não! Fui atrás de você porque você estava em perigo. Vi o que Da'ru faz com as pessoas e não queria que o mesmo acontecesse com você. Acha que eu ia simplesmente deixar Silas levá-la para algum lugar e não faria nada para detê-lo?

– Eu não sei! – exclamou Kate. – Todos parecem ter tanta certeza do que é melhor para mim. Por que ninguém me contou o que estava acontecendo? Por que *você* não me contou?

– Você teria acreditado em mim? – perguntou Edgar. – Teria me ouvido?

– Provavelmente eu teria dito que você estava louco – admitiu Kate.

– Exatamente por isso que eu *não podia* dizer nada. Eu queria ajudá-la. *Gostei* de você. Esperava que essa história de "estar em perigo" fosse apenas uma má interpretação de Mina, mas, quando você ressuscitou o pássaro naquele porão... – Os ombros de Edgar caíram, e seus olhos encontraram os de Kate. – Nunca quis magoar você, Kate. Somos amigos. Não gostaria que nada mudasse isso.

Ela queria acreditar no rapaz. Queria acreditar que Edgar não se tornara seu amigo só porque alguém mandara, mas ainda se sentia traída. Independentemente dos motivos que o levaram a Morvane, ela não conseguia acreditar que durante três anos ele havia mentido para ela. Kate sempre achou que Artemis se preocupava demais, mas ele confiara em Edgar, nunca suspeitando que o rapaz era algo mais do que uma pessoa procurando emprego em uma cidade nova. Se alguém como Edgar conseguiu mentir e escapar sem punição durante tanto tempo, ela estava começando a achar que o tio não se preocupou o suficiente.

– O que não entendo é por que os Dotados confiaram em você – disse ela, abrandando a voz. – É óbvio que Silas o conhece há muito tempo. Só ficou com os Dotados alguns meses, mas Mina me disse que você trabalhou para Da'ru durante anos.

– Eu nunca *trabalhei* para Da'ru. Ela *comprou* meu irmão e a mim. Esperava que trabalhássemos muito e fizéssemos o que nos mandavam. Se Mina não tivesse... Se Mina tivesse tido a chance de lhe contar tudo, você saberia que eu já *conhecia* os Dotados. Meus pais tiveram contato com eles a vida inteira, assim como Artemis. Quando os guardas foram à minha cidade, eles estavam entre os que foram levados para serem usados nas experiências de Da'ru. Dois dias depois, soube que ambos tinham morrido.

– Sinto muito – disse Kate.

Edgar baixou os olhos.

– Eles sabiam que isso podia acontecer. Mina e os outros algumas vezes tentaram tirar meu irmão e eu dos aposentos do Conselho, mas nunca tiveram uma chance real. Depois disso, passei a dar informações a eles: quem o Conselho Superior havia capturado, quais seriam as próximas cidades nas quais fariam colheitas, e, sempre que podia ajudar um dos Dotados, eu ajudava. Tom e eu conseguimos ajudar alguns deles a escapar. A maioria era recapturada, mas alguns fugiram. Quando Da'ru enfim suspeitou da minha participação, vi que era hora de Tom e eu irmos embora, mas, como pode ver, isso não aconteceu como planejado. Os Dotados me mandaram para o Norte para eu não ser encontrado. Eles me falaram de um livreiro que achavam ter potencial, então fui para Morvane, onde conheci você. Depois disso... fiz o melhor que pude. Estava tentando ajudar. Nunca quis mentir para você, Kate.

Kate pegou a carta de volta, enrolou-a e guardou-a.

– Acho que nada acontece como planejado – disse ela, pegando a lanterna e passando a alça para as mãos de Edgar. – O que aconteceu não foi culpa sua, creio eu. E nada disso realmente faz diferença agora, faz?

– Então... estamos entendidos? – perguntou Edgar esperançoso.

– Estar nesta cidade nos dá uma perspectiva estranha das coisas. Essa história de se esconder e guardar segredos... e só estou aqui há alguns dias – observou Kate. – Acho que posso entender por que você fez o que fez. Só lamento que não tenha confiado em mim o suficiente para me contar tudo antes.

– Então ainda somos amigos?

Kate estendeu a mão.

– Amigos – disse ela.

Eles apertaram as mãos de forma desajeitada, e Edgar sorriu com ironia.

– Mas Silas tinha razão – disse ele. – Tenho mesmo o talento especial de meter as pessoas em encrenca, ao invés de livrá-las de uma. Veja só onde estamos!

Kate percebeu que ainda estavam de mãos dadas e gentilmente puxou a sua.

– Silas ainda não fez nada com nenhum de nós – observou ela. – Neste momento, só temos de fazer o que ele manda.

– Espere! – deteve-a Edgar a caminho da porta. – Não está pensando mesmo em ir atrás dele, está?
– Eu preciso.
– Por quê?
– Porque não há outro lugar para ir. Acha mesmo que ele simplesmente nos deixaria partir?
– Acho que, se corrermos rápido o bastante, ele pode não ter escolha.
– E estaríamos do lado errado da espada dele antes de darmos dez passos. Escute, também não gosto disso, mas preciso encontrá-lo. Pode ficar aqui, se quiser.
– Não vou deixá-la sozinha com ele outra vez – disse Edgar. – De agora em diante, aonde quer que você vá, eu irei. Mesmo que fique louca.

Os dois saíram juntos para o corredor, subiram as escadas até o térreo e encontraram Silas no salão principal, chutando para os lados pilhas de ossos, madeira e fios caídos. Ele já havia limpado uma área grande e estava começando a arrancar as tábuas do piso bem no centro do salão.

– Não me servem de nada, parados aí – disse sem olhar para cima. – Comecem a trabalhar.

Kate e Edgar puxaram com forças as tábuas, usando as que estavam partidas como alavanca para tirar as outras. Era mais fácil do que parecia. O salão do museu era antigo, mas o piso era falso e havia sido colocado recentemente. Debaixo das tábuas estava o piso verdadeiro do museu, e sobre ele – sendo descoberto pouco a pouco – havia um círculo de símbolos entalhado bem fundo na pedra. Kate parou de trabalhar, não se atrevendo a continuar, e Edgar fez o mesmo logo depois dela.

– Opa! Isto é o que estou pensando? – perguntou ele.

Kate tocou em um dos símbolos. Havia vários deles, cada um entalhado de maneira complexa e do tamanho da palma de sua mão. Eles a fizeram lembrar um pouco da roda dos espíritos, só que esses símbolos eram muito diferentes. Pareciam mais letras que figuras, e, se fosse verdade, ela estava olhando para uma língua que nunca tinha visto.

Apesar de ter apenas lido sobre lugares como este, não havia dúvidas sobre o que era.

– É um círculo de escuta – comentou ela.

Por gerações as pessoas contaram histórias sobre os círculos de escuta, sobre os primeiros Dotados que os criaram e como as pessoas ficavam loucas caso se atrevessem a usá-los mais de uma vez. A maioria não sabia se eles existiam realmente ou não, mas, como toda boa história, quanto mais horríveis os detalhes, mais rápido ela se espalhava, e, quando se falava nos círculos de escuta, havia muitas histórias horríveis para se contar.

Alguns diziam que os círculos permitiam que as almas revoltosas dos mortos entrassem em um corpo e assumissem uma forma física. Outros diziam que, ao ficar dentro de um, a pessoa abriria a mente às vozes dos mortos, que a seguiriam até o dia em que morresse. E algumas outras até mesmo especulavam que os círculos tinham, de alguma forma, sido responsáveis pelo desaparecimento dos guardiões de ossos, através de um ritual mortal que dera muito errado.

O único aspecto com o qual a maioria das pessoas concordava era que eles tinham sido entalhados em lugares onde o véu entre a vida e a morte tinha sua parte mais fina, e que tinham sido feitos para penetrá-lo, assim permitindo que os Dotados vissem mais profundamente o mundo dos mortos. Parada perto de um de verdade pela primeira vez,

Kate esperava sinceramente que cada história que tinha ouvido não fosse verdade.

Se soubesse o que eles estavam expondo, ela nunca teria começado, mas a maior parte do trabalho já estava feita. Muitas das tábuas já estavam amontoadas perto das paredes, revelando toda a dimensão do círculo, que parecia totalmente intacto. Tinha no mínimo dez metros de largura, com quatro linhas estreitas partindo de seus pontos cardeais, onde se uniam a outra fila de símbolos menores que rodeava as paredes da sala. Kate não sabia para que serviam aqueles símbolos externos, mas entrou no círculo central e leu uma curva de palavras entalhadas com habilidade ao longo da borda mais acima:

Um Círculo de Sangue e Pedra entalhado,
Para manter os Mundos da Alma e dos Ossos atados,
Um lugar de encontro para quem procura decidido
O espírito abaixo adormecido.

O *Wintercraft* de repente pesou em seu bolso, como se o círculo estivesse tentando puxá-lo em direção ao chão. Kate apertou-o e uma leve vibração percorreu a palma de sua mão.

– Não gosto disso – disse Edgar. – Não gosto nem um pouco.

– Isso é obra de Da'ru – comentou Silas, parado do outro lado do círculo. – Ela descobriu este círculo, o restaurou e o usou em algumas de suas primeiras experiências. Você vai terminar o que ela começou aqui.

– Do que ele está falando? – sussurrou Edgar enquanto Kate tirava o livro e o virava para a luz. – Esse é...? É o livro que Da'ru procura, não é? É o *Wintercraft*!

Kate não respondeu.

– Isso é ruim, Kate. O fato de Silas ser parte de uma experiência certamente explica algumas coisas, mas esse livro é encrenca na certa. Da'ru falava nele o tempo todo. Devia continuar escondido. Se os guardas, ou até mesmo os Dotados, nos encontrarem com ele e com Silas também...

– Não vão encontrar – retrucou Kate, abrindo o livro.

– Como você sabe?

– Porque é por isso que estou aqui. Silas quer que eu mate ele.

– Você! – Edgar tentou manter a voz baixa. – Silas poderia ficar na frente do Trem Noturno vindo a toda velocidade e o trem levaria a pior!

Kate não sabia o que estava procurando, mas foi atraída para o capítulo final do *Wintercraft*, a única parte que ainda não tinha lido, e olhou para Edgar com a mesma expressão fria que ele já conhecia do rosto de Silas. Seus olhos já não tinham aquele azul brilhante que conhecia tão bem. Uma sombra levemente negra passava por eles enquanto os efeitos do véu começavam a cercá-la, aumentados pela presença do círculo.

– Talvez eu não consiga fazer isso – disse ela, sentindo as energias tinindo no ar ao redor. – Mas o *Wintercraft* conseguirá.

– Ah, n-não. Isso não pode ser bom – disse Edgar, afastando-se e apontando para os olhos de Kate. – O que acabou de acontecer? O que está havendo?

– O espírito precisa ser mandado de volta. Fique longe do meu caminho.

– O espírito o quê? Escute, Kate. Esse é um plano muito ruim. Talvez você deva pensar melhor. Não está raciocinando. Acho que não sabe o que está fazendo!

Silas apertou o ombro de Edgar, silenciando-o de imediato.

– Se alguém passar por aquela porta, grite e avise *antes* que matem você – mandou ele. – Ainda se lembra de como cumprir uma ordem, não é mesmo, criado?

– Kate, por favor, não faça isso. – Edgar já tinha ouvido o suficiente sobre o véu para ficar feliz por nunca ter tido o mínimo sinal de que conseguia ver outro mundo além do seu. Já tinha o bastante para enfrentar em sua própria vida sem se preocupar com o que viria depois. Mas, por mais que quisesse evitar o círculo de escuta, precisava que Kate também ficasse afastada dele. De alguma forma ele duvidava que isso fosse acontecer.

Kate já estava parada no centro da sala, lendo o livro enquanto Silas a rondava como um gato espreitando a presa. Ela mordia o lábio inferior, como sempre fazia quando estava se concentrando. Edgar não sabia se ela havia percebido a presença de Silas, que não tirava os olhos dela. O rapaz recuou para não ficar perto dos símbolos entalhados, e Kate olhou para cima.

– Acho que sei o que fazer – disse ela.

Silas pegou a espada e o casaco e juntou-se a ela no círculo.

– Então faça.

Kate assentiu, e uma breve expressão de ansiedade passou por seu rosto. Durou apenas um segundo, mas Edgar viu e isso lhe deu esperança. Ele conhecia Kate o suficiente para saber que algo não estava certo. Ela estava escondendo alguma coisa.

Kate releu uma das páginas escritas com tinta verde. As experiências escritas ali tinham sido mais apressadas e aleatórias, como se os Vagantes estivessem tentando concentrar o máximo possível em pouco espaço de tempo. Se os capítulos principais eram assustadores, o último parecia quase impossível e os avisos acompanhando cada técnica eram bem claros.

Um aviso estava escrito em letras pequenas na margem da página que Kate estava lendo, onde alguém enfiara uma pequena pena preta, ao lado de uma experiência chamada "A Captura Mais Perigosa e Permanente de uma Alma".

O aviso dizia em letras verdes e miúdas:

Cuidado Com Essa Captura Acima De Tudo. Assim Que Essa Ação For Executada, Não Haverá Volta. A Alma Deverá Permanecer Eternamente Corrompida E Destruída, Incapaz De Percorrer Por Inteiro O Caminho Da Morte. Presa Na Perpetuidade, Metade Dentro Do Véu, Metade Fora. Atada E Sujeita A Ti E Ao Teu Sangue.
Nenhum Esforço Já Tentado Libertou Uma Alma Capturada Desta Forma.
Não Existe Nenhum Método A Ser Aplicado.

Kate não sabia o que fazer. Nunca tinha levado em conta que o livro não lhe diria do que precisava para ajudar Silas. Tentou parecer confiante, e, se Silas sabia que ela estava mentindo para ele, não deu sinais disso.

Se o que o livro disse era verdade, não tinha como alguém acabar com a vida de Silas. Ele foi uma criação fora das leis comuns do véu. Mesmo que ela conseguisse abrir um caminho através do véu, ele nunca aceitaria Silas. E, se não pudesse enviá-lo para a morte, o que o impediria de acabar com a vida dela e de Edgar em troca?

Ela não podia desistir. Precisava fazer alguma coisa.

Voltou para o capítulo chamado "Vida e Morte", tomando cuidado para não deixar Silas ver. Se pudesse ao menos tentar ajudá-lo, talvez ele aceitasse que ela fizera o melhor possível. Talvez então ele não...

– Guardas! – gritou Edgar, apontando para a porta quebrada, onde seis homens de manto preto haviam acabado de chegar ao topo da escadaria do museu.

Silas voltou-se para eles, largando a espada no chão.

O líder da patrulha o localizou onde estava e imediatamente deu ordem aos homens para atacar. Silas fechou a mão em punho.

– Agora, senhorita Winters.

Os guardas invadiram a sala de repente, segurando seus punhais, mas Silas permaneceu firme, pronto para acabar com todos um a um. Dois dos guardas foram direto até Edgar, que correu para dentro do círculo para proteger Kate.

Ela não tinha mais tempo.

Kate concentrou-se melhor, invocando cada gota de vontade que ainda lhe restava. O gelo cintilou em sua pele à medida que o frio do *Wintercraft* se espalhava ao redor e, com um sentimento misto de esperança e medo, ela estendeu as mãos e alcançou o véu.

18
A Meia-Vida

Kate sentiu o chão tremer debaixo de seus pés quando os símbolos ao redor do círculo começaram a brilhar. O chão ficou coberto por uma luz azul suave que parecia surgir do nada, e qualquer Dotado que estivesse ali perto teria sentido a onda de energia aumentando à medida que as linhas que se espalhavam ao seu redor pulsavam para a vida.

Edgar gritou assustado quando o gelo atingiu seus braços e rosto, e os olhos cinzentos de Silas brilharam quando o círculo se alimentou da energia de Kate, infundindo-a nos símbolos entalhados, espalhando seu próprio poder ancestral na garota. Ele já tinha visto isso acontecer durante as muitas experiências de Da'ru ao penetrar no véu e estendeu a palma da mão cicatrizada, passando o dedo sobre a forma da queimadura: o local onde Da'ru uma vez, queimando-o, fez seu sangue se misturar com o dele.

O *Wintercraft* teria dado a Da'ru exatamente o que ela queria: o protetor perfeito, que seria tão escravo quanto qualquer outro que estivesse acorrentado, mas Silas não podia mais ser controlado por alguém que tinha roubado sua liberdade e estraçalhado sua alma. O sangue de Da'ru criara um laço falso entre os dois. Agora esse laço estava prestes a ser rompido.

Kate lutou para manter o controle da energia ao redor. O véu desceu sobre toda a sala, pairando como uma névoa branca que se concentrava no teto e descia devagar, encobrindo tudo ali dentro e fazendo com que os símbolos em volta das paredes se inflamassem de vida, marcando o limite além do qual não poderiam ultrapassar. Os guardas pararam de avançar e baixaram as armas, distraídos demais com o que viam acima para poderem tomar alguma atitude. Silas sorriu. Ele sabia o que esperar e, quando a energia do círculo atingiu o ponto máximo, estava preparado.

Kate, Edgar e os guardas não estavam.

A luz azul no chão aumentou, fazendo com que a névoa intensificasse seu brilho, até que ela subitamente explodiu, formando uma labareda de luz prateada e ofuscante. A energia alastrou-se em uma onda de choque vinda do círculo central, atingindo os guardas com força suficiente para jogá-los contra a parede, deixando-os inconscientes, enquanto Kate e Edgar cobriam os olhos com os braços, protegendo-se de um brilho tão poderoso quanto a luz do sol. Logo depois a luz começou a se dissipar, transformando-se aos poucos em uma onda transparente pairando no ar.

Kate verificou o livro. Tudo estava exatamente como deveria ser. De acordo com o que estava escrito, tudo naquela sala estava prestes a ser exposto ao reino imprevisível da meia-vida, e somente os que estavam dentro do círculo central estariam protegidos de todos os seus efeitos. A área protegida estava marcada pela luz azul que ainda se erguia do chão, obrigando a névoa a se retrair até ficar se movendo lentamente ao redor deles como uma tempestade que está por vir. Edgar ficou olhando a névoa, que parecia uma barreira delicada, a poucos metros do rosto deles, e estendeu a mão para senti-la.

– Não toque nela! – gritou Kate.

Edgar puxou a mão imediatamente.

– O que é isso? – perguntou ele.

– É o véu – respondeu Silas, totalmente imóvel enquanto o frio estranho penetrava em sua pele, se espalhando pelos dedos até que ficassem cobertos de gelo. – É tão real quanto parece ao olho humano. Além desta sala, o mundo não existe mais. Estamos em um lugar fora das leis do tempo.

– Kate? – perguntou Edgar com cautela. – Do que ele está falando?

– O livro diz que este círculo age como um portal para a meia-vida – explicou Kate, lendo enquanto falava. – É como se estivéssemos em uma sala de observação. O círculo no chão nos manterá seguros enquanto ficarmos no meio dele. Lá fora, a história é outra. O véu suga a vida de qualquer um que não tenha Dom suficiente para resistir a ele. Sem uma conexão física com alguém dentro do círculo, qualquer pessoa comum, até mesmo um Dotado, ficaria vulnerável fora dele. De acordo com o livro, o espírito da pessoa ficaria preso e seu corpo morreria.

Edgar deu um passo para trás, mantendo as mãos bem longe da névoa.

– E o que vai acontecer agora? – perguntou ele. – Sei que Da'ru costumava mexer com círculos como esse, mas na verdade nunca a vi usar um.

– Isso deveria ser óbvio – retrucou Silas. – O círculo foi aberto. Os espectros estão vindo.

Kate e Edgar seguiram o olhar dele para cima, onde a névoa rapidamente se tornava densa e se espalhava como se estivesse separada da cabeça deles por uma cúpula de vidro transparente. Então, como uma onda silenciosa que ganha velocidade, a sala foi invadida por sombras em movimento, enquanto o véu se abria e espectros surgiam. Havia centenas deles, todos se juntando, até que a névoa ficou cheia de espirais sinuosas pretas e cinza. Moviam-se ao redor do círculo com saltos bruscos e rápidos, desesperados e a toda velocidade como insetos presos em um pote.

– O que eles estão fazendo? – indagou Kate.

– A meia-vida é cheia de almas perdidas – explicou Silas. – Seus espíritos estão presos dentro do véu. Parte deles ainda está ligada ao mundo dos vivos, e isso não os deixa passar totalmente para o mundo dos mortos. Eles sabem que você está no controle do círculo. Estão esperando para ver se pretende ajudá-los ou prejudicá-los.

– O que devo fazer?

– Exatamente o que veio fazer aqui – respondeu Silas.

Os espectros se reuniram como um cardume de peixes, transformando-se em uma única massa negra e retorcida.

– O círculo está pronto – disse Silas. – Está na hora de acabar com isso.

Kate percebeu que não podia ficar ali parada. Tinha que assumir o controle. Sendo assim, com o livro em uma das mãos, e ignorando seu próprio aviso, deu um passo à frente, estendendo a outra mão para tocar a superfície nublada do véu. Parecia que estava pressionando a palma da mão em um banco de neve, frio e macio. Não havia resistência e, ao atravessar a linha de proteção, os espectros se aproximaram de sua mão.

– Kate, não! – Edgar tentou segurá-la, mas Silas o impediu.

A meia-vida invocou os sentidos de Kate, e nada poderia tê-la preparado para o que sentiu naquele lugar. Não era frio nem quente, escuro nem claro. Não havia nenhuma forma de sensação. Nenhum cheiro do pó de osso que geralmente pairava na sala. Nenhum som além de sua respiração nervosa. Os espectros moviam-se ao seu redor, existindo em um silêncio tão completo que Kate achou tudo desorientador. Não tinha sensação real de haver um chão embaixo de seus pés, o ar estava parado e morto, e a névoa que parecia tão densa antes agora estava clara o bastante para que visse nitidamente Silas e Edgar dentro do círculo. Seu coração parecia oco, sua mente estava vazia e lenta. Não era o mesmo lugar em que ela entrara quando Da'ru a obrigara a trazer o espírito de Kalen à vida. Utilizar o círculo abrira para ela um nível muito mais profundo do véu. Não era pacífico nem assustador. Simplesmente *era*.

Os espectros se moviam gentilmente em grande quantidade, ultrapassando um ao outro e roçando de leve sua pele. Cada toque trazia em si uma explosão de lembranças meio esquecidas, relances minúsculos da vida de cada espectro que se aproximava o suficiente, junto com algo mais: medo.

Todas as almas tinham medo dela.

– ... *ajude-nos...* – sussurravam.

– ... *liberte-nos...*

Kate tentou não ouvir. Não estava ali para isso. Não podia ajudá-los. Não sabia como. Olhou para o círculo central atrás dela, e além dele – a poucos passos depois de Silas – sentiu o que estava procurando. Não podia ver o que era ainda, mas sua energia era inconfundível. A corrente invisível que percorria a meia-vida. O caminho que levava diretamente à morte.

Os espectros afastaram-se dela e se separaram quando Kate caminhou por entre eles. Silas permanecia totalmente parado, seguindo-a com o olhar. Dali onde estavam, ele podia fazer qualquer coisa com Edgar se Kate o decepcionasse. Ela precisava dar algo a ele e ainda não fazia ideia do quê.

Os sussurros dos espectros aumentaram de volume à medida que Kate se aproximou da corrente ondulante. Estendeu a mão para sentir a mudança na energia, sem vontade de vaguear para dentro dela, e então um movimento súbito passou pelas pontas de seus dedos e ela parou, sabendo que estava perto.

Manteve os dedos dentro da corrente e, em uma onda perfeita de lucidez, sentiu a presença de cada espectro ainda atado a Fume. Havia espíritos por todo canto, vagando pelas ruas das cidades superior e inferior, muitos deles apegados com tanta força às suas vidas antigas que não conseguiam sair das casas nas quais um dia moraram, ou dos túmulos dos entes queridos pelos quais choraram, mas que na verdade nunca deixaram partir. Alguns não sabiam que estavam mortos, outros estavam confusos, sem saber o que aconteceria a eles a seguir, e alguns estavam confinados, com seus nomes perdidos para sempre e nunca mais pronunciados. Aquelas eram as almas presas nas rodas dos espíritos, as que o tempo havia esquecido de verdade, e Kate ouviu suas vozes ao longe no véu, vozes tristes, pronunciando palavras que ela não entendia.

Os espectros eram prisioneiros, presos entre a vida e a morte pelas energias poderosas da cidade antiga. Alguns estavam lá por causa de Da'ru e de suas experiências, mas muitos outros ficaram ali atados devido ao esquecimento. Sem os guardiões de ossos para guiar suas almas com segurança através do véu, a maioria simplesmente se perdeu no caminho.

Em alguma parte da história de Albion, alguma coisa deu muito errado.

Kate afastou-se da corrente da morte e sentiu o puxão desesperado dos espectros enquanto ela, relutantemente, fechava sua mente para eles. Olhou para Silas atrás dela, vendo a expectativa em seus olhos. Ele desejava a morte com mais desespero que os espectros. Ele *precisava* dela, e Kate ainda não sabia por quê. Voltou para o círculo central, parou diante de Silas e estendeu-lhe a mão através da névoa. Edgar gritava alguma coisa, mas o silêncio do véu engoliu suas palavras antes que pudessem alcançá-la. Silas ergueu a cabeça, pegou a mão de Kate e deixou que ela o conduzisse para dentro da meia-vida.

O véu reagiu a ele com a mesma força que antes. Um vácuo de escuridão o cercou, e os espectros afastaram-se, sem se atreverem a chegar perto. Silas era bem mais alto que Kate, e a escuridão o deixava mais ameaçador, tornando difícil para ela prosseguir para a etapa seguinte.

Kate ergueu os braços e pressionou as laterais da cabeça de Silas com os dedos, da mesma forma que ele fizera com ela na primeira vez que a levou para dentro do véu. Kate deixou o vácuo de Silas cercá-la e ficou atenta, procurando a lembrança que lhe diria por que ele queria tanto morrer. Ele não resistiu. Os pensamentos dos dois fundiram-se e a lembrança que ela procurava começou a surgir.

Kate era Silas, entrando no salão principal do museu como acontecera havia doze anos. Ele era um soldado, mas, no reflexo da porta de vidro, não parecia um dia mais jovem do que era agora. A lâmina azul de sua espada o distinguia como um guarda da categoria mais elevada, e ele havia atingido rapidamente uma posição de responsabilidade, provando seu valor em incontáveis batalhas contra os homens do continente. Da'ru mandara chamá-lo ao antigo museu, mas ele não tinha motivos para suspeitar. Ela era nova no Conselho Superior e conhecida por ser uma Dotada com alguma habilidade. Encontros em lugares incomuns era um hábito frequente deles.

Kate viu Da'ru parada no centro do círculo com Kalen ao lado e sentiu a mão de Silas instintivamente indo em direção à espada. Kalen estava bem armado; até demais para um simples encontro, independentemente de quem estava protegendo. Alguma coisa estava errada.

Silas, de repente, suspeitou da nova conselheira e de seu guarda, mas tocar em uma arma na sua presença seria visto como traição. Da'ru o cumprimentou de maneira formal, e ele fez o mesmo, apoiando um dos joelhos no chão para demonstrar respeito. Mas, quando baixou a cabeça, Kate sentiu o golpe frio do metal quando uma agulha penetrou fundo no pescoço de Silas, a mão fraca segurando o punho da espada e uma corrente de veneno pulsou rapidamente por suas veias.

O restante da lembrança veio fragmentado. A luz brilhante enquanto Da'ru abria o círculo para o véu, os gritos dos espectros movendo-se acima de sua cabeça e a confusão que Silas sentiu quando a corrente da morte se aproximou dele. Kate havia suposto que Silas participara de livre e espontânea vontade da experiência que alterara sua vida para sempre, mas agora viu o quanto estava enganada. Silas nem sequer era um dos Dotados quando entrou no círculo. O véu era tão novo e impossível para ele quanto fora para Kate na primeira vez em que ela o examinou. E, apesar de seu temperamento, apesar da vida dedicada a defender Albion dos inimigos, Silas teve medo.

Da'ru estava com o Wintercraft dentro do círculo e usou o conhecimento dele para atar o espírito de Silas ao sangue dela. Ele seria sua maior conquista, que garantiria a ela um lugar na história de Albion para sempre.

Kate sentiu o medo de Silas se transformar em ódio quando Da'ru pingou o próprio sangue sobre a palma da mão dele e a queimou com uma lâmina em brasa, misturando o sangue dos dois. A corrente da morte recuou de Silas, mas sua alma estava destruída. Kate sentiu o vazio dilacerante quando parte do espírito dele foi arrastada de volta para o seu corpo, deixando uma boa parte para trás, presa para sempre dentro da meia-vida nas margens do véu. Os pulmões de Silas voltaram a respirar, sua mão queimava de dor e Kate compartilhou o momento em que ele testemunhou com os olhos cinzentos e sem vida, pela primeira vez, o olhar frio de triunfo no rosto de Da'ru.

Depois disso, a lembrança se deslocou. Kate viu as paredes de pedras de uma pequena cela de prisão e sentiu a ferroada cortante das correntes amarradas nos punhos de Silas. Da'ru estava parada diante dele, e Kate viu incontáveis vezes o brilho de um punhal de vidro verde penetrando no peito nu de Silas enquanto Da'ru testava sua resistência, queimando sua pele com chamas, obrigando-o a beber frascos do venenoso bloodbane somente para testemunhar seus efeitos. Os músculos de Silas se contraíam de dor, e Kate assistiu a tudo, sentindo o ódio que ele sentia pela conselheira aumentando a cada golpe.

Kate afastou-se da lembrança.

Da'ru era inimiga de Silas. O laço que ela criara entre eles naquela noite o condenara a viver somente com um fragmento de alma. Durante dois anos ele havia se submetido às experiências dela e desde então sofria uma dor constante enquanto seu espírito lutava para se reunir a ele e fracassava.

Com o tempo, Silas tinha aprendido a aguentar aquele sofrimento, mas o *Wintercraft* o prendera a Da'ru, permitindo que a crueldade e o ódio dela penetrassem nele dia após dia. Podia senti-la no interior de seu corpo, até mesmo quando ela não estava presente. Podia sentir a ira dela e provar o veneno de seus pensamentos, como se um eco viajasse através do véu, vindo diretamente do espírito dela para o que restara do espírito dele.

Essa conexão tinha se tornado o maior poder de Da'ru sobre ele. Ela fizera Silas acreditar que se virar contra ela o condenaria a um sofrimento ainda maior do que aquele que já enfrentava. Ela havia usado a ignorância inicial dele em relação ao véu para enganá-lo. Silas não tinha por que duvidar de suas ameaças, mas Kate sabia agora que não havia nenhuma verdade por trás delas. Aquele laço era o maior tormento de Silas. Da'ru infectara a vida dele, obrigando-o a suportar anos servindo a sua torturadora, e aquilo era algo que ele não podia tolerar.

Kate podia não ter sido capaz de enviar Silas para a morte como ele pedira, mas o elo de Da'ru com ele fora criado pelo círculo, e aquele círculo estava sob o controle dela agora. Se houvesse ao menos uma chance de ela quebrá-lo, não custava nada tentar.

Abaixou as mãos e pousou uma delas na cicatriz da palma da mão de Silas. Agora que a verificava, podia ver um fio de luz prateada saindo dela como uma teia de aranha, conectando o que restara do espírito dele a Da'ru. Tudo que precisava fazer era cortá-lo. Mas como?

O círculo respondeu.

A luz azul de um dos símbolos interiores disparou como um raio, inundando o fio com uma luz ofuscante. Os espectros permaneceram bem afastados enquanto a sala inteira começou a sacudir e tremer, e pequenas fendas começaram a se espalhar pelo círculo de escuta, destruindo e transformando muitos de seus entalhes em pó. Kate não sabia o que estava acontecendo. A energia que se espalhava por seus pés era muito poderosa. Kate não podia detê-la. A luz irrompeu por sua mão, o fio prateado incendiou com um fogo branco e puro, e as chamas saltaram para dentro da palma da mão de Silas, fazendo com que seu corpo se curvasse à medida que o fogo se espalhava em seu sangue.

Kate fechou os olhos – tudo que podia fazer era deixar acontecer –, então o fio partiu-se em dois, e as duas metades se desintegraram no chão como cinzas caindo, retornando sua energia ao círculo que o criara. O fogo branco derramou-se pelas botas de Silas, chegando ao chão. A luz foi desaparecendo, a névoa se dissipou e, com um último grito de angústia, as almas dentro do círculo deixaram de ser vistas.

Kate olhou ao redor, confusa. Não pretendia que isso acontecesse.

Soltou rapidamente a mão de Silas e ele olhou para ela, exausto, muito zangado e ainda muito bem vivo.

– O que... você fez? – perguntou ele.

A luz do luar penetrava pelas janelas do museu. A noite caíra sobre Fume. Deviam ter passado horas dentro do círculo, mas pareciam apenas minutos. O suor cobria cada poro da pele de Silas, a respiração era ofegante e o corpo tentava se recuperar daquilo que Kate fizera.

– O que você *fez*? – perguntou novamente.

Kate atreveu-se a encará-lo.

– Você queria a minha ajuda. Eu o ajudei – respondeu ela. – O que Da'ru fez a você não pode simplesmente ser desfeito. Talvez haja uma maneira, mas o livro não me disse como. Fiz a única coisa que poderia fazer. Havia um elo que o prendia a ela. Eu o quebrei. Está livre dela agora.

Silas olhou para ela desconfiado, depois tocou a antiga cicatriz na palma da mão. O calor que ardia lentamente nela havia desaparecido, e a ferida já estava começando a sarar. Kate não sabia dizer se ele estava satisfeito com isso ou não.

– Da'ru não devia ter feito o que fez – continuou Kate. – Ela sabia que não conseguiria remediar seu erro. O livro a avisou para não fazê-lo. *Ela* é sua inimiga, não eu.

– Eu sei o que ela é – rosnou Silas.

– O que Da'ru lhe disse sobre o elo entre vocês... era falso – explicou Kate. Não sabia se era uma boa ideia contar a verdade a Silas, mas decidiu que ele merecia ouvi-la de qualquer forma. – Se ela tivesse morrido, você teria sobrevivido. Teria ficado livre dela. Ela mentiu para você, pois precisava se proteger. Sabia que você a mataria se soubesse da verdade.

A mandíbula de Silas se contraiu, e ele voltou-se para Edgar, que ainda estava olhando para o teto, em estado de choque pelo que acabara de presenciar.

– Traga minha espada, garoto. – A voz estava fria e carregada de um ódio oculto.

Edgar não se atreveu a desobedecer e correu logo para o local onde estava a espada azul. Ela era bem mais pesada do que ele esperava, e foi preciso usar as duas mãos para pegá-la.

– O que vai fazer com ela? – perguntou ele.

– Nada que você precise saber. – Silas tomou a espada antes que Edgar pudesse até mesmo notar que ele se movera. – Agora saiam da minha frente. Vocês dois. Vão!

Silas pegou o casaco e o vestiu, passando pelos guardas inconscientes e saindo pela porta da frente do museu.

– Isso é tudo? – perguntou Edgar, feliz ao vê-lo ir embora.

– Não – respondeu Kate. – Não é.

– O quê? Aonde você vai?

Kate atravessou a sala correndo atrás de Silas, e Edgar foi atrás dela, não querendo ficar sozinho. Mas não foi só ele.

Centenas de espectros enchiam a sala e os corredores do antigo museu. Atraídos pela energia de um círculo de escuta ativo, eles vieram das ruas de Fume e testemunharam o que Kate fizera naquele local. Romper um laço que fora criado pelo *Wintercraft* exigia que um Dotado tivesse um nível jamais visto desde que o livro foi escrito. Então, quando Edgar saiu da sala do museu, tinha mais companhias do que jamais poderia imaginar. Os espectros estavam com ele, escondidos em segurança dentro do nível mais tênue da meia-vida. Centenas de almas se moviam como se fossem uma só, seguindo ele e Kate no meio da noite.

19
A Noite das Almas

Edgar alcançou Silas e Kate na escadaria da frente, e os três ficaram ali juntos, olhando para uma cidade que estava totalmente transformada.

Muita coisa acontecera fora do museu desde que o círculo de escuta havia sido aberto.

As comemorações da Noite das Almas tinham começado.

Centenas de pessoas enchiam as ruas, cantando, dançando e comemorando a vida de seus ancestrais, ignorando o que acabara de acontecer dentro do antigo museu. Carruagens circulavam pelas ruas enfeitadas de fitas coloridas, passando entre os grupos de mulheres com vestidos elegantes e homens de chapéu e capas listradas e brilhantes.

Havia contadores de histórias a cavalo desfilando orgulhosos, seguidos por trupes de ouvintes que pareciam um manto vivo. Os dançarinos se misturavam com a multidão, e bandeiras azuis foram penduradas no alto das torres acima deles, refletindo a luz do luar e impregnando a cidade com um brilho estranho e misterioso. Algumas das bandeiras estavam pintadas com grandes olhos negros, pois as pessoas queriam acreditar que seus ancestrais estavam tomando conta delas. Kate duvidava que qualquer um ali estivesse realmente pronto para saber a verdade.

Olhando do chão, as ruas cintilavam com o movimento das luzes de velas. Muitas pessoas carregavam velas para se lembrarem da vida dos mortos e todas usavam uma máscara de penas sobre os olhos, enfeitada com minúsculos cristais que brilhavam com as chamas. Elas caminhavam juntas em uma longa procissão, abrindo caminho em zigue-zague em direção ao centro da cidade, onde pequenas fogueiras lançavam fumaça e calor no céu da noite fria.

Uma música alegre preenchia o ar, e Kate viu um grupo de músicos na base da escadaria do museu, tocando violinos e flautas e batendo em um tambor enorme. Três deles estavam com o rosto pintado de um branco mortal, vestiam roupas esfarrapadas e os dentes estavam pretos, e outras pessoas na multidão estavam vestidas do mesmo jeito para representar os mortos surgindo das covas para se juntarem às comemorações.

Kate sempre respeitou a Noite das Almas, mas ficar ali em uma cidade-cemitério dominada pelos ricos e seus escravos parecia repulsivo e mórbido. O som dos outros instrumentos ecoava alto vindo das torres, e ela não teve como evitar de ver o espetáculo abaixo, à medida que as cores e o barulho da Noite das Almas traziam vida à cidade antiga.

Silas ficou no escuro, olhando para os telhados, procurando em vão seu corvo perdido.

– Falei que podiam ir – disse ele distraidamente. – Por que continuam aqui?

– Você vai atrás de Da'ru, não vai? – perguntou Kate.

– Tenho uma promessa a cumprir. – Silas fechou as mãos.
– Da'ru vai pagar pelo que fez.
– Quero ir com você.
Silas abaixou a cabeça para olhá-la.
– Fiz tudo que podia para ajudá-lo – comentou Kate. – Agora preciso de sua ajuda. Você me deve isso.
– Não lhe devo nada.
Fogos de artifício dispararam no meio da multidão, estourando acima deles com um som ensurdecedor. Logo estouraram mais três, e Silas foi descendo pelo meio da escadaria, empurrando as pessoas e abrindo caminho enquanto elas dançavam e rodopiavam como um rio cheio de vida.
Kate correu para alcançá-lo.
– O que está fazendo? – gritou Edgar, esforçando-se para ser ouvido no meio do barulho enquanto a seguia. – Ele disse que podíamos ir embora!
Kate foi acotovelada, empurrada e espremida entre os enormes vestidos quando os dançarinos mascarados a arrastaram para o meio deles. Com muito esforço, abriu caminho entre os tocadores de gaitas, cavalos com capas pretas e homens com pernas de pau usando vendas enfeitadas nos olhos e jogando punhados de folhas secas sobre todos que conseguissem alcançar. Ela se abaixou para passar embaixo de um deles, e uma mulher ao seu lado gritou quando uma única folha vermelha ficou presa nos cabelos de Kate:
– Ela é a próxima! – gritou a mulher, tentando agarrar Kate antes que ela escapasse. – Esta garota será a próxima a morrer!
Kate ignorou-a e deixou a folha ondulando ali onde estava. Não tinha tempo para superstições. Havia a mesma tradição em sua cidade, mas ninguém mais levava isso a sério. A mulher gritou alguma coisa depois, mas ela já estava

muito longe para ouvir. Kate tinha avistado Silas caminhando logo à frente e estava quase alcançando-o.

– Eu fiz tudo que você queria! – gritou ela assim que chegou perto o suficiente. – Preciso da sua ajuda. Preciso que me ajude a encontrar meu tio. Ele poderia estar aqui, seguro conosco, mas você o deixou para trás!

– *Nós dois* o deixamos para trás – retrucou Silas, recusando-se a diminuir os passos. – Não a ouvi reclamar disso antes de fazer o que fez.

– Preciso encontrá-lo! – exclamou Kate. – Edgar disse que os guardas foram ao museu procurar você *e o Wintercraft*. Artemis era a única outra pessoa que sabia que ele estava com você. – Esquivou-se do sopro em chamas do engolidor de fogo e as pessoas gritavam animadas, afastando-se das chamas. – Ele não teria contado a ninguém sobre isso, a não ser que fosse obrigado. Acho que Da'ru está com ele. Preciso que me ajude a salvá-lo.

– Os problemas da sua família não são da minha conta – disse Silas. – Eu poupei sua vida e a dele. É pagamento suficiente.

Silas abriu caminho para uma rua cheia de bancas dos dois lados, onde vendiam todos os tipos de comida que Kate jamais tinha visto. O vapor subia dos fogões a lenha, as sopas borbulhavam em caldeirões enormes e a água espirrava das panelas destampadas. Os aromas eram intoxicantes. Kate não comia desde que ficou trancada na cela do conselho, e seu estômago roncava enquanto seguia Silas pelas nuvens de calor impregnadas com o cheiro de temperos, carnes fritas e frutas em compota.

– Você me disse que era um homem de honra – disse ela, abaixando para passar por baixo do braço esticado de um vendedor de biscoitos. – Que cumpria suas promessas e não as fazia sem a convicção de executá-las. Disse que, contanto que eu fizesse o que me mandou, Artemis viveria. Tentei fazer tudo que você quis, e ele ainda corre perigo. Você não cumpriu sua palavra. Não acho que tenha honra nenhuma.

Silas parou e deu meia-volta para encará-la.

– Você não me conhece, senhorita Winters. Não tenha essa pretensão.

Algumas pessoas mascaradas olharam espantadas para Silas, reconhecendo-o de imediato, e Kate os ouviu sussurrando antes de se afastarem. Logo a notícia de sua presença se espalhou rapidamente, as pessoas ao redor se dispersaram e ele abriu caminho passando por um vendedor de salsichas, quase derrubando a carroça do homem aterrorizado ao virar de súbito à direita entrando em um beco vazio onde passavam carroças.

– Quando os guardas não voltarem com notícias, Da'ru saberá que alguma coisa está errada! – gritou Kate, começando a ficar sem fôlego. – Os guardas dela estarão esperando por você. Vão detê-lo até mesmo antes de se aproximar dela. Você quer Da'ru e eu quero Artemis. Se trabalharmos juntos... talvez possamos conseguir o que queremos.

– Você é uma vendedora de livros – disse Silas. – Seja lá qual for o plano que tiver, não dará certo.

– Da'ru ainda me quer, não é? E se fôssemos vê-la juntos, como se eu fosse sua prisioneira? A que distância acha que os guardas deixariam que chegasse perto dela, neste caso?

Isso chamou a atenção de Silas. Ele parou de andar tão de repente que Kate quase esbarrou nele.

– Você não sugeriria isso se soubesse das consequências – disse ele.

– Não ligo.

– Pois devia. Da'ru não é a única no Conselho Superior que está interessada no funcionamento do véu. Eles sabem o que você é agora. Nunca a deixarão partir, se a pegarem. Vão prendê-la e farão experiências com você, independentemente de qualquer coisa que aconteça com ela.

– E o que farão com você se matar uma conselheira?

Os olhos de Silas escureceram.

– Aconteça o que acontecer, valerá a pena ver o rosto de Da'ru quando eu acabar com a vida dela – respondeu ele.

– E sua melhor chance de fazer isso é com a minha ajuda.

– *Nossa* ajuda – enfatizou Edgar, ofegante ao lado deles. – Da'ru ainda está com meu irmão. Se houver uma chance de eu poder ajudá-lo, terei que aproveitar. Não quero deixá-lo para trás outra vez.

– Não vou proteger vocês. Nenhum dos dois – retrucou Silas. – Não me interessa se vão viver ou morrer.

– Sabemos disso – disse Kate.

– Então ambos são tolos. Mas tem razão. Apresentá-la como minha prisioneira certamente chamará a atenção de Da'ru.

O latido selvagem de um cachorro ecoou mais alto que a música.

– Os guardas não podem nos encontrar – disse Silas. – Sigam-me.

O beco os conduziu a outra parte da multidão, e o fluxo de pessoas os arrastou com tanta força que Kate perdeu Silas de vista quando ele acelerou o passo outra vez, desaparecendo entre uma carruagem que passava e um malabarista mascarado a cavalo. Ela continuou, tentando encontrá-lo na multidão em tumulto, e Edgar abria caminho atrás dela.

Consegue vê-lo? – gritou ele.

– Não.

– Aonde ele foi?

Kate finalmente o viu, passando por baixo de um enorme arco de pedra que ligava duas torres. Embaixo dele, enfiada no interior de uma viela, havia uma carruagem puxada por dois cavalos enfeitada com fitas pretas e caveiras de papel. A carruagem ainda tinha um condutor, mas ele estava mais interessado em observar a multidão do que qualquer outra coisa acontecendo ao redor. Silas aproximou-se dele se arrastando, agarrou o chicote e apertou-o com firmeza contra o pescoço do homem. Kate estava muito distante para ouvir o que ele disse, mas Silas falava enquanto o condutor, nervoso, dizia sim com a cabeça. Ela ficou esperando pelo pior, até que Silas baixou o chicote e o condutor saltou de seu assento, desaparecendo no meio da noite.

– O que disse a ele? – perguntou ela, correndo para a carruagem.

– Dei a ele uma escolha – respondeu Silas. – Ele escolheu viver. Entrem.

Kate e Edgar subiram na traseira da carruagem, e Silas estalou as rédeas, guiando os cavalos velozmente em direção às ruas movimentadas. Kate observou pela janela as torres inclinadas e concentradas à volta, e que pareciam muito mais antigas e decrépitas do que qualquer uma que já tivesse visto.

– Este é o caminho para os aposentos do conselho? – perguntou ela. – Nunca estive nesta parte da cidade.

– Não estamos indo para os aposentos – explicou Edgar. – Da'ru não estará lá esta noite.

– Então, aonde estamos indo?

– Para a praça da cidade. O Conselho Superior vai lá todo ano. É onde Da'ru vai estar.

Silas conduziu a carruagem pelas ruas mais estreitas da cidade, evitando as áreas mais movimentadas e guiando os cavalos em uma marcha regular. Ele poderia ir mais rápido, mas não queria chamar a atenção para si. Nenhum prisioneiro serviria para ajudá-lo caso fosse capturado por uma patrulha de guardas. Manteve os olhos fixos adiante, concentrando-se na tarefa que o esperava, até que quatro torres redondas marcando os cantos da praça da cidade aos poucos foram ficando visíveis.

A praça principal de Fume era bem diferente da de Morvane. Era cercada de prédios altos de pedras brancas, com telhados arqueados e janelas altas com vitrais, e, em vez de passar pelos becos, a multidão entrava por túneis de pedras ornamentais levemente inclinados para cima, decorados com entalhes que pareciam ter centenas de anos. Silas conduziu a carruagem para dentro de um deles e parou logo em seguida.

– Vamos descer aqui – disse ele, falando através do postigo atrás de seu assento.

Abandonaram a carruagem atrás de outra que tinha parado no mesmo lugar e voltaram a se misturar com a multidão, se espremendo no meio das pessoas sob a luz de velas em direção ao brilho abrasador da praça.

Dentro das linhas retas dos prédios externos, Kate ficou surpresa ao ver que a praça da cidade não era quadrada de forma alguma. Era circular. O túnel desembocava no alto de uma longa escadaria, que ia dar em galerias com bancos de madeira rodeando um círculo de pedras em um nível mais baixo. Uma enorme fogueira estava acesa de um lado do círculo, a maioria dos assentos estava ocupada, e o lugar inteiro era invadido por uma onda de barulho das pessoas que começavam a torcer e bater palmas para uma série de carruagens pretas e polidas que entravam no círculo, passando por dois portões altos e arqueados. Kate lembrou-se da visão de Da'ru que ela presenciou na torre do Conselho e sabia que aquela era a noite que ela tinha visto. A Noite das Almas. Estava realmente acontecendo.

– Hora de ir – disse Silas, prendendo a corrente prateada no pulso de Kate outra vez.

– Não foi isso que combinamos! – gritou ela.

– Você é minha prisioneira, *exatamente* como combinamos – disse Silas. – Agora ande.

Kate ouviu quatro estrondos quando os guardas fecharam os portões pesados de madeira na boca dos túneis de entrada. As escadarias entre as galerias estavam repletas de pessoas tentando encontrar um assento antes que começasse seja lá o que estivesse para acontecer. Silas abriu caminho a força entre eles, puxando Kate tão rápido que Edgar logo ficou para trás, seu rosto perdido no meio de um mar de estranhos.

Lá embaixo no círculo, os passageiros das carruagens saíram delas e doze conselheiros sentaram-se perto do centro, rodeados pelo dobro de guardas pessoais. A décima terceira conselheira, Da'ru, caminhou até uma grande mesa de pedra, pronta para se dirigir à multidão, e todos que ainda estavam nas escadas pararam ali mesmo para ouvir o que ela ia dizer.

– Mais uma vez, estamos reunidos – disse ela, com a voz poderosa se espalhando pela praça enquanto o clarão da fogueira refletia em um medalhão de vidro pendurado em seu pescoço. – A guerra continua, tanto fora de nossas fronteiras como aqui dentro agora, visto que o continente continua a nos desafiar para ter aquilo que nos pertence por direito. Nosso povo batalha para nos proteger, para defender nossas vidas e preservar nossa história, mas, assim como nós, os habitantes desta cidade antiga sabem muito bem que nenhuma vitória pode ser conquistada sem sacrifícios.

Silas e Kate se depararam com um grupo compacto de pessoas bloqueando a passagem. Da'ru fez um sinal para sua carruagem e Tom saiu, carregando uma gaiola com um pássaro grande batendo as asas furiosamente.

– Aqueles do continente pensam que podem nos derrotar – continuou Da'ru. – Mas eles ainda não viram nossa verdadeira força. Nossos ancestrais sempre estão do nosso lado. Eles nos guiam e nos observam de um lugar além do véu. Uma vez ao ano pedimos a eles que se revelem, para nos guiar adiante e mostrar nosso caminho. Esta noite, eu os invoco para nos honrar. Para nos mostrar que estão aqui. Para nos provar que Albion não luta sozinha!

A aclamação das pessoas estrondou pela praça. Muitas se levantaram, e as poucas que levaram tambores os ressoaram em um compasso crescente que aumentou de velocidade quando Da'ru enfiou a mão na gaiola e puxou o pássaro pelo pescoço. Ele a bicou e arranhou, cortando o braço de Da'ru, mas ela nem se deu conta. Os homens do Conselho observavam enquanto ela prendia o pássaro sobre a mesa e erguia um punhal de vidro brilhante acima da cabeça dele.

– Saiam! – ordenou Silas, abrindo caminho no meio da multidão.

Era o pássaro dele! O corvo!

– Pelo ritual da pena preta e do sangue vermelho, invoco os ancestrais. Estamos aqui. Estamos esperando. Revelem-se para nós! – Da'ru desceu a lâmina e enfiou-a no peito do pássaro, que se debatia; com uma última batida fraca das asas, ele morreu.

A multidão silenciou. Os tambores diminuíram para uma batida grave e baixa, e Da'ru ergueu o corpo inerte do corvo para que todos vissem. Uma gota de sangue caiu em seu colar, e a fogueira acendeu de repente com uma rajada de vento forte. As chamas se elevaram, baixaram um pouco e depois se elevaram novamente. Deve ter acontecido isso umas cem vezes desde que o fogo foi aceso, mas a multidão aclamou de novo, até mais alto do que antes, interpretando aquilo como um sinal de que os ancestrais tinham respondido ao chamado de Da'ru.

– A prova foi dada! – gritou ela. – Estamos protegidos!

– Conselheira Da'ru! – A voz de Silas ressoou como um trovão sobre os sons da comemoração quando ele chegou na margem do círculo. Os guardas o cercaram, mas Da'ru, notando que ele tinha uma prisioneira, fez sinal para que se afastassem.

– Deixem-no passar – ordenou ela.

As pessoas nos assentos mais baixos calaram-se imediatamente, e murmúrios assustados espalharam-se rapidamente pela praça. Todos os presentes conheciam o rosto e as façanhas de Silas Dane.

Kate seguiu Silas para dentro do círculo e, na metade do caminho, sentiu alguma coisa mudar. O ar ali era diferente. Parado e escasso, como o ar no interior de um túmulo.

– O que está fazendo aqui, Silas? – A voz de Da'ru estava calma e ameaçadora. A multidão estava longe demais para ouvir suas palavras, mas os conselheiros ouviam com interesse.

– Trouxe o que me pediu – respondeu ele. – A garota e o livro.

– Está com o *Wintercraft*? Aqui com você, agora?

– A garota está com ele. – Silas empurrou Kate para a frente. – Mostre para ela.

Kate retirou o livro devagar de dentro do bolso do casaco, e Silas pegou o livro precioso, entregando-o formalmente à conselheira.

– Achei que tinha se virado contra mim, Silas – comentou Da'ru. – Devo admitir que não esperava ver nenhuma lealdade da sua parte esta noite.

– Você comanda os círculos – disse Silas. – Com o *Wintercraft*, pode conduzir o ritual das almas da maneira que deve ser feito. Afinal de contas, é isso que você quer.

– Nunca deveria ter perdido isso de vista – disse Da'ru. – E devia ter ficado mais de olho em você desde o início. Dois erros que não cometerei outra vez.

Silas olhou para o corvo morto na mesa e seus olhos estreitaram-se, só por um segundo. Kate sentiu o ódio do homem, mas Da'ru estava muito ocupada folheando as páginas do *Wintercraft* para se certificar de que estavam intactas. Ao se dar por satisfeita, fechou o livro e falou alto o suficiente para que todos na praça ouvissem:

– Como muitos de vocês sabem, Silas Dane é um dos filhos mais leais de Albion – disse ela. – Ele já foi nosso maior guerreiro e agora é nosso melhor Cobrador, garantindo que este país se mantenha a salvo dos poucos elementos indesejáveis ainda escondidos entre nós. Por gerações, os Dotados escolheram permanecer escondidos e com medo em vez de ficarem do nosso lado, no entanto eu avancei, sendo a única entre eles disposta a usar o véu para ajudar nosso país a sobreviver. Desde então, muitos desses covardes foram caçados e capturados devido aos esforços de Silas. Ele várias vezes nos provou ser um herói, mas o que vocês não sabem é que Silas é muito mais do que um homem comum. Ele é único. – Da'ru se aproximou de Silas, e Kate tinha certeza de que ele aproveitaria a chance para atacar, mas ele ficou parado. – Silas viu as profundezas do véu com os próprios olhos. Ele andou pelo caminho da morte e sobreviveu.

Metade da multidão levantou vivas outra vez, achando que o discurso de Da'ru fazia parte das festividades, enquanto a outra metade permaneceu em silêncio.

– Há doze anos, testemunhei a morte de Silas. E, usando o conhecimento a mim passado por nossos ancestrais, mudei o destino dele. Entrei em contato com seu espírito e o devolvi ao nosso mundo.

Aquilo era uma mentira. Kate observou Silas, esperando que ele dissesse alguma coisa.

– Muitos de vocês podem não acreditar, mas aqui, esta noite, eu provarei. – Da'ru fez um sinal para Tom, que correu em direção à traseira da carruagem preta e abriu sua porta. – Todos estão aqui reunidos para presenciar a prova de que a vida perdura além da morte. Uma prova que eu e o restante do Conselho Superior pretendemos fornecer por completo.

Dois guardas saíram da carruagem carregando uma pessoa de forma desajeitada: alguém enrolado em um cobertor, com uma perna ensanguentada aparecendo de um dos lados.

– Este prisioneiro é um traidor – disse Da'ru. – Ele foi julgado culpado de roubo e conspiração contra o Conselho Superior e por isso merece morrer. Todos os traidores devem enfrentar seu executor, e com este homem não será diferente. Mas, esta noite, pretendo mostrar piedade a este criminoso. Restaurei a vida de um morto uma vez e, assim que sua sentença for executada, como deve ser, repetirei o ato para provar que a força de Albion está acima de qualquer dúvida.

A multidão gritou ao mesmo tempo enquanto os guardas desenrolavam o prisioneiro do cobertor e o colocavam na mesa.

– Traidor! Traidor! Traidor!

Seus pulsos estavam amarrados, e ele se retorceu de dor quando os guardas o prenderam, deixando-o sem forças para fazer qualquer coisa além de olhar nervoso para as pessoas ao redor.

– Artemis – sussurrou Kate.

Da'ru já estava limpando o sangue do corvo em sua lâmina.

– Preparem-no – ordenou.

20
Sangue

Kate tentou correr até Artemis, mas Silas manteve sua corrente apertada. Ela estava prestes a gritar para que a soltasse quando ele a encarou e depois olhou para o chão.

Kate olhou para baixo. O local onde pisava estava entalhado com milhares de símbolos minúsculos, alguns tão pequenos que pareciam pequenos arranhões na pedra, todos escritos na mesma língua que ela vira no chão do museu. Juntos formavam um círculo muito maior do que tinha visto lá, e esse não estava rodeado somente por um anel de símbolos, estava coberto com eles. As quatro escadarias que subiam a partir dali correspondiam perfeitamente aos pontos cardeais de uma bússola, e Kate tinha quase certeza de que o nível mais alto era rodeado por sua própria fileira de símbolos menores exatamente iguais aos que vira ao redor da sala do museu.

Silas assentiu para ela discretamente.

Estavam parados no centro de um enorme círculo de escuta.

A multidão ainda gritava de forma ameaçadora. Se havia alguém ali que fosse contra a ideia de uma execução pública em um dia dedicado a comemorar os mortos, permaneceu calado. Algumas pessoas tentavam sair sorrateiramente em direção aos túneis, mas os portões estavam trancados e os guardas vigiando, impedindo que alguém saísse. Da'ru obviamente queria testemunhas para o que estava prestes a fazer, mesmo contra a vontade delas.

Artemis debateu-se contra os guardas quando foi amarrado com mais força sobre a mesa. Da'ru abriu o *Wintercraft* e um vento gelado soprou ao redor do círculo, quando ela começou a abrir o véu. Os símbolos entalhados mais próximos de seus pés começaram a tremer e brilhar, os cavalos atrelados às carruagens relincharam de leve e pisotearam, e uma luz azul espalhou-se pelo chão, inundando o círculo e deslizando firmemente pelas escadas acima, dividindo a multidão enquanto subia.

Então Kate teve um pensamento assustador.

Ela, Silas, Da'ru, Artemis, os guardas e os conselheiros estavam todos dentro do círculo central, um lugar de proteção. Se o círculo se comportasse da mesma forma que aconteceu no museu, em alguns momentos toda a praça da cidade seria deslocada para a meia-vida e a névoa do véu se espalharia pelas galerias, expondo centenas de pessoas vivas a um lugar que não deveriam ver. A alma de cada um estaria vulnerável à atração da meia-vida, e Kate não conseguia ver Edgar em lugar nenhum.

– Este círculo não se abrirá por inteiro para Da'ru – explicou Silas, falando baixinho ao lado dela. – Este é o círculo de escuta mais antigo e poderoso de Albion, capaz de canalizar milhares de almas. Da'ru não tem capacidade para comandá-lo. Precisará de você para completá-lo.

– Mas aquelas pessoas...

– Estão prestes a ver do que realmente se trata a Noite das Almas – explicou Silas. – Faça o que Da'ru mandar e deixe o resto comigo.

– Você, garota – disse Da'ru. – Aqui.

Silas soltou a corrente o suficiente para Kate se aproximar da conselheira, que estava segurando seu punhal de vidro ao lado de Artemis.

– Soube que este homem é importante para você – disse ela. – Se quer que eu recupere a vida dele, fará exatamente o que eu mandar. Se tudo correr bem, o *Wintercraft* concederá a ele uma vida livre de ferimentos e morte. Ele será o primeiro de muitos soldados e servirá a Albion com lealdade, como todo homem e mulher deveriam fazer. Se escolher não fazer nada, a morte dele será permanente e nunca mais o verá. Está entendendo?

Um dos guardas havia amarrado uma mordaça na boca de Artemis, mas ele tentou gritar através dela, olhando fixamente para Kate e balançando a cabeça.

– Responda!

Kate não queria ver Artemis morrer, mas não podia deixar o espírito dele ser destruído, amaldiçoando-o a ter uma vida de dor nas mãos do Conselho Superior. Até mesmo a morte seria melhor do que isso. Desviou o olhar dele ao fazer sua escolha. Silas tinha um plano. Precisava confiar que ele faria a parte dele.

– Sim – respondeu ela. – Estou entendendo.

Da'ru segurou a mão de Kate.

– Uma decisão sábia – comentou em voz baixa. – Juntas, estamos prestes a fazer história.

Kate sentiu as energias de Da'ru ligando-se às suas. Era uma sensação repugnante que começava na ponta dos dedos como se aranhas estivessem rastejando dentro dela, infiltrando-se em sua pele. Ela deixou acontecer, permitindo que o controle frio do véu a dominasse enquanto a névoa descia e a luz do luar transbordava pela praça. Os olhos de Da'ru estavam injetados de sangue, seu corpo rapidamente atingindo a exaustão devido ao esforço para abrir o círculo, mas Kate achou fácil dessa vez. Ela sabia o que esperar, sabia o que devia fazer e, quando a luz azul explodiu em uma onda prateada pela praça, ela e Silas foram os únicos que não fecharam os olhos.

A labareda de energia atingiu a multidão, empurrando todos para trás em seus assentos. As paredes altas dos prédios ao redor absorveram a maior força, estremecendo os alicerces quando a energia do círculo as atingiu, a luz voltou a penetrar devagar nos símbolos do chão, e o ar ficou repleto de azul. O povo, nervoso, começou a murmurar pelas galerias enquanto a névoa se assentava. Então, de um lugar sombrio bem acima da multidão, os espectros apareceram rapidamente.

Havia muito mais do que Kate vira antes. Milhares deles, viajando pela névoa, todos se movendo como se fossem um. A fogueira estalou e apagou, formando uma fumaça negra, e todas as velas nas galerias apagaram de uma vez só. A multidão não sabia o que fazer, e a maioria ficou sentada, paralisada pela visão assustadora dos espíritos rodopiando ao redor.

Da'ru sorriu em triunfo, colocou o *Wintercraft* aberto sobre a mesa e ergueu o punhal acima do peito de Artemis, gritando para que todos ao redor pudessem ouvir.

– Com o sangue de um traidor – gritou ela –, eu conquistarei a morte!

Kate sentiu um movimento atrás dela e viu um clarão azul quando Silas sacou a espada e encostou a lâmina no pescoço de Da'ru. E a manteve ali, totalmente imóvel, saboreando a expressão de surpresa em seu rosto.

– Você não fará nada esta noite – disse ele. – A garota já havia lhe dito qual era seu destino. Devia tê-la ouvido, Da'ru.

Os guardas logo cercaram Silas, depois hesitaram, divididos entre o dever para com a conselheira e o medo do homem parado diante deles. Da'ru fez um sinal para se afastarem, depois baixou o punhal e apertou o pescoço contra a espada, deliberadamente fazendo surgir um fio minúsculo de sangue em sua pele.

– Não pode me ferir, Silas – disse ela com calma. – Acaba de cometer um erro grave.

Silas virou-se para Kate com uma expressão fria e selvagem enquanto os guardas recuavam.

– Kate – disse ele, jogando uma pequena chave em sua direção. – Liberte-se. Pegue o livro.

Kate rapidamente se libertou e pegou o *Wintercraft* que estava na mesa ao lado de Artemis.

– Como pode ver – disse Silas a Da'ru –, nossa situação mudou.

– Vai apodrecer em uma cela escura por isso – ameaçou Da'ru, com o rosto cheio de ódio diante da traição. – Quando eu terminar aqui, serei lembrada na história como a maior protetora de Albion. Mas e você? Você não é nada, Silas. Nem mesmo a morte o quer. Eu poderia ter usado o *Wintercraft* para lhe dar paz, mas vou fazê-lo sofrer pelo que fez.

– Mais mentiras – disse Silas. – Suas palavras não significam nada para mim. Elas são veneno. Diabólicas. Você as usou como armas contra mim durante muito tempo, Da'ru. Eu sei da verdade. Sei o que você fez. Suas palavras são inúteis. Assim como você.

— Prendam a garota! — gritou Da'ru para os guardas. — Prendam-na e levem este traidor daqui!

Diante de uma ordem direta, os guardas não tinham outra escolha a não ser obedecer.

Quatro deles rodearam a mesa, indo direto até Kate; ela foi para debaixo da laje de pedra, engatinhando rapidamente para o outro lado. Artemis tentou se libertar, mas estava bem amarrado. Quando outro guarda impediu que Kate fugisse, Silas arrancou o punhal de Da'ru e matou o homem com um golpe certeiro no coração. O guarda já estava morto antes mesmo de chegar ao chão. Kate olhou para o corpo dele durante um momento, depois apertou o *Wintercraft* no peito e passou por ele. Mais guardas se aproximavam.

Quaisquer dúvidas que tivessem sobre atacar Silas desapareceram totalmente com a morte do primeiro guarda. Partiram para cima de Silas como formigas. Sua espada vibrava e brilhava. Corpos caíam, e Da'ru se afastou, indiferente a tudo, olhando com firmeza para Kate.

As pessoas nas galerias gritavam e berravam presenciando a batalha que acontecia logo abaixo. Alguns torciam por Silas, outros apoiavam os guardas, mas a maioria havia saído de seu lugar e estava ocupada procurando uma saída. Alguns tropeçavam nos degraus e ninguém parava para ajudá-los a levantar. Só o que queriam era escapar. Os quatro portões superiores vigiados pelos guardas logo foram invadidos, mas todos estavam selados pelos limites externos do círculo. Os portões não iam se abrir. Ninguém podia sair.

Uma onda de pânico ergueu-se como um trovão no meio da multidão, e Kate correu em direção às carruagens pretas que estavam reunidas dentro do círculo de proteção. Abaixou-se atrás de dois cavalos assustados e passou correndo por cinco carruagens alinhadas atrás deles, até que uma

porta se abriu mais abaixo e uma cabeça de cabelos negros e despenteados surgiu.
— Edgar?
— Rápido! — gritou Edgar, estendendo o braço para ajudá-la a subir. — Entre.

Kate segurou a mão dele e entrou na carruagem. Tom estava lá também, encolhido em um dos bancos, com os joelhos dobrados contra o peito, tentando bloquear tudo que estava acontecendo.

— Ele vai ficar bem — disse Edgar rapidamente. — E Artemis? O que está acontecendo lá fora?

Os sons ameaçadores da batalha de Silas chegavam ao interior da carruagem, e Kate deixou o terror do que ouviam falar por si só.

— Preciso fechar o círculo — disse ela, abrindo o *Wintercraft* e folheando com desespero as páginas. — Os guardas estão atrás de mim. Da'ru também. Não tenho muito tempo.

— Espere... espere! — pediu Edgar. — Pense bem. Você fechou o círculo no museu e pode fazer isso de novo.

— Não sei como fiz aquilo!

— Mesmo assim, você *fez*. — Edgar colocou a mão sobre o livro, impedindo Kate de continuar procurando. — Escute, não entendo muito disso, mas sei o que vi e não acho que este livro seja tudo que dizem ser. Eu a vi ajudando Silas no museu. Você o *ajudou*, Kate! E aposto que o livro não lhe disse como, disse?

— Largue ele — ordenou Kate, tentando arrancar o *Wintercraft* do amigo, mas Edgar segurou-o com firmeza.

— Este livro não pode obrigar as pessoas a fazerem coisas — disse ele. — Só aponta a direção certa. As pessoas que o escreveram não precisavam dele para fazer o que fizeram. Só escreveram sobre isso mais tarde. Pense bem, Kate. Não sei *como* tudo isso funciona, mas funciona. Acho que você já sabe o que fazer. Só precisa confiar em si mesma. E com certeza não precisa dele.

Kate não queria soltar o *Wintercraft*. Havia muito em jogo para simplesmente ceder e acreditar que tudo ficaria bem, mas sentiu seus dedos enfraquecerem, e Edgar arrancou o livro de suas mãos.

– Tudo bem – disse ele com cautela. – Aquelas pessoas vão começar a pisotear umas às outras. Se vai fazer alguma coisa, a hora é agora.

– Mas não é meu círculo – disse Kate. – Não sei como detê-lo. Da'ru o fez, não eu.

– Da'ru não pode fazer o que você faz. Ela passava horas tentando criar um bom círculo. Com você ao lado dela, levou segundos. O que acha que isso significa?

Edgar abaixou-se de repente quando um vidro caiu no chão da carruagem aos estilhaços e a janela explodiu com a força do punho de um guarda. Um braço forte estendeu-se para agarrar seu pescoço, e ele usou o livro como arma para se defender, batendo-o na cabeça do guarda enquanto Tom saltava para ajudar o irmão, socando e mordendo todas as partes do corpo do agressor que pudesse alcançar.

– Fuja, Kate! – gritou Edgar. – Fuja!

Kate saiu rapidamente pela outra porta da carruagem e viu Silas ainda lutando do outro lado do círculo. Ele já havia abatido no mínimo dez atacantes, deixando o chão ao redor manchado de sangue, mas nem todo o sangue era proveniente aos guardas. Silas estava ferido. Seus ferimentos eram muitos para que seu corpo se curasse com rapidez antes que fosse atacado de novo, e os guardas eram brutais, cercando-o como uma matilha de cães e atacando todos ao mesmo tempo, com os punhais brilhando no meio da noite. Kate podia ver a dor de cada golpe no rosto torturado de Silas. Ele não conseguiria mantê-los afastados por muito tempo.

Dois guardas tentaram dominá-lo com cordas e correntes, mas ele usou a corrente como arma e estrangulou os dois antes que pudessem se aproximar. Seu rosto estava coberto de sangue e desfigurado de ódio, e Kate estava preocupada que aquela fosse uma batalha perdida. Então Da'ru contornou a carruagem pela frente, a poucos passos dela. Kate havia hesitado tempo demais.

– Entregue-me o livro – ordenou Da'ru, enquanto Kate recuava para a margem do círculo protegido. – Entregue-me!

Da'ru agarrou-a pelo braço antes que ela conseguisse se mover, e Kate sentiu a energia do véu estalar e crepitar sob sua pele. Ela mergulhou nas lembranças de Da'ru, incapaz de partir o elo que o círculo criara entre elas, e o céu a carregou para o passado, permitindo que Kate testemunhasse em primeira mão o que Da'ru havia feito.

A vida dela estava cheia de sangue e ódio, tortura e morte. Kate viu o punhal de vidro e os rostos daqueles cujas vidas ela havia tirado. Viu Edgar ainda garoto, meio afogado no tanque de água na sala de experiências enquanto Da'ru procurava nele sinais dos Dotados; logo depois, ouviu o barulho de uma porta com grades batendo enquanto ela o trancava em uma célula subterrânea. A seguir estava fora de Fume, juntando-se aos guardas em suas colheitas enquanto ela caçava os Dotados da mesma forma que tentou caçar Kate, e em todas as cidades a que Da'ru foi deixou seu rastro de morte. Informantes e segredistas foram vítimas de seu punhal. Os Dotados que descobria morriam em poucos dias, e ainda havia Kalen...

Kate viu Kalen em um dos cômodos da torre de Da'ru, recuando diante de sua fúria por causa do Wintercraft, *ordenando que ele o encontrasse e punisse quem o roubara dele. Da'ru estava com ele na noite em que os pais de Kate foram levados, observando do outro lado da rua enquanto eles eram obrigados a entrar na jaula dos guardas. Ela mesma revistara a livraria, desesperada para encontrar o* Wintercraft, *sem saber que a menina estava escondida no porão debaixo de seus pés. Quando não o encontrou, Kalen foi o próximo a sofrer. Uma lâmina envenenada com bloodbane lhe deu a cicatriz que Kate tinha visto no rosto dele, juntamente com uma dose de veneno suficiente para levá-lo à loucura para sempre.*

Kate presenciou a experiência que Da'ru conduziu em Silas com seus próprios olhos e viu os vários outros que morreram diante dele no círculo de escuta do museu. Testemunhou o momento em que Da'ru encontrou o Wintercraft, *esticando o braço para tirá-lo de um túmulo aberto, e depois os anos recuaram ainda mais, para uma reunião que Da'ru teve com os Dotados, muito antes de ela fazer parte do Conselho Superior. Os Dotados se ofereceram para ajudá-la e protegê-la como um dos seus, mas ela não tinha a intenção de passar a vida no subterrâneo, escondida do mundo. Deu as costas para eles e escolheu experimentar o véu sozinha.*

Por fim, as lembranças levaram Kate para uma época em que Da'ru era apenas alguns anos mais jovem que Kate, no momento em que pela primeira vez descobriu que era uma dos Dotados. Ela estava em uma sala iluminada pela luz do sol, tirando um rato morto das garras de um gato negro. Quando a pequena criatura se contorceu, voltando à vida nas mãos de Da'ru, Kate a ouviu rindo como se tivesse encontrado um brinquedo novo. O rato tentou fugir para a liberdade, mas Da'ru o jogou de volta na boca do gato, esperando que ele morresse para que pudesse revivê-lo outra vez.

Silas podia ter sido um assassino, mas Da'ru era algo muito pior. Kate podia sentir algo cruel dentro daquela mulher. Ela não se importava com Albion nem com nada. Sentia prazer com a destruição e a incerteza de uma guerra interminável. Queria ferir as pessoas. Queria vê-las sofrendo, usando sua posição no Conselho Superior para exercer o poder supremo da vida e da morte.

Kate afastou-se das lembranças de Da'ru, não querendo ver mais nada. Tudo acontecera em um instante. Da'ru não tinha sentido nada e torceu o braço de Kate com crueldade, arrastando-a para fora da proteção do círculo central, em direção às profundezas da parede de névoa que se agitava.

Silas observou as duas atravessando para dentro do véu enquanto matava um guarda, depois outro e mais outro. Viu os espectros abrirem caminho para deixar as duas mulheres passarem e depois se juntarem novamente, engolindo-as por completo na escuridão do véu.

Com o último homem morto aos seus pés, Silas voltou-se para os conselheiros, com o sangue espalhado na pele e pingando da espada.

– É isso que todos vocês merecem – disse ele, pausando um pouco a voz quando algumas costelas quebradas de repente voltaram ao lugar. – Deixaram isso acontecer. Esta noite é responsabilidade de vocês, não minha.

Silas caiu de joelhos, sem energia, mas devagar e com firmeza seu corpo se curou. As feridas fecharam, os ossos se encaixaram e os músculos arrebentados voltaram a se unir. O esforço para fazer isso o deixou exausto. A dor dominou sua mente e, com isso, ele não notou um estranho fio de sangue escorrendo em seu peito ferido.

O frasco do sangue de Kate que ele havia roubado da sala de experiências quebrara durante a luta, cortando a pele dele e espalhando o sangue dela no dele. Um fio de calor correu pelas veias de Silas, e ele enfiou a mão no casaco, retirando estilhaços finos de vidro sujos de sangue. Não houve nenhum ritual. Silas nunca teve a intenção de que isso acontecesse, e, mesmo assim, podia sentir a energia de Kate dentro dele – como um eco distante que refletia em algum lugar no fundo de seu corpo. O sangue dela se ligara ao dele dentro das energias de um círculo de escuta aberto. Isso os conectou. A pulsação da vida de Kate reverberava junto da de Silas, e ele pôde sentir a poderosa descarga do medo dela quando ela entrou no véu.

Durante dez anos, os ecos do espírito de Da'ru ressoaram dentro dele. Ela era arrogante, destemida e maliciosa. Sua influência tinha removido partes de Silas que desde então aprendera a viver sem elas, e ele lutara contra isso todos os dias, controlando a força esmagadora que ameaçava mergulhar sua identidade totalmente na escuridão. Silas havia se acostumado a reter o pior da natureza de Da'ru dentro de si, mas já havia passado um bom tempo desde que sentira medo de verdade. O espírito de Kate não o oprimia como o de Da'ru fez por tanto tempo; ele brilhava como uma chama escondida dentro de seu sangue, e o medo que sentiu nela não era por si mesma, mas por causa do tolo do tio que fora salvar: o homem que estava inutilmente se retorcendo sobre a mesa de pedra, incapaz de fazer qualquer coisa por si mesmo.

O punhal de vidro ainda continuava cravado no peito do primeiro homem que Silas matou. Levantou-se com dificuldade e, mancando, se aproximou dele, arrancando o punhal das costelas do homem enquanto Artemis continuava a lutar com as cordas para se soltar.

– Onde ela está? – perguntou Artemis, nervoso. – Onde está Kate?

Silas o deixou preso e virou as costas, carregando um punhal em cada mão.

– Fique aqui, livreiro – ordenou ele. – Logo tudo vai acabar.

Os espectros cercaram Kate quando Da'ru a empurrou para dentro do véu. Estavam berrando e gritando, com as vozes enchendo a meia-vida de palavras desesperadas:

– ... *liberte-nos!*...
– ... *ajude-nos!*...
– ... *solte-nos!*...

Os espectros se moviam gentilmente ao redor de Kate, mas, quando Da'ru se meteu no meio deles, tudo mudou. Um som baixo e sibilante preencheu o ar. O ódio dos espectros se espalhou como fogo, e Kate sabia que a conexão de Da'ru com o círculo era só o que a protegia do ódio deles.

– A princípio, não acreditei no que Silas me contou de você – comentou Da'ru, obrigando Kate a entrar mais fundo na névoa com uma força que ela jamais teria imaginado que a mulher tinha. – Agora posso ver que ele não me contou tudo. Já tinha ouvido falar nos Vagantes, é claro, mas nunca imaginei que encontraria um fora das páginas do *Wintercraft*.

Da'ru olhou espantada para os espectros, fascinada pela presença de tantos pressionando sua pele. Fechou os olhos, absorvendo a experiência de conseguir entrar fisicamente no véu pela primeira vez, e as unhas de suas mãos penetraram fundo na pele de Kate. Kate notou que ela a estava segurando apertado demais. Da'ru estava com medo de alguma coisa.

Como Vagante, ela podia entrar no véu sem perigo, mas Da'ru não tinha o nível de habilidade que lhe permitisse entrar ali sozinha e com segurança. Ela precisava de Kate ao seu lado. Sem um elo físico com um Vagante, ela corria o risco de pôr seu espírito em perigo se ficasse dentro da névoa por muito tempo.

Os espectros giravam ansiosamente em volta delas. Os cabelos de Kate esvoaçavam com a corrente criada pelo movimento frenético deles, e ela olhava para a multidão apavorada através da névoa. Todas aquelas pessoas corriam perigo, e ela não tinha ideia do que deveria fazer para ajudá-las. O círculo pertencia a Da'ru. Kate não podia fechá-lo. Da'ru era a dona dele e o controlava totalmente.

– Esqueça todos – disse Da'ru, seguindo o olhar de Kate. – Essas pessoas não veem o mundo da forma que vemos, Kate. Elas nunca acreditaram de verdade no véu. A Noite das Almas é só uma brincadeira para elas, outra desculpa para uma comemoração sem sentido. Elas nunca se atreveram a tentar compreendê-la. Agora podem ver a verdade com os próprios olhos.

Kate olhou para o círculo central atrás. Podia ver Silas parado à margem, mas ele não estava fazendo nada. Estava apenas ali parado, observando-a. Da'ru de repente agarrou a garganta de Kate, que pôde sentir sua energia sendo sugada para o círculo enquanto Da'ru a canalizava para fora dela, enfraquecendo-a. Logo ficou difícil de se mexer... difícil de respirar.

– Ouça-me – ordenou Da'ru. – Sua vida pertence a mim agora. Aquelas pessoas vão morrer, e, quando isso acontecer, você usará meu sangue para ligar a alma de cada uma comigo. O conselho está observando. Está na hora de eu reivindicar o meu lugar na história, e você vai fazer exatamente o que eu mandar.

Da'ru a viu olhando para Silas e sorriu de forma sinistra.

— Silas não é seu aliado, Kate. Homens como ele não precisam de aliados. Você testemunhou o terror que ele provoca e o respeito que impõe. Com um exército de pessoas como Silas ao meu lado, Albion não precisará mais se esconder na escuridão. Vamos conquistar nossos inimigos, fazer cada um deles sofrer e depois vamos aniquilar um por um. Você me ajudará a fazer isso, Kate. Juntas, vamos reviver este país.

Os olhos de Kate ficaram pesados, e os gritos dos mortos rodopiaram ao seu redor de forma ensurdecedora. Ela podia ver a loucura de Da'ru estampada no rosto e, lutando por um último fôlego, falou da maneira mais firme que conseguiu:

— Não vou fazer nada para você – disse ela. – Albion não precisa de mais soldados ou mais guerra. Precisa ser protegida de pessoas como *você*.

O rosto de Da'ru encheu-se de raiva, e ela jogou Kate no chão.

Kate bateu com a cabeça em uma pedra, sentindo a dor explodir por trás dos olhos. Então, como uma luta acontecendo em sua mente, seus instintos assumiram o controle. A névoa da meia-vida ergueu-se quando seus olhos subitamente conseguiram filtrá-la, e ela viu algo lá dentro que Da'ru não tinha visto: a corrente da morte se movendo rapidamente em sua direção, como um reflexo prateado cintilando pelo ar.

— Você tem dois caminhos à frente – disse Da'ru, olhando para Kate no chão, ignorando o perigo que se aproximava. – Vai se unir a mim ou vai se unir a eles.

Os espectros gritaram outra vez. Alguma coisa se moveu atrás de Da'ru, e dois braços sólidos e vívidos envolveram com firmeza seu pescoço.

– Fique longe dela!

Edgar tinha saído da segurança do círculo interior e puxava Da'ru com todas as suas forças, tentando arrastá-la para longe de Kate. Ele sabia dos perigos do véu, mas estava ali de qualquer forma, se recusando a deixar Kate lutar sozinha. Os espectros circulavam acima dele quando Da'ru agarrou sua mão e o fez dar meia-volta. Depois o obrigou a ficar no chão e curvou-se sobre ele, tirando um pequeno punhal de prata da manga e colocando-o no pescoço do rapaz.

– Esta é a última vez que você me perturba, garoto – disse ela.

A corrente da morte se aproximava. Estava apenas a uns centímetros de Kate quando ela reuniu o pouco de força que ainda lhe restava e agarrou o vestido de Da'ru, afastando-a de Edgar o suficiente para ele rolar e ficar fora do alcance dela, voltando para a segurança do círculo interno. Continuou puxando o máximo que conseguia, até que Da'ru virou-se para encará-la e, nesse momento, Kate conseguiu agarrar seu pulso.

– O que está fazendo? – gritou Da'ru, mas era tarde demais.

Seus olhos arregalaram quando a corrente da morte passou por Kate e foi direto para Da'ru, espalhando-se por seu corpo e ondulando contra seu rosto. Kate lançou um último olhar para Edgar enquanto o toque quente da morte se espalhava dentro dela, fazendo com que sentisse o corpo leve, seguro e livre. Então fechou os olhos e, com um último suspiro, deixou a corrente levá-la.

21
Morte

Kate sentiu-se aquecida e tranquila. O tempo estendeu-se ao seu redor e os sons foram sumindo até ficar tudo em silêncio enquanto seus pensamentos viajavam para o fundo do véu, aos poucos deixando sua vida para trás. Podia sentir o vazio suave da corrente espalhando-se à sua volta, mas não havia dor nem luta, nenhum pensamento além da certeza de que o que acontecia estava certo. A corrente poderia tê-la levado para sempre, e ela estaria totalmente em paz.

Mas ali, no meio de tudo, alguma coisa a distraiu.

Da'ru estava ao seu lado, lutando contra a morte, combatendo-a com todas as suas forças, de tão desesperada que estava para voltar à vida. Kate tentou esquecê-la e deixar sua mente ficar vazia mais uma vez, mas de repente aconteceu algo que não esperava. Alguma coisa moveu-se perto dela: um vulto escuro rodeado por uma lacuna negra. A morte afastou-se enquanto ele tentava abrir caminho para dentro do fluxo, e Silas entrou na corrente, tão imóvel quanto uma rocha diante de uma tempestade.

— Silas! — Da'ru estendeu a mão quando o viu. — Ajude-me, Silas!

Ele olhou para o medalhão de vidro pendurado no pescoço dela, com a superfície manchada com o sangue do corvo morto.

— Depois de tudo que você fez — disse ele. — Ainda acha que eu a ajudaria?

— Você não tem escolha!

— Sim — respondeu Silas. — Eu tenho. — Agarrou o medalhão e arrebentou a corrente do pescoço de Da'ru.

— Não! — gritou ela. — Pare!

Alguma coisa moveu-se ao lado de Kate. Um espectro mais escuro que o restante passou deslizando por ela e começou a se enroscar em Da'ru, prendendo-a como uma aranha faz com uma mosca.

— A vida é boa demais para ser desperdiçada com você — comentou Silas. — Sua vida acabou, e a morte é um prazer que você nunca conhecerá.

Da'ru debateu-se para se libertar enquanto o espectro a apertava mais ainda, ganhando uma forma mais clara sempre que se aproximava de Silas. Por um breve momento, Kate teve certeza de que viu uns olhos cinzentos no meio da escuridão e então soube o que estava vendo. O espírito partido de Silas — a parte dele que ficara para trás na meia-vida — juntou-se a eles na corrente.

— Silas! — gritou Da'ru, sua voz ecoando pela praça da cidade. — Não pode fazer isso! Está ligado a mim, Silas!

— Agora conheço as formas da morte — disse ele. — Por sua causa, posso nunca conhecer a paz que ela proporciona. Você me traiu, da mesma forma que traiu centenas de outros.

Ele segurou o medalhão com a mão da cicatriz. O fogo em sua palma havia se extinguido, mas a antiga marca deixada pela lâmina de Da'ru continuava profunda e escura.

– Há doze anos, você cometeu um erro – disse ele. – Fez de mim seu inimigo e agora sentirá na própria pele o vazio que senti. Sua alma vai gritar e ninguém vai ouvi-la. Acabou, Da'ru. Farei da meia-vida a sua prisão enquanto eu viver. E como você disse: a imortalidade dura muito, muito tempo.

O espectro sufocou Da'ru como uma teia de aranha oleosa, capturando seu espírito e arrastando-o para o vazio da meia-vida. Silas observou o corpo de Da'ru dar um último suspiro, e o espectro a puxou para dentro do chão de pedras, para um nível mais profundo do véu onde o círculo não conseguia alcançar.

Os poucos e últimos membros da multidão que tinham se atrevido a ficar sentados começaram a fugir, empurrando uns aos outros contra a divisória externa, desesperados para escapar antes que enfrentassem o mesmo destino, e Kate sentiu a conexão com seu próprio corpo começando a enfraquecer e partir. A sensação repentina de separação a tomou de surpresa. Seu espírito envolveu-se no fluxo suave da corrente, e seu corpo caiu no chão, separado, vazio e inerte.

Silas a viu cair e abaixou-se ao seu lado, afastando uma mecha de cabelos de seus olhos meio fechados. Era como se toda a vida tivesse se separado dela, mas ele sabia muito bem. Da'ru tinha partido, porém o círculo ainda estava ativo. O espírito de Kate ainda não estava perdido.

Pegou Kate nos braços. Cada passo era uma luta, e, a cada centímetro que avançava, a morte cada vez mais o fazia ter vontade de voltar. Sua promessa de paz dominava por completo seus pensamentos e oprimia seus sentidos, mas mesmo assim ele prosseguia, sabendo muito bem que não devia dar ouvidos a algo que jamais poderia ser seu. Da'ru tinha razão. Por mais que ele desejasse, a morte não o queria.

Com um último e imenso esforço, Silas escapou da corrente e entrou na meia-vida, carregando o corpo de Kate através do véu e hesitando na margem do círculo central por tempo suficiente para ouvir o eco dos gritos de Da'ru ao longe, trazidos pelo ar. Durante doze anos ele desejou ouvir esse som para finalmente poder retribuir o que ela havia feito a ele. Sempre soube que valeria a pena. E tinha razão.

Silas fechou os olhos, permitindo que o chamado da morte o tentasse mais uma vez, depois abriu a mão e deixou o medalhão de vidro de Da'ru cair no chão. A pequena esfera caiu devagar, como se todos aqueles anos de espera tivessem sido esmagados naqueles últimos momentos, e, com um som bem leve, espatifou-se.

Uma mancha de sangue sujou o chão entre os estilhaços de vidro, e um leve rastro rosa-claro elevou-se dele, se contorcendo e se dividindo em vários fios, subindo como se fossem serpentes para se ligarem a alguns espectros ao redor de Silas antes de se romperem com um estalo e desaparecerem. O espírito dele devia ser o único que Da'ru condenara a uma vida amaldiçoada, mas não era o único a quem tinha negado o caminho da morte. Seja qual fosse o vínculo que o sangue criou entre Da'ru e os espectros, ele agora estava rompido.

Gritos de surpresa espalharam-se pela multidão quando as velas em suas mãos foram acendendo uma a uma. Todas tinham sido levadas ali para lembrar uma vida que havia sido perdida, e os espíritos que tinham passado por essas vidas aproximaram-se daqueles que se lembraram deles, reacendendo as chamas e mostrando a todos que não havia motivo para ter medo.

Muitas pessoas pararam de tentar fugir, estendendo os braços para os espíritos de seus ancestrais, para os pais, filhos e amigos que perderam. A corrente da morte continuou sua jornada pela meia-vida, brilhando com uma luz interior enquanto as almas livres eram levadas em paz para dentro dela, completando enfim sua jornada. E, por um breve momento, a Noite das Almas foi o que sempre deveria ser: um tempo de paz, lembrança e alegria.

A pele de Kate estava excessivamente fria, e seus lábios estavam arroxeados quando Silas a tirou da névoa, levando-a para o círculo central. O chamado da morte separou-se dele assim que seus pés tocaram os símbolos, e a pressão do mundo dos vivos voltou como um peso de ferro caindo sobre seus ombros. A energia de Kate inundou o sangue de Silas como agulhas quentes, conectando-se com o círculo até que sua luz apagou lentamente. As energias do círculo desmoronaram, voltando a conectar a praça da cidade ao seu lugar correto no tempo. A névoa dispersou e a fogueira de repente acendeu, voltando à vida.

Com a partida dos espectros, a multidão atacou os poucos guardas que restavam, arrombando os portões e invadindo a cidade como se fossem formigas. Um dos conselheiros levantou-se para falar com o povo em fuga, mas sua voz ficou perdida entre o frenesi de corpos em debandada, e Silas ouviu apenas três palavras do que ele disse. Três palavras que moldariam seu futuro:

Silas Dane. Traidor.

Deitou Kate cuidadosamente no chão. Houve movimento ao redor da mesa quando Edgar e Tom correram para libertar Artemis das cordas, e ele logo saiu mancando em direção à sobrinha, fazendo Silas, por instinto, levar a mão à espada.

– Afaste-se! – exclamou Silas. – Não é hora de estar aqui.

Artemis parou, não se atrevendo a chegar mais perto.

– Ela está bem?

Silas o ignorou, puxou um manto sujo de sangue dos ombros de um guarda morto e cobriu Kate com ele.

– O que aconteceu? – perguntou Artemis.

Silas o encarou furioso.

– Se quer que esta garota morra, continue fazendo perguntas tolas. Caso contrário, suma da minha frente!

Edgar deu um passo à frente, entregando o *Wintercraft* a Silas.

– Não sei se vai ajudar – disse ele com calma. – Mas... pegue-o.

Silas pegou o livro, e Edgar segurou o braço de Artemis.

– O que ele está fazendo? – indagou o tio de Kate.

– Está tudo bem – respondeu Edgar. – Podemos confiar nele.

– Confiar nele? Depois de tudo que aconteceu? Por que deveríamos confiar nele?

Havia muitas coisas que Silas poderia ter dito a um homem que deixou que o prendessem, confiando na sobrinha para ajudá-lo a escapar, e que depois se atrevia a reclamar por ela não ter saído ilesa no final. Em vez disso, lançou um olhar a Artemis que teria feito qualquer um se encolher. Edgar ajudou o homem que mancava a se afastar dali.

– Você se saiu bem, Kate – disse Silas, pressionando a mão na testa dela, usando a energia do véu para chamar seu espírito de volta à vida. – Há poucas pessoas que conseguiriam ter feito o que você fez hoje. O idiota do seu tio nunca entenderá, mas devia se orgulhar de si mesma. Fez um grande bem a várias almas hoje.

Silas olhou ao redor para ver o que restara do Conselho Superior. Estavam falando entre si, sem dúvida discutindo a melhor maneira de saírem com dignidade. Alguns sorriam meio torto, apesar da terrível cena de morte ao redor deles, e Silas percebeu que seria muito fácil ele acabar com todos bem ali. Em pouco tempo, poderia livrar Albion de sua maior ameaça.

Refletiu com cuidado, notando o medo mal disfarçado nos olhos dos homens enquanto estes se dirigiam para fora do círculo.

Não, decidiu ele. Agora não era a hora.

Aos poucos, a pele de Kate foi voltando a tomar cor. Ela abriu os olhos, e Silas retirou gentilmente a mão de sua testa.

– Silas?

– Parece que não sou o único que pode encarar a morte e sobreviver – observou ele. – Estava começando a acreditar que você tinha ido longe demais.

– Onde está Artemis? – perguntou Kate, sentando-se. – E Edgar?

– Eles estão aqui. Nós dois cumprimos o prometido. Posso não estar morto, mas estou livre de Da'ru, e seu tio continua vivo. Honrei a minha palavra, assim como você honrou a sua. A partir de agora, não devemos nada um ao outro.

Silas segurou firmemente o *Wintercraft*. Sentiu o couro áspero do antigo livro em seus dedos ao entregá-lo para Kate, e também o fluxo quente de energia correndo em sua pele quando o sangue novo dentro dele reagiu à proximidade de Kate.

– Este livro é tão responsável por minha situação quanto Da'ru – disse Silas. – Ele me fez ser o que sou, e não quero mais saber dele. Agora lhe pertence. Mantenha-o em segurança. Não deixe ninguém saber que está com você, e não tenha medo. Você se tornará útil ao véu na hora certa.

Kate olhou para o livro sem saber o que dizer.

– Muitas almas estão livres por causa do que você fez esta noite – disse Silas. – Da'ru jamais teria aberto esse círculo sozinha. Se o círculo pertencesse a ela, teria morrido junto, mas ela não o comandava. Você, sim. Sua energia criou esse círculo, e seu vínculo com ele agiu como um farol quando você caiu dentro da morte, permitindo que as almas perdidas passassem livremente para a corrente da morte, deixando-os enfim encontrar a paz. Você tem um Dom raro, Kate. Não o ignore.

Silas levantou-se.

– Não há mais lugar para mim nesta cidade – disse ele. – Sugiro que saia daqui o mais rápido que puder. Centenas de pessoas viram seu rosto aqui hoje. Muitas vão temê-la, e existem aqueles que a caçarão por causa do que pode fazer. Precisa desaparecer. Não deixem que a encontrem e, acima de tudo, cuidado com as pessoas em quem confia.

Silas virou-se para ir embora, e Kate o chamou.

– Adeus – disse ela. – E obrigada... por tudo que fez.

Silas olhou para trás e acenou com a cabeça uma vez.

– Adeus, Kate.

Depois caminhou para trás de uma das carruagens do Conselho e desapareceu.

– Kate! – Edgar correu em sua direção, seguido de Artemis e Tom, e o tio lhe deu um abraço apertado.

– Você está viva! – disse ele, quase tirando-lhe a vida com o abraço. – Achei que estivesse morta. Achei que...

Edgar esperava todo sem jeito Artemis terminar de abraçá-la, e, quando ele enfim a largou, Kate escondeu o *Wintercraft* sob o casaco antes de Edgar ajudá-la a se levantar.

— As coisas ficaram meio malucas por aqui, não foi? – comentou Edgar. – Silas foi embora, então parece que tudo está... Ei! O que aconteceu com seus olhos?

— Por quê? – perguntou Kate. – O que há de errado com eles?

— Não há nada de *errado*, exatamente. Eles só estão meio... diferentes.

Kate foi até a carruagem mais próxima e olhou seu reflexo na janela escura. Seus olhos tinham uma cor totalmente diferente; suas íris eram dois anéis bem negros, com azul em volta, e suas pupilas cintilavam com o brilho prateado que só podia ser visto quando a luz batia neles de certa maneira.

— A maioria dos Dotados passa anos olhando para o véu antes que ele os afete desse jeito – disse Edgar. – Mas eu nunca tinha visto o prateado nos olhos de ninguém.

Kate olhou em direção a um dos portões inferiores a tempo de ver Silas sobre um cavalo roubado de uma das carruagens da praça.

— Você se sente bem? – perguntou Edgar.

— Estou bem – respondeu Kate, não querendo admitir que a sensação que tinha era de que ficara muito tempo olhando para o sol, e, quando olhou para o chão, os símbolos mais perto de seus pés ainda pareciam brilhar com uma luz suave.

— Os guardas não vão nos deixar partir depois disso tudo – disse Artemis, nervoso. – Edgar, pode conduzir uma carruagem?

— Tom é melhor nisso do que eu. Por quê?

— Acho que devemos pegar uma e encontrar um lugar seguro antes que o Conselho mande seus homens de volta para nos pegar.

– Se precisamos de um esconderijo, vamos até os Dotados – disse Edgar. – Tom e eu sabemos o caminho. Eles confiam em nós.

– Não! – exclamou Kate. – Não posso voltar lá. Silas matou duas pessoas enquanto eu estava com eles. Vão achar que fui eu!

– Vamos esclarecer tudo, certo? Seus olhos certamente vão dar um motivo para eles pensarem. Não vão nos mandar embora.

– Então vamos até os Dotados – disse Artemis, assentindo com a cautela de uma pessoa que não está acostumada a tomar grandes decisões.

– Kate? – disse Edgar com cuidado. – Tem certeza de que está bem?

Kate olhava para as galerias enquanto as últimas pessoas saíam da praça da cidade. Apesar de não estarem mais ativos, ela podia ver os símbolos ao redor da borda do enorme círculo de escuta tão claramente como quando ele estava conectado com o véu. Podia ver traços de energia escondida selada por suas pedras centrais e, enquanto caminhava sobre os símbolos, podia senti-los também, com uma leve vibração debaixo de seus pés. Se era disso que Silas falava, ele tinha razão, com certeza ela levaria um tempo para se acostumar.

A lua escondeu-se por um momento atrás de uma nuvem púrpura, e as estrelas refletiram seu brilho no círculo cintilante. A energia era tão nítida que Kate não sabia como não conseguira vê-la antes. E não era a única atraída pela sua luz. Um pássaro grande e preto voou suavemente pela praça vazia, bateu as asas e levantou voo com toda a força sobre sua cabeça, descendo rapidamente para pousar sobre a mesa manchada de sangue.

– Está vendo isso? – perguntou, enquanto o pássaro pousava ao lado do corvo morto.

– Vendo o quê? – perguntou Edgar.

Kate foi caminhando devagar até o pássaro, sem querer assustá-lo, e, quando chegou mais perto, percebeu que conseguia ver através dele. Suas penas não tinham substância, e ele sumia e aparecia, observando-a o tempo todo.

– É o pássaro de Silas – disse ela.

– É, eu sei – afirmou Edgar, achando que ela falava do corpo na mesa. – É uma pena, creio eu. Quem não ia querer essa coisa maluca e emplumada voando por aí recebendo ordens de um homem louco? Se quer saber, ele partiu em paz. Quem ia querer passar o tempo todo com alguém como Silas? Deve ser um alívio ficar livre dele. Eu estou aliviado.

Kate ficou parada ao lado do corpo do corvo e viu suas penas ensanguentadas batendo ao vento. Silas tinha salvado sua vida. Tinha poupado Edgar e salvado Artemis, e aquele pássaro significava alguma coisa para ele. Se seu espírito estava ali, talvez ele ainda não tivesse passado por completo para o mundo dos mortos. Se havia uma maneira de agradecer a Silas por tudo que ele tinha feito, era essa.

Gentilmente, Kate pegou o pássaro – era mais leve do que esperava – e o embalou com cuidado nas mãos, se concentrando na cura da ferida, assim como havia feito com o homem no rio. Nada aconteceu, e ela ficou preocupada de o pássaro estar morto há muito tempo. Mas então, como um calor sutil crescendo em seus ossos, sentiu a energia do véu passando suavemente por suas mãos, se espalhando pelo corpo delicado do corvo e através de sua pele, curando os músculos e unindo a carne, até que sentiu em sua mão o leve pulsar do coração

O espírito do corvo juntou-se a um feixe cinza e fino e voltou para o corpo do pássaro como se fosse uma fumaça. Kate esperou, torcendo para que a pulsação continuasse... até que uma asa fraca bateu de novo com vida, depois a outra, atingindo o ar e fazendo o corvo cair de suas mãos sobre a mesa. Com um esforço e cambaleando, ele se pôs de pé e sacudiu as penas antes de soltar um grito estridente que ecoou alto pela praça da cidade.

– Vá para seu mestre – disse Kate, pegando o corvo e segurando-o no ar. – Vá para Silas!

O pássaro saiu voando, planando sobre a praça e levantando voo sobre a cidade, gritando vitoriosamente no meio da noite.

– Vamos – chamou Artemis, subindo em uma carruagem enquanto os outros observavam o pássaro indo embora. – Estamos perdendo tempo aqui.

Com todos em segurança dentro da carruagem, Tom guiou os cavalos habilmente pelos portões inferiores da praça em direção às ruas. Lá fora estava tudo sujo com os resquícios das comemorações da noite e, apesar do que havia acontecido na praça da cidade, ainda havia centenas de pessoas dançando, compartilhando histórias do que tinham visto, determinadas a continuar comemorando até o sol nascer outra vez.

Edgar sentou-se ao lado de Kate, com as mãos e o rosto cortados pelo vidro quebrado durante o ataque dos guardas, e Artemis estava do lado oposto, com a perna esticada no banco ao lado, com a testa franzida em pensamento. Kate queria curar os dois, mas sabia que não tinha forças. Usar os círculos a deixara fraca e cansada, e curar o pássaro consumiu a última gota de energia que lhe restava. Tudo que podia fazer era ficar sentada, observando a cidade passar por ela, sentindo o peso secreto do *Wintercraft* escondido em segurança sob seu casaco.

– Não se preocupe – disse Edgar. – Os Dotados vão nos ajudar. Tenho certeza de que tudo ficará bem.

Depois de tudo que aconteceu, Kate não tinha tanta certeza disso. Tudo que tinha naquele momento era a segurança passageira da carruagem e o troar ritmado das rodas que a levavam em direção a um futuro incerto em uma cidade desconhecida.

– Espero que tenha razão – disse ela.

Na metade do caminho atravessando a cidade, Silas e seu cavalo roubado disparavam pelas ruas, correndo em direção ao portão do sul e para a liberdade das regiões desertas adiante. Silas conhecia cada pedacinho daquela cidade e da maior parte da Cidade Inferior, mas Fume não era mais sua casa. Para ele, suas paredes foram uma jaula durante muito tempo. Agora ele estava livre.

Os guardas do portão o viram ao longe antes que ele se aproximasse com os olhos cinzentos brilhando ferozmente na escuridão. Eles destrancaram o portão sem esperar seu comando, permitindo o cavalo e o cavaleiro galoparem para o campo, deixando Fume e toda a sua história para trás. Silas levava consigo perguntas que a cidade jamais poderia responder e uma ambição que ela jamais poderia ajudá-lo a alcançar. Como traidor, seria um homem perseguido, por isso teria que encontrar um navio e viajar para o continente, para bem longe de Albion e do Conselho Superior, de suas leis e seus homens. Kate Winters permitira que ele se vingasse de seu maior inimigo e lhe dera sua liberdade. O resto ele descobriria sozinho.

Seguiu por uma estrada de cascalho ao longo dos trilhos vermelhos do trem e deparou-se com um antigo poste de sinalização marcando o caminho de um mercador que há muito tempo estava coberto pela vegetação. Ali, pousado no topo do poste, estava um corvo exatamente igual ao seu, com exceção de uma pequena faixa de penas brancas descendo pelo meio do peito. Uma centelha de inteligência familiar brilhou nos olhos dele, e Silas diminuiu a marcha do cavalo até parar embaixo dele.

– Corvo?

O pássaro continuou parado, os olhos ainda fixos no caminho.

Silas já ia bater as rédeas, resmungando pelo engano, quando o corvo olhou para ele, bateu as asas e circulou por cima dele antes de voar para assumir seu lugar no ombro do dono. Silas passou os dedos nas penas brancas do pássaro, onde deveria estar a ferida do punhal de Da'ru.

– Bem, senhorita Winters – disse ele, virando-se para olhar a cidade uma última vez. – Parece que lhe devo algo, no final das contas.

Impresso na Gráfica JPA Ltda.,
Rio de Janeiro – RJ